过麦

李立泰 ◎ 著

作家出版社

　　李立泰，山东聊城斗虎屯人，中国作家协会会员。在《人民日报》《中国作家》《北京文学》《长城》《莽原》《芒种》《山东文学》《时代文学》《北方文学》《南方文学》《山西文学》《四川文学》等报刊发表中短篇小说200余万字。有作品被《小说选刊》《小说月报》《中华文学选刊》《散文选刊》等刊物转载，并入选漓江出版社、花城出版社、长江文艺出版社等版本年选、排行榜，及语文高考试题、人教版初高中语文教辅教材。曾获梁斌小说奖、中国小小说金麻雀奖、吴伯萧散文奖、《中国作家》金秋之旅文学笔会中篇小说一等奖等。出版中短篇小说集十三部。聊城市作家协会原副主席、山东省小小说学会常务副会长。2006年6月作为作家访问团成员出访欧洲。

鲁西大平原上的农事诗

——《过麦》序

顾建平

我认识李立泰是在湖南小说笔会上，一个实在的山东大汉，一见如故相谈甚欢。因为在多个与微型小说相关的场合与李立泰交集，我错误地以为他在文学界赢得声誉、建立地位，依赖于他在微型小说方面的出色成绩。因此，初次读到他的中短篇小说集《过麦》，我不免心生惊讶和敬佩：他最近三五年居然在多家文学刊物上发表了三十几部中短篇小说。

惊讶和敬佩的原因之一，是李立泰在写作微型小说的同时，还是一位中短篇小说的作家。我无法猜测他写中短篇的念想是心中早已存在，还是在微型小说取得成绩时才萌生的，但我对他这样的写作道路深为赞同。创作贵在创新，创新贵在变化。有不少写长中短篇小说的作家，成名以后写小小说、笔记小说，比如著名作家有莫言、王蒙等，或者将传统文言小说、笔记小说改写为现代短小说，比如著名作家汪曾祺、孙犁等，都是在寻求变化。

经过问询得知，李立泰其实一开始就是写中短篇小说的，起步很早，而且很幸运，一出手就遇上了善良敬业的编辑，

1978年就在《青岛文艺》发表了作品。之后他陆陆续续在省内外文学刊物发表了多篇小说。他的那些乡土小说，人物大都是有原型的，是深深镌刻在他的脑子里的，活跃在家乡的父老乡亲兄弟姐妹和母亲们，他们脸朝黄土背朝天，汗珠子滚落砸脚面，他们的汗水、泪水掺到滔滔黄河水里，浇灌的小麦玉米，噌噌猛长，年年大丰收。虽然早已过上了小城镇的生活，但他熟悉他们，为他们高兴，家乡人骨子里那股子劲，争强好胜，热心肠子，要面子。每到周六回老家，他都要跟父亲叔叔们捏着小酒壶喝几盅。他对他们的喜怒哀乐了如指掌，仿佛钻到了他们的心里，知道他们想什么、盼什么、求什么。所以李立泰的小说紧贴生活，紧贴大地，紧贴父老乡亲，为他们描图画像，为他们传声呼唤。

在多个文学研讨场合，我都谈到，微型小说作家不要让自己身份固化，要勇于尝试写作其他文体，写写散文等非虚构作品，写写中短篇小说甚至长篇小说。微型小说要在很短的篇幅内完成具有合理性的反转，很容易程式化。做个比喻，小说结尾如公路上开车，长篇小说有很长的刹车距离，轻踩刹车或者松开油门靠自然摩擦力就能让汽车停下来；中短篇小说，刹车距离短，要重踩刹车；微型小说距离更短，需要将刹车踩到底，技术不好、车况不好或者路况不好，都容易出差错。因此，微型小说不宜多写。我建议专门写微型小说的朋友们，适当写一些短篇小说中篇小说，体会一下放开篇幅限制之后，小说的起承转合是怎样一种状态。再由长入短，心中更有大局观，知道何处该简化、何处该省略。微型小说不是中短篇小说的缩写或故事梗概，在中篇小说中需要做的交代或者描写，在微型小说中往往应该省略，但在核心部分，它的细腻、具体丝毫不弱于中短篇小说。在出长入短、长短变换方面，李立泰就是成功的典范。

这本《过麦》中的小说，大多运用传统绘画的白描手法，以现实生活中诸多矛盾为题材，以平静的心态叙述故事，语言平实内敛，但对主题做了深度的开掘，是地地道道的现实主义作品，在目前中国的文学界，现实主义风格的前景依旧美好广阔。近数年他暂时放下微型小说，集中精力写中短篇小说，一发而不可收，成绩斐然，南北东西各大文学刊物纷纷发表，遍地开花分外艳丽。

因此，我惊讶和敬佩的原因之二，是李立泰的中短篇小说能够发表在《中国作家》《北京文学》《长城》《莽原》《芒种》《山东文学》《时代文学》《北方文学》《南方文学》《山西文学》等这些著名的文学期刊上。随着网络时代进入自媒体时代，严肃文学的读者群越来越萎缩，但是纯文学创作者的队伍却越来越壮大。而发表作品的纸媒——文学期刊，四十年来有减无增，相应地，写作者发表作品的难度逐年递增。中国作家协会每年评审新会员，都把在期刊发表的篇数、总字数作为最重要的衡量指标。作家李立泰能够以中短篇小说作家站稳文坛，而且短时期内成绩斐然，实在可敬可佩，可喜可贺。

文学界目前最看重的依旧是长篇小说，但以我多年来的文学阅读感受，短篇小说的艺术性要高于长篇。短篇小说掺不得水，容不得偏差，如同人们夏天的衣着，藏不了拙遮不了丑。对一个小说作者，我们看一下他的短篇就知道他的水准达到了什么程度。

《过麦》中的作品，主要取材于作者成长及成年岁月中的周边生活，时间主要是上个世纪六十、七十、八十年代，部分延伸到九十年代及之后，地理位置主要在作者家乡聊城地区所在的鲁西大平原。他个人命运的转折在小说集中也有所呈现，《捎罐子蜜》中的"我"，即是当年真实的李立泰，作为文化站临时工在公社里，工作勤勤恳恳、兢兢业业、战战兢兢、如履薄冰、吃苦耐劳、勇挑重担，受到公社党委的表彰。他挑灯夜战复习功课，通过考试转为国家干部，跳出农门。这也是当年无数不甘屈服于命运的乡村知识青年的缩影。

人民公社、生产大队、生产队时期的农耕劳作，乡风习俗，饮食衣着，风景物产，手艺工匠，现今的年轻一代毫无认知，只能到民俗博物馆参观考察。当年亲身经历者也大都记忆模糊，但李立泰的中短篇小说，让这些年深月久的事物得以复原，那些从他生命中经过的人，离世的得以复活，依旧在世的也恢复到三十年前、四十年前的模样。哥伦比亚作家马尔克斯说："生活着，为了讲述一个故事。"这就是小说的意义，让过往的生活、生命的记忆在文字中获得永恒。

《过麦》《过秋》写农事、农活，作者和父辈们泥里水里，摸爬滚打，备尝艰辛。割麦子、捆麦个、运麦子、轧场、扬场，苦役般的过麦让人脱层皮！非亲历者无法感受。马拉松似的《过秋》里社员的辛劳，李立泰曾去挖"国河"，站在结冰的水里，冻得浑身战栗、瑟瑟发抖，腿脚冻成了紫的，终要完成最后"一公里"。生活在童话中的年轻人永远体验不到当年的生存不易。《卢老师》中的乡村教师，扎根乡村，在穷乡僻壤，为脱贫致富教书育人，是新时代的模范形象。让我这个同样有过七八十年代乡村生活经历的读者倍感亲切。

中短篇小说集《过麦》中一些作品，作者的主要用意在书写与鲁西平原相关的记忆，细节感人，描写生动，语言精炼，故事性不像微型小说那么强，有的读来有大散文味道。一些篇目，作者深情忆旧，看得出他对昔日乡村的怀恋，乡愁是抹不去的印记，沉重的思想实际上也是对少年时代、青春岁月的追念，读来有诗意的柔情感伤。

《过麦》堪称一首歌咏鲁西大平原的农事诗。某个地域的历史文化，往往因文学作品而得以传扬，比如沈从文笔下的湘西，贾平凹笔下的商州，莫言笔下的高密东北乡，再比如，我们眼前的《过麦》，李立泰笔下的鲁西平原。

2025 年 8 月

顾建平，北京大学文学硕士，曾任《十月》杂志副主编，北京十月文艺出版社副总编辑，中国作家协会《长篇小说选刊》杂志主编兼《中华辞赋》杂志总编辑。现任中国作家协会《小说选刊》副主编、编审。

目录

大仓家的

一

大仓家的接到通知，晚上村妇救会开会，地点老地方。

她下地干活回来，放下锄头，洗洗手脸，急急忙忙拾掇米面，锅里添水，箅子熥干粮做晚饭。锅上一把锅下一把的，一人忙活。做好了，把窝窝拾到篦子里，粥盛到碗里晾着。稍微喘喘气，就抓紧吃晚饭，吃好了，赶紧麻利地刷锅洗碗，把锅灶收拾停当，洗把手，拿木梳拢拢头，照镜子看一眼。她拿上正做的鞋垫儿，准备带会场去攘几针。可是，她会心地一笑，把鞋垫儿又放到筐子里啦。俺选上村妇救会主任了，副的，副的也是主任啊！带着针线活开会不像回事，还在乎这一时半会儿？如果也一边做活一边开会，就跟到会的女人们一样了，显得不主任了。平常一听到有人喊"春玲主任"，她心里就面个豆儿似的，甜丝丝地受用。

今晚村上召开村妇救会、识字班儿的会议。全村思想进步的大闺女、小媳妇、中媳妇差不多都到会了，村长和村妇救会主任，坐在桌子后边，一盏提灯，灯罩擦得倍儿亮，照得屋里女人们脸儿亮亮的，红红的。大家坐自带的马扎儿、小板凳上，会场乱哄哄的，喊喊喳喳地交头接耳说话，嘻嘻哈哈地开玩笑。大都带来针线活，没闲着的，多数纳鞋底儿的、做鞋的，也有纳鞋垫儿的。你夸我的活好，我赞扬你的针线活棒。坐在角落里，还有咬耳朵说悄悄话的，旁边受冷落的女人就发起进攻，说："好话不背人，背人没好话！"

被攻击的女人是大仓家的春玲，她扭脸笑笑，说："俺没说什么背人的，现在我当着大家的面，重复一遍。俺说你刚结婚半年，舍得男人参军，一个人场里地里地忙活，回家在屋里一个人转悠，咋过呀？不信你问问大香，是说的这个吗？"

大香马上做证："是，春玲嫂子，不是，春玲主任就说了句这。"

好汉死在见证手里，那女人没话说了，其实春玲说的是句既表扬也中性的话，没这没那的。她上去给大仓家的一拳，当拳头接近大仓家的时候力度减弱得几乎没感觉了，她害羞地也笑了，说："反正春玲嫂子说的不是什么好话。嘻嘻嘻。"

"三个女人一台戏"，现在快够"十台戏"了。正热闹的时候，村妇救会主任站起来说话了："姊妹们、嫂子们、婶子们都安静一下，咱不等了，还有个别没到的，再等耽误大家的工夫。下面开会。请村长给咱们讲话。"

村长咳嗽两嗓子，算开场白。他把烟袋锅儿从嘴里拔出来，在桌子腿上磕磕烟灰儿，缠上烟布袋，说："刚才主任说让我讲话，可不是什么讲话，其实就是跟大家像拉拉家常似的，说说咱村的事。我在区里刚散会，区里给咱村布置了支前任务，担架队、运粮队、运柴草、做军鞋等。其他任务，我明天专门开会给民兵队安排，今天晚上是咱妇女同志的任务——做军鞋。依我看这做军鞋任务最重了，其他工作都可以有别人帮忙，搭把手，就是做军鞋这一项，从打袼褙开始到替鞋样、铰袼褙、纳底子、绱鞋等，一样样的都是一个人忙活。千针万线，就是千针万线，连花木兰都说过千针万线，不是夸张。女人还主要靠晚上做活，白天劳动，休息的时候还做一会儿针线。所以妇女们最不容易啦！最值得提出来表扬。"

村长说到这儿，妇救会主任、春玲她们带头鼓掌，村长话说到大家心坎里了。掌声热烈，掌声代表了妇女们的心声。村长双手一压，大家停止鼓掌，静下来。

村长接着说："这次区里分给咱村两百双鞋的任务，任务不轻，我相信咱妇救会员的觉悟，肯定能完成或者超额完成任务。经研究，大体框（算的意思）了一下，根据家庭情况分配了数量，下面，主任给大家分配任务，有个别需照顾的，会后再商量。"

村妇救会主任站起来，说："姊妹们，村长讲了，这次支前，区里给了一共两百双鞋的任务，我大体框了框每人按六双做，差不多能完成任务。十三天的时间，时间够紧的，感觉有困难的跟我说，咱再调整，还有没到会的几个，下去我再找她们布置任务。区里给咱点白面和麻批子（生麻未捻成线、绳时的细缕），散会就领走。就是鞋面布要自己出，大约要三尺多黑布，有困难的也跟我说，咱村里想办法解决。"

村妇救会主任说完，扭脸儿找大仓家的，问她："春玲主任，你还有事吗？"

春玲说："没事。大家按村长、主任说的做就是啦。"

村妇救会主任宣布："那，散会。"

妇女们陆续地领白面，领麻批子，说说话话地回家去。

做军鞋任务已分配，会散了，春玲匆匆回家。她也领了麻批子，她思忖，回家先叫大仓搓麻绳子，准备一样是一样，明天就打袼褙。

"嫂子，你慌啥？等等俺呀。"大香在后边，边追边喊她。

春玲听见大香喊她，站住等大香，说："大香妹妹，任务重啊，不抓紧不行，十几天做六双鞋！全村两百双啊，我怕有完不成的。咱到时候能多做双就多做双。"

大香一伸大拇指，说："嫂子不愧当主任，觉悟就是高，现在就想到全村的任务了。白天下地干活，还要做饭，做鞋就靠晚上了。"

春玲说："是啊妹妹，受受累吧。区里给点儿白面、麻批子，鞋面布要自己出。大婶儿不会拉后腿，拦你吧？"

大香说："您婶子可能不拦，做军鞋又不是头一次，基本年年做，家家有任务，也不是光派给俺自己。"

春玲说："是，俺婶子也不落后。她如果，咱只是说如果，如果拉后腿，你就跟她讲，八路军抛家舍业，冒死打鬼子汉奸，人家家里也有父母、妻室儿女，为的啥？为的打跑日本鬼子，解放全中国，还不是为咱老百姓过上安稳好日子。咱这儿解放了，分了地，种庄稼有饭吃了，还有好多没解放的地方呀。都是青壮男儿，行军打仗，爬山越岭，八路军战士没鞋穿，光脚丫子咋杀鬼子？"

大香说："对，嫂子，还是嫂子会做工作，会讲道理，讲出来，入情入理，话摆那儿，还有啥说的。如果'您婶子'不痛快，我就照这说。"

春玲一笑，说："我相信婶子没问题，婶子明白，咱老解放区的人啦，舍得的。"

春玲、大香两人说着话，岔开胡同，各自回家。

二

春玲到家，把东西放下。男人坐在堂屋椅子上，正抽着烟，看着春玲说："散会了？"

春玲回答："散了。"

男人问："开的啥会？"

春玲说："支前会，我们任务做军鞋，每人做六七双。"

春玲把麻批子递给男人："帮忙吧，给搓搓绳子，你手有劲，搓的绳子好使。"

男人把烟嘴从嘴里一家伙拽出来，冲鞋底子磕磕烟锅，缠几圈，掖到腰里，说："看你这话说的，两口子，咋叫帮忙啊？也是咱家的任务嘛。搓绳子我包了！"

春玲笑了，夸他，说："大仓是个好同志，是思想觉悟高的模范民兵。"

大仓的头一扭："那是哦。"

春玲说大仓："哟，说你胖喘起来了。"

大仓咧嘴一笑，没再说啥。

春玲接着说："今年选支前模范我投你一票！"

大仓说："不用不用，哪能两口子选两口子的？"

……

春玲打开橱子，拿出包袱，破开大包袱、小包袱，找破布、铺衬（更破的布）顺平捋直摞起来，为明天打袼褙做准备。

大仓长得五官端正，眼虽不大可亮，膀宽腰圆，腿脚利索，是有名的棒小伙儿，干活有的是力气，甭管是抬担架、运粮草，还是组织帮工队，给烈军属麦收、秋收、干农活，从不惜力气，为人全然，在村上落的人缘不错。

他开始搓麻绳子，把麻批子抽出一缕来，挂到凳子头上。大仓劳动的双手粗糙，很适宜搓麻绳，大仓两只手搓着麻批子上下飞快地交替，绳子就搓好了，随搓随往线蛋上缠。

天蒙蒙亮春玲就起来了，在厨房用三块砖支好小锅儿，烧水搭糨子（鲁西方言，糨糊的意思），搭好了糨糊，准备打袼褙。她在搭糨糊之前，往玉米面里掺了榆皮面（榆树皮儿晒干磨的面），搋出来的糨糊特黏。她在门板、案板上先糊层毛头纸，然后抹一层糨糊粘一层布，粘完四层布，在面上再抹一层糨糊。太阳才一房高，春玲的袼褙就打好了，把打好袼褙的门板、案板，他俩抬出来，斜放到堂屋门旁，在太阳下晒。太阳真给力，一天的艳阳高照，把袼褙晒干了。太阳落山，春玲把袼褙揭下来。

晚上春玲开始按男人的鞋样子铰鞋底子。铰完鞋底子，又用勺子头儿搋白面糨子，粘鞋底子。本来主任说做"毛尾（yǐ）底"鞋就可以，白布条粘边儿太麻烦。可春玲要好，剪了白布条儿，一层层的鞋底子都粘了白布条儿。这样做出来的鞋好看。第二天把粘好布条儿的鞋底子用砖压住，在阳光下晒干，晚上就可以纳底子了。

春玲把灯点亮，灯头挑到最大，但不冒烟。她把五层鞋底子袼褙摆一起，先攮几针，缝上线，定型，油灯下，纳底子正式开始。她用针锥先攮个眼儿，然后拔出针锥来，针眼儿里大针跟进，顶针顶进去，再把大针拔出来，每纳一针，胳膊要甩起来拽绳子两次，开始纳绳子长甚至拽三次。

大仓搓麻绳，边搓绳子边看春玲纳底子。媳妇长得好看是出了名的，村上的媳妇都被她比了下去。大仓家的白净，高个，明睁大眼、双眼皮儿、瓜子儿脸、柳叶眉儿，红脸蛋儿，乌黑的头发，梳大篆，扎红头绳。连区上都知道大仓家的，村妇救会副主任，长得好的人儿哩。她一边纳鞋底儿，忙里偷闲，看他一眼搓绳子，可大仓此时，光瞪着眼看媳妇，看得呆呆的脸儿，竟忘了搓麻绳。

春玲脸上飞起红霞，说："你看啥？"

大仓回过神来，说："看、看俺媳妇啊！看春玲主任呀，俺看不够。"

春玲一撇嘴，说："还没正形。"

一不小心，她大针扎破了手，"哎哟"一声，手上冒出个血红豆豆。说："看，血出来了，我疼你吧？！跟你说话把手扎了。"

大仓抓起春玲手指，把血珠儿"吸溜"一下吸到嘴里，说："唉，不是疼我，你说给谁做活儿扎了，那就是疼谁。你做军鞋，那是你疼八路军！"

春玲扬起鞋底子打他，"咯咯"地笑起来。说："哦，我不是疼你，我疼八路军，我疼八路军咋了？八路军不该咱疼吗？！"

大仓半举双手，做投降状，说："应该、应该，该疼八路军！"

去年鬼子对冀南、鲁西解放区搞"铁壁合围"，号称"五一大扫荡"。冀南七分区军民反"扫荡"，八路军24团化整为零，分散突围，一场场的战斗，以极小的伤亡，跳出了鬼子包围圈。

后来日伪突袭，搜查八路军突围的伤病员。当时情况万分危急，春玲家藏着24团的伤员刘排长，在她家已养伤快十天了。春玲家房后不远就是高粱地，刘排长悄悄从后院的小门儿溜出去，钻进青纱帐。鬼子汉奸敲门打户、翻箱倒柜、挖地三尺地搜查，没搜出八路军的人影，无奈滚了蛋。

临走狗腿子放下狠话："发现八路马上报告，若私藏八路发现统统枪毙！"

刘排长在高粱地听着动静，日伪汉奸走了，他躲过一劫。

十几天来，刘排长有春玲、大仓的精心照料，烧盐水，按时清洗伤口，隔天换那点儿可怜的药。他家仅有的几斤白面，春玲给刘排长做了面条喝，一家人舍不得吃的鸡蛋，一天给刘排长喝个鸡蛋花儿。看着那只不大下蛋的老母鸡，春玲狠狠心叫大仓宰了，炖鸡汤给刘排长喝。刘排长听见了，拄着拐出来，不叫大仓宰鸡，但是没拦住大仓。他在春玲、大仓的照料下，伤很快好起来。

刘排长穿的鞋已经很旧了，由于慌着躲藏，跑起来被树渣子挂烂了鞋帮。春玲看着刘排长的鞋烂了，说给刘排长做双新鞋，但还没做好，接到命令归队，刘排长用绳子把鞋拴在脚上，凑合着走。

临走刘排长眼里含泪，说："谢谢哥嫂照顾，等咱打跑日本鬼子，抗战胜利了建立了新中国，我来看哥哥嫂子。"他行个军礼，转身走了。

大仓、春玲站在村头看着刘排长离去，一直到望不到影了。

三

春玲心里始终装着刘排长这双鞋的事。这鞋就是给刘排长做的。24团在这一带活动，瞅机会把鞋给了刘排长，了却春玲的心愿。

她一针针一线线拽，她一线线一针针纳，夜越来越深，灯油越来越少，麻绳越纳越短，军民鱼水情越织越长。鸡叫头遍了，她摸着做好的新鞋，熬得困了，脸上露出甜甜的微笑。大仓给她披上件棉袄，没惊醒春玲，她太累了，困就睡吧。

大仓壮壮的看起来粗粗拉拉，可是粗中有细。

他仔细算了纳鞋底儿的活儿，纳双鞋底子费的劲大啦。一只42码鞋吧，底子大约要纳二十五排针脚，每排针脚平均十五个，这就要纳三百七十五个针脚，每个针脚，大针进出两次，就是要进出七百五十次，这一双鞋底大针要进出一千五百次甚至会更多重复动作。每一针要甩开胳膊拽绳子两次，胳膊要甩三千次。要用劲拽绳子三千次啊！纳底子甩胳膊累得酸麻了，春玲就捶捶捏捏胳膊。大仓看准机会献殷勤，给春玲捏捏膀子，捶捶，活动活动胳膊肘，给春玲解解乏。

春玲跟姐妹们说："纳底子胳膊甩得开，蹬鞋上高台，麻绳拉得长，翻山又过岗。"

春玲的手被麻绳子勒破了，包包再纳，顶针磨透了换个……

去村里交鞋那天，春玲做的鞋一亮相，震了！她是五层的"千层底"布鞋，比别人做的鞋多一层。

村长表扬："看人家大仓家的——春玲主任，做的鞋结实又好看，舍得用好布舍得下功夫。大伙要向她学习。不光这，春玲主任做了七双鞋，超额完成任务。"

春玲说："村长，您别夸奖了。咱做鞋上心，战士穿上才有力，才能多杀鬼子汉奸，抗战才胜利得快，新中国成立了，咱才能过上好日子。"

村长说："春玲主任说得对。"

村长看着摆在桌子上的、地上的二百多双新鞋，妇救会会员们，要熬多少个不眠之夜啊！

24团作为主力部队，在杨勇司令员统一指挥下，参加了解放卯城战役。村上男人、民兵们都参加担架队、运输队支前，推着装粮食的小推车，提前一天去了前线，没来得及等到全村的新鞋集中起来。

春玲请缨："村长，这样吧，我带十个姐妹去前线送鞋。每人背二十双，就差不多，你放心，我们一定交到前线指挥部。"

村长略一思忖，说："也只能这么办了，快去快回，我等你们的好消息。"

四

春玲率十个姐妹，带着干粮，背着鞋，日夜兼程，步行百余里赶往卯城外围阵地。她们远远看到围城的部队。她打听了总部在凤凰集，她们就往那儿赶。把军鞋交到凤凰集解放卯城指挥部，后勤上同志说："谢谢你们，姊妹们辛苦啦！"

春玲说："同志，俺不辛苦，应该的，你们冲在第一线才是我们的榜样。"

部队后勤的同志和县上的同志，点了鞋数，给她们写好收条，春玲放好收条。

春玲怀里还揣着两双新鞋，给刘排长的。她悄悄地顺着交通壕，警觉地往城边走。随走随问严阵以待的战士，说："同志，您知道24团在哪一段吗？"

战士冲着城西北那一片一指："24团，大都在那儿。"

春玲说："谢谢您同志。"她遂朝那一片猫腰快步跑去。

春玲看见战士就打问："同志，您是24团的吗？"

战士对春玲说："是，我们是24团。"

春玲问他："同志，您知道刘排长他们在哪一块儿吗？"

小战士问春玲："老乡嫂子，您是问一连的刘麻子吧？现在是副连长了，俺这儿是二连，他们就在前边隐蔽哩。"

春玲高兴地说："谢谢您，同志。"

春玲已顾不了那么多了：俺好不容易打听到刘排长消息。连文书拦她，说："老乡你不能去，攻城马上开始了，太危险了！"

春玲不听劝阻，说："我必须去！同志，我该刘排长的鞋两年了，一直没机会给他，好难哩打听到他，给了他，叫他穿上新鞋多杀鬼子。"

她像个游击队员，猫腰顺战壕往前跑……一阵子子弹呼啸而来，她觉得乳房那儿"噔"的像被摸了下子，急忙趴下。

恰巧一战士看见她，他掀了掀柳条叶子帽，就匍匐过来喊她："老乡，老乡危险，下去！"春玲一听那人语声，这么熟悉啊，这不是刘排长吗？！

春玲低声喊："刘排长，俺可找到你了。"

刘排长一惊，看老乡："呀！嫂子，怎么是你，咋上这儿来啦？"

春玲说："俺村妇救会来指挥部送鞋，顺便给你捎鞋来，这不俺找你来了嘛。"

她解扣从怀里掏出两双鞋来："刘排长，不，听说你进步，当连长了，刘连长，这是俺给你做的鞋。"她一看鞋瞪眼了，其中两只鞋底儿都被子弹打了洞！

"娘唉，好悬！鞋救了我一命。刘连长，这双鞋打坏了。俺再给你做。"她把鞋紧紧地捂在心口上。

刘副连长说："嫂子多危险啊，多亏鞋底子挡住子弹，不然就惨了。"

春玲紧张得脸色煞白，说："刘连长，我命大，老天爷还没收俺。"

刘副连长说："嫂子，我是副连长。鞋没事儿，照样穿，不用做了。您快回去，这儿一分钟也不能待了。"

春玲说："刘连长，下次见你就是正连长了。再说啦，俺没那么娇乖，皮实得很。"

刘副连长大喊："通信员！"

通信员干脆的一声："到！"

刘连长命令："马上送嫂子下去！"

通信员一声："是！"

原载《短篇小说》2024 年 4 月号

她是卫生员

贾玉玲十几的娃娃，就跟父亲参战，帮助红军打白狗子，帮助村苏维埃、贫农协会、妇救会给红军磨面、蒸干粮、送饭等，做支前工作。她给红军打草鞋是跟父亲学的。她打的草鞋瘪瘪鼓鼓，还不规整，好在她勤学苦练，天天打、夜夜学，提高很快。贾玉玲帮助卫生员姐姐照顾伤员，搀扶伤病员躺床上做手术；她也洗绷带，洗军衣，干得蛮不错。卫生员姐姐夸她："行啊，贾玉玲，可以呀。"贾玉玲经这四次反"围剿"历练，已像个红军小战士。她们三四个小人儿还抬过担架，往战场给红军战士送饭，也抢救过伤员啥的，她在小队伍里，样样争先，干得挺好。1932年7月，蒋匪开始集结三十万兵力对鄂豫皖苏区发起"围剿"，红四方面军反"围剿"战斗打得异常惨烈，红军武器枪炮装备差，战士靠顽强的革命意志，不怕牺牲精神，轻伤不下火线，拼死的战斗决心与敌决战，在苏区周旋，择机消灭敌人。在炮火连天、硝烟弥漫、腥风血雨的苏区，白色恐怖笼罩。10月迫于蒋军强大压力，为保存实力，红四方面军决定放弃鄂豫皖苏区，保留沈泽民率红二十五军坚持游击战争，其余二万余人转战西进。

红军要转移了，"扩红"消息传到村苏维埃，贾玉玲决心参加红军。她爹娘、哥哥因"通共"，被白狗子杀了，房子被白狗子烧了，贾玉玲满怀深仇大恨：除了红军我没有亲人了！跟徐向前伯伯当红军去。贾玉玲还小，为了参军报名，在鞋里多垫几层鞋垫儿，踮踮脚，猛一看差不多。她来到扩红登记处排队，两个红军战士负责登记。她挨上号了，一女战士问她：

"小妹妹，你叫什么名字？"

"姐姐，俺叫贾玉玲。"

"她叫假小子！贾妮儿！"跟她一块玩的伙伴们起哄。

"别捣乱，都一边去。"

"你是哪个村的？"

"俺是黑狗寨的。"

"你父亲叫什么？"

"俺爹叫贾东树。姐姐，俺没爹没娘也没哥了，都叫白狗子杀了，房子烧了。"贾玉玲哭腔地说。

"小妹妹，别哭，姐姐们会给你报仇的。你多大了？"

"姐姐，俺算十四了。"

"怎么还算十四呀？"

"姐姐，俺再过半月就满十四岁了，您开恩，叫俺去当红军吧，姐姐。"

两个负责登记的红军同志，一对眼神，就是同意了。

"好，玉玲，回家等通知，统一换装。"

"姐姐，俺没家了，刚才跟您说了，家被白狗子烧了，俺没地方回了。"

"哦，那你等一等，我暂时安排你住下。"

"哎，好姐姐、好姐姐。"

贾玉玲高兴啊，能当红军，跟红军一起战斗：红军大哥哥大姐姐们能保护我，我也能消灭敌人，到那儿都是打白狗子，给爹娘给哥哥报仇。换装那天，玉玲脱掉衣衫，穿上小号军装，褂子、裤子虽还大点，挽挽袖子，挽挽裤腿也凑合。鲜艳的帽徽领章，映衬得她脸蛋儿红红的更漂亮了，好一个男相英姿的小女战士。贾玉玲整装待发时，身上能带的东西，也就四双草鞋，几件换洗破衣裳。

连长看看站队伍里踮着脚还不高的贾玉玲，说："女娃子，干卫生员吧。"她高兴地到卫生队报到，成了卫生员。部队一边行军，一边打仗，一边对新手培训。贾玉玲有在苏区反"围剿"帮卫生员在炮火中救护伤员的历练，加上她心灵手巧学得快，战地救护，包扎伤口，扎针、输液，给伤员换药，洗绷带样样利索。什么都是边学边干，其实她还没结业，早就开始了工作。

嘉陵江战役残酷啊，打了二十多天，红四方面军占领嘉陵江以西大片。6月红四方面军跟毛主席中央红军胜利会师。回想嘉陵江那场恶仗啊，炮火密集分不清哪边，手榴弹"轰轰"地炸响，机枪、步枪齐开火，枪声"嗒嗒"的像炒豆子。敌机呼啸而来，在上空盘旋、扫射。连长一边架起机枪打飞机，一边大喊："卧倒！卧倒！隐蔽！隐蔽！"重伤员行动不便，就地趴下。飞机朝卫生队俯冲。机关炮"嗒嗒嗒"，炮弹"轰轰"响，震耳欲聋。说时迟那时快，为保护伤员，贾玉玲一跃而起，迅速趴到伤员身上。"轰"的一声，炸弹响了，把她震晕过去。好大会儿缓过神来，贾玉玲摆摆头，抖抖土，回头看，刚才隐蔽的地儿掀起个大坑。好悬呀！贾玉玲若不是救伤员，自己就被蒋匪炮弹炸飞了。

她胳膊两处挂花儿，小战士给她止血、包扎伤口，忽然发现血顺着裤腿流下来。小战士说："姐姐你腿也伤了。"给她包扎，把裤腿底下剪开，清理伤口。她说："兄弟，腿不用你包扎了。"

小战士说她："玉玲姐，你多处负伤，得下去，这儿有我。"

她说："兄弟，腿破点皮不碍事，轻伤不下火线！伤口我自己来处理。"

那一仗贾玉玲表现机智、勇敢，舍生忘死，救死扶伤，品德高尚，卫生队党支部批准，贾玉玲火线入党。贾玉玲入党以后工作更积极了，吃苦在前，休息往后，很快成为卫生队骨干。一场场的战斗，一次次的死里逃生：绥崇丹懋战役，天芦名雅邛大战役，贾玉玲跟伤病员一起在血泊里挣扎，腿又负伤也跟过来了。后来又和红二、红六军团胜利会师，在朱总司令、贺龙、任弼时等红军首长指战员力挺下，批判张国焘另立中央的错误和逃跑主义思想。红四方面军和红二、红六军团一起重过雪山草地，找毛主席、找中央红军北上抗日。

皑皑雪山横挡在眼前，好像要压过来。

贾玉玲望白雪皑皑的夹金山，不是一座山，而是一座雪山连着一座雪山。她双腿打战，心里犯怵，山都高到云彩里了，鸟也甭想飞过去。"我拖着伤腿，不知能否过去。贾玉玲啊贾玉玲，你口口声声，红军战士，共产党员，咋害怕了！你曾说红军要做钢铁汉呀！大喊要多杀白狗子给爹娘哥哥报仇！就是死也要爬过雪山。错！不能死，死了怎么过雪山啊。一定要活着！活着才能杀白狗子，给爹娘哥哥报仇，才能北上抗日。"贾玉玲在部队学文化，受党的教育，学党的宗旨、党的知识，学习共产党员要为共产主义事业奋斗终生。"贾玉玲啊你不能老想着自己的深仇大恨，要把眼光放远，心胸放大，为家乡父老，为鄂豫皖苏区，为全中国的老百姓，为中国解放事业，而不怕牺牲，奋勇向前。"

徐向前总指挥过雪山前召开师以上干部会，作战前动员，爬雪山比打仗厉害，发出指示：过雪山要吃顿饱饭，给身体增加营养，储存热量。尽可能带点烧酒，带点辣椒。贾玉玲真听话，那顿饭她吃得打饱嗝，她准备了烤焦的红辣椒，还把破衫烂毡剪成条，绑在脚上。她给伤员重新包扎一次，给大家鼓劲加油，鼓励伤员们一定爬过雪山!

她踩着战友蹚出的雪路,咬紧牙关跟着走。到了半山坡,她那是走吗?不,那是爬,真正的爬雪山。她手脚并用,坚持!坚持!!再坚持!!!

她几次头晕,迈不动步了,爬不动了,小战士看她伤腿,说:"姐,把急救包给我,你拽着我褂子走。"贾玉玲就拽着小战士的褂子爬。

伤员累得实在走不动了,坐下喘口气,刚才还一起爬的战友,再也爬不起来,再也站不起来了。她向战友敬礼都不像样子了,雪雨夹着冰雹砸下来,又有战友长眠在雪山上。

炊事班黄班长背着舍不得丢的那口宝贝锅,他跟贾玉玲说:"闺女啊,没锅咋做饭?没饭吃咋活人?不能丢下锅。锅是我的武器!"锅在后背兜风,一个旋风袭来,险些把黄班长裹下去,多亏几个战友拽住他。他们就爬到山顶了,突然,又一阵暴风雪袭来,黄班长连人带锅被狂风卷下山去了。贾玉玲伸手没抓住黄班长,他还是留在了雪山上。贾玉玲大喊:"黄班长!黄班长!"她的眼泪流干了。

水涟涟,天苍苍,雾茫茫,无边无际的大草地铺在面前。现在给大草地起了个颇富诗意的名字:湿地。红军过的草地应叫:旋人坑。一不小心走进去,片刻就把人吃了。你若去拽战友,连拽的人一起吃进去。

贾玉玲给自己舍不得用药,说自己轻伤,只用盐水洗洗,后来伤口感染,已溃烂,她发烧,头滚烫。卫生队都知道,她把剩的可怜的那点儿药均给了重伤员。

茫茫草地,天连着草,草接着天,水泡着草,草拥着水,老天爷一变脸,刚才晴空万里阳光普照,霎时狂风大作,电闪雷鸣,黑压压的乌云,伴随豆大雨滴,暴雨如注,再加冰雹砸下。

狂风吹得人东倒西歪，全身淋得湿透。雨住了，拧拧衣服。红军走的是难上加难，他们深一脚浅一脚往北走。贾玉玲不是走了，几乎是挪。她每挪一步都疼得咬牙。她蹲下，悄悄解开绷带看溃烂的伤口，擦擦血脓。她摸出仅有的宝贝，救命的一支盘尼西林，反复地看了又看，最后，她还是收起，把伤口包住，继续跟着走……北上。

他们掉队了，其实已不用派人找路标，沿着躺在地上战友的遗体走，就是前进方向。

断粮、饥饿、缺药，恶魔在向他们袭来。这天贾玉玲再次发高烧，实在挪不动了，伤员揽着她蹲在草上喘气。小战士寻野菜回来，说："玉玲姐，我去煮野菜，你把那一针扎了吧。"小战士知道贾玉玲还有一针好药。她从急救包里把那支盘尼西林拿出来，珍爱地正着看了反着看。她把针管子装上针头，吸进灭菌水注射到盘尼西林小瓶子里，来回地晃，等药稀释了，再吸进针管，狠狠心在手脖先做了实验，若不用盘尼西林，恐怕会留在草地里。她默默祈祷，爹、娘啊，老天爷、红军叔叔们都保佑我，千万别过敏呀……她对战友们说："都扭过脸去，闭眼也行，我要扎针了。"她跪在草地上，半褪裤子，雪白的臀部露出来，自己给自己扎针。唯小战士眯眯着眼没闭死，看着她怎样给自己扎针。看她消毒，看她一闭眼，针头扎进去了……此刻，忽然传来急切的呼救声："卫生员！贾护士！你快来，刘排长不行了。"贾玉玲听到呼喊声，她捏针管子的手，哆嗦了，犹豫……推不推进去？！她还是狠狠心，救战友当紧！坚定地把已扎肉里的针头拔出来。小战士架她过去看刘排长。刘排长也是伤口感染恶化，高烧不止，说胡话。她毅然地给刘排长做了"皮试"……然后把从自己身体拔出来的一针盘尼西林，给针头消毒，注射到刘排长身上……

贾玉玲的伤口化脓，高烧、脸红、迷糊。小战士说："玉玲姐，你病成这样，还那么好看……姐、姐……"

"啥事啊？吞吞吐吐的。"

"俺、俺不再说了。"

"说吧，姐都这样了。"

"玉玲姐，你真好看！"

贾玉玲脸腾地更红了。她仰起头来看一眼小战士，说："是吗兄弟，我长得男相呀？"

他俩轻轻地拥着……

小战士幸福地微笑："玉玲姐，我背着你也要走出草地。只要我活着，姐姐也要活着。"

她说："好兄弟，谢谢你。把我留下来，姐姐省一碗野菜，你吃了走出去。我这、这也是战斗！"

收容队的团长撵上来，眼见贾玉玲，病情严重，脸色铁青，气若游丝。

团长急切地大喊："卫生员！"

小战士赶紧报告："首长，她、她就是卫生员。"

团长一惊，继续大喊："收容队卫生员！"

原载 2023 年 7 月 30 日《九江日报·长江文学》

贫困生

一

　　县扶贫办庄主任不简单，是有玩意儿、有本事、有水平的同志，这次调整，他从乡镇书记任上调来。那年提倡知识化、年轻化、专业化、革命化的时候，庄主任在乡管委会任副主任。文化水平嘛，正儿八经的中专生，师范毕业，在教育上做了十几年教师、几年公社教育组组长（现在的乡镇联合校校长）。任教师期间参加了函授大专考试，被泰安承办的大专函授班录取，学习两年，函授大专毕业文凭到手。就是这一纸函授大专文凭一家伙使他迈进乡（镇）党委书记行列。

　　这里还有故事，就是这一纸函授大专毕业证书，组织部要看原件哩，庄主任却怎么也找不到了，挖地三尺、翻箱倒柜地搜查，没了！他在农村工作那么多年，多次搬家调单位没重视这东西，找不着急得他拍头。虽然档案里有记载，但是组织部有要求啊，那时间的大专毕业证书上网查不到。那几年根本不知道网是啥玩意儿。没办法他只能去泰安找老根儿，不错，查到了原始毕业生档案记载。泰安同志挺好，没难为他要介绍信啥的，给他写了证明：庄正峰同志于1963年9月—1965年7月在泰安函授大专班学习，成绩及格，已毕业。特此证明。他高兴地回来交给组织部，就职乡镇书记了。

但凡干过乡镇书记的同志，只要县党委、县政府安排的工作，你那个乡镇完成得好，事事不拖全县的后腿，人也明白，干得不错的，给他个县长基本也能胜任。庄主任有句口头禅："起火"（烟花爆竹的一种，一点即冲天而起）插谁腚里都冒烟！

这不，当下有了贫困生帮扶指标，庄主任决定到市扶贫办走一趟，找主任去。县里困难，多争取一个是一个，庄稼人就少作一个的难。庄主任到了市扶贫办，跟同志们打个招呼，径直去市扶贫办主任办公室，见一把手。市县两级主任见了面，握手、问好、工作忙不忙，问候用语开场白，没寒暄几句话，直奔主题，他话还没说庄主任先哭穷："主任，俺县里太困难了，扶贫任务非常艰巨。农村穷得有揭不开锅的，有穷得寻不上媳妇的，多少往云贵川买媳妇的。现在思想更解放了，开始朝越南、缅甸发动进攻，糊弄来几个外国媳妇。还有半道辍学的孩子大有人在，因病致贫的更别说了……主任，这样吧，咱先解燃眉之急，马上大学录取通知书陆续送到学生家，家庭困难上不起大学的学生，准会拥着我的门，没法啊，主任，多给俺穷县几个指标，让贫困户的孩子上大学能改变他们的命运，不然恶性循环，没出头之日。多几个我也好安排。"

"庄主任，你说得有鼻子有眼，活得都这么可怜是真的吗？你编得跟曲艺团陈大嘴说评书讲故事一样，都跟真的一样，个个那么困难，您那里有这么穷吗？穷得快赶上老辈子了，你这不是给咱抹黑吗？"

庄主任一拧身子，说："主任，我可不是抹黑，我这是反映实际情况，为啥政府设咱扶贫办呀？增加咱这个机构干什么，就是因为家庭的发展不平衡，贫富拉开距离不少。咱是干缩小距离的，我能跟组织说假话吗？老辈子比现在要穷一百倍，那时候一个村没仨俩上学的，除去几户地主富农家庭有个学生，贫下中农都上不起学。主任，俺可不是编故事，更不是说评书，你不信就往俺县里调查，我打包票，百分之百的真实，我拿人格担保！"

"好、好、好，老庄，你不是编的，不是编的，你再叫我追加几个？"

庄主任说："主任啊，可怜可怜俺穷县的孩子，主任你说怪不怪，越穷的还越学习好，不能让孩子白念书哇！主任您再发发慈悲，咋着也得再给十三个呀。"

"好家伙，老庄你狮子大开口！我兜里总共还有几个啊？最多再给你五个。"庄主任一看形势不错，说："谢谢主任、谢谢主任，您作作难给俺八个吧。"

"好、好、好！老庄我缠不清你，八个就八个。反正你不装信封里。这样吧老庄，今儿中午别赶回去了，我管饭。跟我吃工作餐，我必须过紧日子，别嫌饭孬巴。"

"主任您说哪里话，又追加指标，又管饭，这种好事往哪里找去？"

看看不赖吧，庄主任有的是法。这就应了"会哭的孩子有奶吃"那句话。要了指标还管饭，庄主任心里颇受用。

"老庄，我知道你是个工作狂，难得到市里来，今天就放松放松，别马不停蹄了。我请你吃个工作便饭。"

那次庄主任心里高兴，看着自助餐一份份十几样好菜，真是一级一级水平，市政府餐厅厨师也高级职称。菜的风味大提胃口，主食，包子、花卷、米饭、面条，最后发现还有水饺，又尝了几个，但他也没大狠吃，喝得很实在，喝了两碗面汤，吃得满醋满油，颇高兴。

二

庄主任从市扶贫办多争取来八个帮扶贫困生指标，给县长一汇报，县长也喜欢，夸庄主任有能力，会办事。但是庄主任到分配起来，还是捉襟见肘。每乡镇平均1.7个，别说1.7，就是1.9个也没法分。庄主任定调子，分配方案内部掌握，大乡镇两个，小乡一个。总的不搞平均分配，重点照顾真正贫困的不帮扶就辍学的学生。横竖肉烂在锅里，便宜不到外家。

刘大人乡中学的教学质量是不错的，全县有名。武校长抓教育有一套，在县直属的几处农村中学，年年高考名列前茅。今年成绩也挺好，考上五个大专生，其中有两个学生家庭特别困难，母亲领着孩子来找武校长，考上大学了全家也没高兴起来，拿不起学费，不想念了。武校长一听她娘说准备放弃升学，感觉事情挺大，影响会不好。武校长对她娘俩说："先别慌说不念了，我看看有办法吗。你们先回去，听我的消息。"

武校长，正为学生要辍学的事犯愁，准备搞搞捐赠活动，方案还没落地的时候，乡扶贫办蔡主任传来了县里有帮扶贫困生的计划喜讯。

武校长听说了上级有资助贫困生的事，马不停蹄到乡扶贫办见蔡主任，请蔡主任帮忙，叫蔡主任下下身法，往县里要两个帮扶贫困生指标。蔡主任腆着大肚子，坐在老式圈椅里，眯缝着眼说："武校长啊，现在这××事儿没好办的，还没张嘴说事哩，就先说请人家吃饭。人啊一求人就矮半截，你信不，武校长？"

武校长本身就是来求蔡主任，也是矮半截的。武校长一听蔡主任点化，立马表态："蔡主任我信、我信。咱中午先喝点！"

蔡主任从圈椅里出来，睁开眼笑了，说："武校长咱老弟兄们了，我是说上边有的个别人好这样，咱还不是同一个心眼吗？

我不用请。"

武校长的话跟上了，说："蔡主任，咱就是没这个事也该吃个饭，多长时间了没坐坐了。这样吧，晚上到'大红灯笼'弄点儿。那儿菜实惠味好。"

武校长这个饭局摆得恰到好处。

武校长往"大红灯笼"一迈步，老板娘扭着胖腰就出门了："武校长来了，稀客啊！"脸上开着花儿，迎接武校长，给武校长敬烟泡茶，胸脯两只跳兔一拱一拱地直想出来。老板娘是镇上阿庆嫂式的人物，说话办事滴水不漏。武校长点菜，四个大碗儿：汆丸子、辣子鸡、炖藕盒、白菜炖豆腐。另外四个铃铛（方言，四个菜的意思）：一盘花生米、一盘小炸鱼、一盘煎鸡蛋、一盘豆腐皮，桌上满满的，蛮丰盛的。酒是本县白酒，老窖52度。武校长知道蔡主任能喝二三两，酒量小点儿。他敬，副校长也敬，蔡主任来者不拒，但谁敬都不喝干。蔡主任说，啥喝酒啊，就是凑喝酒的机会说说话。蔡主任见酒就脸红脖子粗，暴着青筋，红眼珠眯眯着，抓着牙签剔牙缝里的鸡肉，扭着秧歌，随走随说："我明天就去县里找，这事得抓紧，抓而不紧等于不抓，争取把指标弄给武校长。"武校长心里有事，喝得不多，当主陪必须叫主宾喝好。今天喝的效果不孬，蔡主任颇高兴，积极性很高，只要有积极性事就好办。

这顿酒花去二三百，武校长自己掏的腰包。学校里经费紧张，他有丝心疼，没法的事，如今不这样还有其他法吗？再说了也不光他这样，这就是人际关系，搞好关系，怎么搞？光靠说"馍馍话"（地方方言，好听的话）吗？那个不办事。

蔡主任第二天提着包，早早来到乡政府，看看乡里的小车能挤上吗。乡政府当年就两辆车，乡党委书记、乡政府乡长没事不用车的话，别的领导才能用用。领导多得很，有乡党委副书记、人大主席、政协联络组组长、纪委书记、四个副乡长、党委组织委员、党委宣传委员、党委秘书、妇联主任、人大俩副主席、政协联络组副组长、信访办主任、社会治安综合治理办公室主任，甚至乡卫生院院长、供销社主任、农业银行行长、农信社主任，等等，都来凑热闹。人多的时候足够两席。蔡主任是正股级干部，能蹭上车的概率微乎其微。蔡主任搭眼一瞅全是领导，他扭头直接朝街上等过路车（县际班车）去了。他坐着过路班车进城，到汽车站下了车打三轮，送到县政府找扶贫办。就是找县扶贫办庄主任要帮扶指标这次，随即把武校长的贫困生基本情况报到县扶贫办。

　　蔡主任是庄主任套改版的"哭穷"。他讲的要比庄主任找市扶贫办主任，还具体、生动、鲜活、感人！蔡主任讲是有细节的，比如：俺乡小徐庄某某某七难八难凑了四万六，千山万水、千难万险、千方百计坐火车倒汽车再拖拉机到了中越边境的山窝里几倒手买来个越南媳妇，小媳妇长得黑乎乎的挺健康，小媳妇是被骗来的，人贩子说是给她找工作，家里还有孩子，整天掉泪，思念家乡，她说的话咱这边人听不懂，咱说的话她听不懂，全家人轮流看守，怕她偷跑了。某某某只睡了半月，一次晚上小媳妇在厕所跳墙跑了，他家住村边，跑到玉米地里。发现她窜了，藏到玉米地没法找，茫茫青纱帐怎么找哇！跟抗日战争时期，鬼子汉奸搜索八路军的样子，看着玉米地、高粱地干瞪眼！他两手扑天鸡飞蛋打，到如今账还没还清，难得想一死了事。还有生病的，连累孩子上不成学的，贫困户例子多了。

　　庄主任听得一脸严肃，说："蔡主任，目前是有些特困户。关于帮扶贫困生，咱有个内部掌握的平衡问题。这样吧你先把贫困生的基本情况报给帮扶科，县里要下去走村到户看看，考察考察跟报的情况有悬殊没有。"

蔡主任说："庄主任，您啥时去都行，我随时恭候，我那里经得起检查，咱一是一二是二，实事求是，绝没虚报瞒报，您是越查越好，越查越有真事。我这俩学生经得起检查。"

三

不日县扶贫办全体出动，分组到各乡镇走村入户调查乡镇上报的贫困生家庭情况。他们实地走访座谈考察，看情况属实否，各路情况汇总，然后综合平衡，确定帮扶对象。

庄主任一行来到乡政府，汽车"嘀嘀"一响，秘书、乡长出屋迎接庄主任，乡长跟庄主任两人热情握手。庄主任随乡长进乡长办公室，秘书泡茶、敬烟，然后每人倒一碗茶端到面前，秘书就撤出去了。乡长笑眯眯地说："庄主任，这点小事还劳您大驾亲自出马啊？同志们来看看还不行？"

庄主任说："乡长啊，上级有要求，要调查到户。再者，不来咋摸第一手资料，来了不下去怎么接触群众，不接触群众就不知道下边是什么样子。给领导汇报，靠听同志们汇报的情况干巴，没劲！毛主席不是教导我们，没调查就没发言权吗？"

"哈哈哈……"乡长大笑，"是啊，庄主任还是当书记时扎实的工作作风，不光统揽全局，还注重局部，关注细节，体察民情，了解民意，深入基层，身体力行。"

"行了行了行了乡长，你要是市委组织部长就好了，这次换届我准进步。"庄主任虽然这样说，乡长的表扬词还是很温暖的。

"庄主任俺还没说完哩，群众的眼睛是雪亮的，您进步是早晚的事儿，别慌，就您把咱县的扶贫工作干这么好，在全市名列前茅，不提拔您提拔什么人啊！您还是我们学习毛主席著作的楷模。下一次中央台推选'最美扶贫办主任'，我发动全乡推选庄主任。"乡长说到这里，跟庄主任来的几个同志也笑了。

庄主任弹弹烟灰，抿了口茶，说："谢谢乡长，谢谢乡长！你别逗。咱别想那种好事，工作不挨招呼就烧高香啦！比咱干得好的同志多的是，其实人人都在努力工作，县县暗加劲，在各自的心里比学赶帮超。"

乡长说："庄主任您过谦，我听老蔡说了，您在县长那里是有位置的，很吃香，在全市十四个区市县工作数一数二的。"

庄主任眯眯地笑："乡长，你别听老蔡瞎'梆梆'，他不了解内情，这里边水深了。不过您别看蔡主任姓蔡他可不菜！都说老蔡不菜。"

说老蔡老蔡到，老蔡跟武校长汗水流得滴滴答答地一块进屋。老蔡一见庄主任赶紧握手、倒茶，且县里来人一一都倒一遍茶，握一遍手。

乡长考虑安排庄主任休息，或者聊聊乡里扶贫工作，喝喝茶啥的，说："庄主任你在我屋里喝水吧，大热的天，动动就一身汗，让同志们下去看看还不行啊？"

庄主任的意思是：我既然来到乡里了，就去看看吧，不差这几里路，实眼见的现场，跟听同志们汇报的情况，然后再跟县长汇报，效果不一样。我还想争取让县财政拿一点。乡长一看庄主任执意要下去，也就没再留："好吧，庄主任。按说我得陪您一块去，可是书记没在家，我需要在家接待咱上边各部委办局来的同志，对不起庄主任。我等着您，中午弄点儿。"

蔡主任领路，庄主任小车一行走在疙疙瘩瘩土路上，晃荡得庄主任五脏六腑移了位，他双手兜着肚子感觉稳当。半道遇上给玉米浇水的村民，俩村民挂着铁锨看着两辆小车开来。村民表面上面色严肃，只是眼睛鬼鬼地露出一丝笑意：看看你们当官儿的咋过吧，看笑话哩。村民一看乡里的蔡主任下来车，随即脸皮笑了。蔡主任熊他俩："×！怎么把路挖开啦，叫领导怎么过？填上！"俩村民不情愿，水垄沟在路上硬开的。沟虽不深，但挡住小车去路。如让人家停机器，填上垄沟，车过去，水泵漏水还要重新加引水。四五个劳力得忙半晌。回来时还需停机器，再捣鼓一遍，给老乡添麻烦大啦。若步行的话有二三里路，庄主任知道庄稼人的难处，庄主任说："反正不远，咱走过去吧。"俩村民很感激县里领导，连续说："对不起了领导、对不起了领导。"俩村民对着自言自语：看看，越官大了越好脾气，越明白。

大热的天，骄阳似火，庄主任热得大汗淋漓。来到贫困生的村上，蔡主任找到村支部书记，说明来意。村支书高兴，说："这户绝对贫困户，我给他家减免好多提留，你帮帮吧蔡主任。"县、乡、村三级官员，看着学生家破败的门楼，土院墙歪歪扭扭、豁齿露牙、欲倒伏状。屋里一张大桌子裂开四条缝，几个缺腿少杈的凳子。黑白电视机"哗哗"地下着大雪。炕上躺着的瘫痪的父亲说："小儿快给领导倒水。"蔡主任示意拦下了。母亲下地干活了。蔡主任掏出手绢来扑打凳子上土尘，让庄主任同志们坐下。庄主任看着屋里墙上贴的张张三好学生奖状、考试获奖奖状，蔡主任紧跟也看，都频频点头，心里话："真是好学生，考上大学实至名归！"庄主任说："不坐了，这村奔小康任务还很艰巨呀。"

蔡主任问庄主任，咱还召集村干部和村民座谈吗？庄主任说，不用了，这已经说明问题了。

他们出来门，蔡主任问，庄主任还去看那个学生吗？庄主任擦着汗，问，那户比这户咋样？那户还远点，那户更穷。那就不去了，回乡里。一行人马折腾两个小时，连累加热庄主任已是浑身大汗淋漓。车子回到乡政府，庄主任下来车，呼扇扇子。

乡长听见车停的声音，迎出屋来："哎呀你看看庄主任，下去一晌晒得脸蒙红布样，褂子渌了吧，洗把脸，快吹吹空调。"

庄主任进屋坐下，喝了口水，说："乡长啊，这学生家真困难，你的脱贫任务挺艰巨。"乡长说："是啊，所以老蔡紧盯着您要帮扶指标。"

乡长把午饭安排在乡政府伙房小餐厅，没去外面的所谓大酒店，其实内部餐厅比外边的酒店干净，做的菜味道也不错，挤挤一桌吧。酒场没弄成，因为庄主任滴酒不沾，一桌人喝水当酒，只要感情有喝啥也是酒！喝水的氛围就省略不描述了。乡长安排蔡主任给县里来的同志每人一份土特产，一个绿豆粉皮、两只熏鸡，饭前就叫司机装好了。吃完饭乡长让主任们去喝水，庄主任没去，说："你别陪着我了，休息会儿吧。"他听司机说乡长安排给了土特产，便批评老蔡，让把东西卸下来。乡长拦没拦住，说："这是我的小意思，庄主任。"庄主任说，乡长，本身就是贫困户的事，这样不合适。又说蔡主任："要想要扶贫指标，就别弄小动作。"庄主任说，请乡长理解，这样咱都好。然后他们就走了。

送走县里同志，武校长问蔡主任："这顿酒花多少？"蔡主任说吃饭不喝酒，不要土特产。没几个钱，自己伙房做饭本身就省。武校长惊得眼瞪得溜圆：县里同志还真不错哩。

县里公布了贫困生名单，刘大人乡上报的俩学生都榜上有名。武校长悬着的心落到实处。他感慨，功夫不负有心人啊！俗话说锯响就有末。

县里帮扶贫困生大会按时召开了，乡里蔡主任参加了会议。晚上武校长收听收看了县电视台新闻节目。在帮扶贫困生大会上，分管副县长讲话：因为县财政仅仅是吃饭财政，县里实在拿不出多少，只做了点补贴。庄主任宣布贫困生名单，每位学生资助一千五百元。

武校长以为看花眼了，千真万确！一千五百元！太少了，解决不了大问题。

乡镇来的主任们帮扶仪式结束后县扶贫办管饭，在政府餐厅自助餐随便吃，欢聚一堂。热烈庆祝，帮扶大会圆满成功。

四

武校长的两个学生带着帮扶资金入学了。他们带着家长"在学校里，咱只能比学习，不能比吃穿"，老师"好好学习，要吃饱饭，身体不能受屈"，校长"继续发扬刻苦学习的精神，为母校争光"，乡长"一定要好好学习，为家乡争光"的嘱托走进大学校门……

入学时间不长，学习三周多点就国庆节放假，俩学生带来特大喜讯。

他们回母校看校长看老师去了。俩贫困生给武校长汇报，大学规定：入学新生，凡档案里有县级贫困生审批材料的学生，学校每学期补助五千元。

武校长惊喜地说："好哇！好哇！"

他高兴地眼热了："这是没想到的好事。"

原载《岁月》2022 年 12 月号

年 关

一

困难的日子里，我们大都怕过年，年关年关，过年如过关！就是这么困难，也能找到开心日子。

令我意想不到的是在"过关"期间遇上两位漂亮女性，芦卫东兽医和评剧旦角演员寒梅。那种感觉，美美地开心多日。

年，原本是最隆重、最欢乐、最重要、最渴望，吃得最好、穿得最好、玩得最好，还有若干个"最好"的节日，怎么跟"关"字组合在一起？

《新华字典》"关"字解释：2.古代在险要的地方或边界出入口设立的守卫处所：关口。3.比喻重要的转折点或不容易度过的一段时间：难关。

古人的说法，他们发明一个新词来概括"过年难"的感受：年关。"年关"顾名思义，是时间上的一个关隘，跟空间上的关隘（山海关、函谷关、嘉峪关、虎牢关）差不多，古人认为都是比较难以逾越的。

"年关将至"，古人说进入腊月就算年关的开始，持续到除夕夜，都算年关。甚至一直到元宵节，都在年关的范围。当代要好的弟兄开玩笑甚至拜晚年拜到"二月二"。

名词解释，年关：指农历年底。旧时欠债、负债的人必须在这时清偿债务，过年像过关一样，所以称为年关。

有几个朋友跟我聊过关于年关的故事，用第一人称来写，便于叙述。

二

我那些年，生活困难，从不盼过年。

小时候热切地盼过年，甚至掰着手指算还有几天年来到。过年能穿件新衣服，女孩子能戴朵花儿，虽然插的是纸花儿，戴头发上也增色漂亮。男孩能放几只鞭炮，炫耀炫耀，日子差的也能点几把"滴答金"（滴答金一把十根儿，长约十五厘米，粗细如香一般），点燃抓在手里随走随滴答金光闪闪的小颗粒，不时爆出几粒小火花儿，燃料是木炭碎末末，用软的毛头纸卷成。"滴答金"价格便宜，一分钱能买一把儿——十根儿。但母亲只允许一次点一根儿，我拿一把滴答金，分若干次点燃跟小朋友们玩好多个晚上。

过年嘛，能吃顿饺子，吃点肉，吃炸丸子、藕夹子，好年景还能收入个三五毛给长辈磕头的钱。钱虽是不多，不过当年的钱挺值钱。给长辈磕头，就给压岁钱，有的给五分，有的给三分，还有给两分一分的，少，总比一分不给强吧。不过三分钱就能买支带橡皮的铅笔。钱多数是母亲给别人孩子钱交换来的，纯利润很少。

虽然不盼过年，但是年到来的时候还是来了，它是不以你的意愿为转移的。

咱过年要买斤肉吧，吃顿饺子。可是我连一分钱都没有哇，拿什么买肉啊?! 当年猪肉价格每斤七毛四，买二斤肉需一块四毛八。这是公社食品站的价格，据说是全国统一零售价。哪怕就是社员自家喂的猪，猪肉上市也不能抬价。公社工商管理所、公社税务所两所人员工作认真负责，特别是到了公社驻地逢集日，沿街巡查，发现抬价、漏税偷税严惩不贷。逢集日常见被工商所、税务所罚站示众的小生意人。

虽然我们买不起猪肉吃，但猪肉片子白花花的，往哪儿去了？据说大部分让有钱人享用了，我当年只有劳动的权利，因为劳动最光荣啊！现在想想很对，领导是人民的勤务员，属脑力劳动范畴，脑力劳动也是劳动呀！没钱买猪肉，但是，不影响我去公社食品站看宰猪的热闹场面，欣赏白条猪被拉开肚子，大白猪肉片子被铁钩子挂在架子上。

公社食品站在公路南侧，几间门市，里边是几亩大的院子，围墙不高，混砖垒的。进了腊月门号称年底的日子，食品站的大门对我们众社员是敞开的，欢迎大家参观指导工作。食品站里传出猪们挨刀子疼痛、恐惧、害怕声嘶力竭的号叫，这种叫声传出几里地。食品站里，外围站着拴在老枣树上、木桩子上几头老牛，它们一生辛劳，吃苦在前享受往后，只管低头拉犁、拉耙、不抬头看路，挨打受骂，现已瘦骨嶙峋、肋骨条条摆着，病态恹恹。有一头牛被公社兽医站外号"牛感冒"的青春靓丽、漂亮的，来自苏州昆山县，山东农业大学畜牧兽医系本科毕业生芦卫东大夫检查确诊：此耕牛已丧失劳动能力。分管农村工作的公社副主任签字：同意宰杀。被判了死刑拴在那儿的几头老牛伤感地流泪，看着同类被杀，有的老牛闭着眼淌泪，痛苦状，惨不忍睹。

漂亮的芦卫东，大学毕业，像棵青葱鲜嫩，跟在墨水里泡过似的，浑身充盈着文化感，散发着"雪花膏"的青春气息，长得洋气！跟她供职的兽医站氛围不大协调。

有个大队的饲养员来给头母牛看病，母牛流鼻涕不止，滴滴答答，饲养员对芦大夫说："它不吃草，无精打采，看样子浑身没劲。"芦大夫拿出温度计，把温度计插进牛的外生殖器里，温度计拴着根绳子，连着书夹子，书夹子往上夹住牛毛，防止温度计脱落。芦大夫拿听诊器检查了牛的心肺，她根据牛体温等判断："此牛患了感冒。"饲养员一脸疑惑，问："芦大夫，牛还感冒啊？"芦大夫回答："对，牛也感冒。"从此他跟社员们笑谈芦大夫给牛看病的经过，给她起了个外号"牛感冒"。人的外号有的可以公开有的不能公开。芦卫东的"牛感冒"就不适宜公开。

咱说，就凭芦卫东漂亮的模样，芭蕾舞演员的身段，分配到地区人民医院内科、儿科也满当，甚至转行到地区歌舞团也没问题。

我曾自告奋勇，帮助饲养员三叔，牵着我队被对立面枪击了驴后腿的伤残病驴，去公社兽医站找芦大夫审批病驴丧失劳动能力的鉴定。队长五叔怪怪的眼神看我，虽然我是回乡知青，思想进步，觉悟不低，但感到我不太正常，咋赶先进学英模，赶到牛棚来了？我肯定是在有快乐激素分泌的情况下，调控出快乐和积极的。到兽医站三叔跟芦兽医对话，我只站在病驴的一侧目不转睛地看芦大夫，被芦卫东大夫的青春芳香及"雪花膏"染了一身。可惜三叔张嘴满满的黄板牙，对照芦大夫洁白的牙齿一个天上一个地下，太悬殊了。我寻找她的黑葡萄似的眼睛，眼睛这东西可骗不了人，她的眼睛一点也不黯淡，发射出来的光芒具有爱克斯（X）光般的穿透力，眼神里充满对此刻和未来的澎湃热情。

一段时间俺公社有些大队的生产队饲养员，听说兽医站分来位漂亮的"牛感冒"兽医，争先恐后牵着牲口来看病，我公社的病牲畜形成了规模。目的是如我无能之辈，借工作之便看看好看的小芦大夫。公社兽医站的业务收入大幅度增长，芦大夫观察生病的牲畜，她发现了问题所在，撵回去一些无病呻吟的牲口。

乍看起来"食品站"这仨字，名字挺香甜也颇有诱惑，说白了就是屠宰场，或者说牲口的刑场，不太有人情味，挺残忍的地方。

苏联画家夏加尔一生的美术作品与牛羊有关。他出生在白俄罗斯的一个叫维捷布斯克的小镇上，他从小就爱好美术、写字，给乡亲写牌匾，画招牌啥的。他爷爷、父亲和乡亲一样靠打鱼烤鱼片，宰杀牛羊为生。一次他爷爷要杀一头老牛了，老牛乖乖地伸出蹄来让爷爷捆。夏加尔掉泪了，他搂着老牛的脖子，说："我没办法，救不了你，但是我保证绝不吃你的肉！"

杀猪还可以，它就是供人们享用的。杀耕牛我就不敢看宰把子对牛下刀子！可怜的牛们可是披挂着枣木梭子皮套股，拉犁拉耙出了一辈子力的呀！吃的是草，出的是力，流的是血汗，挨的是鞭抽，听的是骂声，到头来被人残杀，再吃它的肉和牛血，此悲惨下场……可惜我不是夏加尔，是夏加尔又能怎样？还不是一样救不了牛命。

食品站大院的味道一般是臭烘烘的，这还是腊月底时节，天寒地冻，公路冻得裂缝，水缸保护不好冻烂，臭分子尚不活跃，若是五黄六月高温天的蒸煮，苍蝇在空中盘旋，嗡嗡乱飞，臭气熏天，简直站不住人。

食品站大院里热气腾腾，天井的上空烟气、热气、臭气团结在一起，拧着劲儿飞向天空，向周边流窜。大灶膛里烧着劈柴，大火熊熊，大铁锅开水汩汩冒泡。小灶的锅里熬着松香，已熬成了液体状稠稠的黑色糊糊，这是专门沾猪头毛的。

我进去的时候，宰猪的大案子周边已围满了穿黑棉鞋、缅裆黑棉裤、黑棉袄，戴棉帽子的社员。有的社员冻得流鼻涕，还懒得擤鼻涕，就用力"咻咻"地往鼻子里回收，鼻孔口像两只黄豆虫伸出来复又缩回去。有的社员用废报纸裁的纸条卷黄豆叶加棉花叶的烟卷，燃烧出的烟辣乎乎的味道。多数社员揣着手，看宰猪师傅嘴里含着带血的刀子，冻得通红的手摆弄案子上的猪。只见师傅的刀子对准猪脖子气嗓处猛捅下去，一拧，然后拔出刀子，鲜红的猪血喷出来，流在地上的大血盆里。刀口处汩汩冒血、喷沫，放完血，师傅在猪蹄上边切开个孔，用长铁条捅透猪的全身，然后嘴对着孔用力吹气，猪慢慢膨胀得如气猪般，然后用绳子扎紧开的孔，再下到热水锅烫气猪，烫过再用刮子刮猪毛，刮完猪毛先把猪头拉下来，再开膛破肚取出下水。猪头被师傅扣在手里，在汩汩冒泡的松香锅里滚一遍，然后提出来放到凉水盆里冷却，剥去黑黑的松香皮，把猪头上的毛全粘下来，鼻孔、耳孔、眼窝、皱褶里等都干净雪白。

围观的社员鼻孔都喷出两道白色气体，也有围着围脖的，嘴呼出的热气在围脖儿上冷却成了白白的霜花儿。早晨还有从周边大队赶来看宰猪的社员，寒冷的早晨雾气遇包头的毛巾，胡子、眉毛也都结了霜花儿，像油画白胡子老头儿。这如人民文学出版社出版的巴尔扎克长篇小说《高老头》封皮画一般，鬼斧神工，乃国家高级化妆师不能比也！

三

我们众社员来采风，观看了宰猪的热闹场面，不当吃不当饿，还得空着肚子（杀猪师傅去改善生活了）回到现实中：回家。今天是年前的倒数第二个逢集日，社员们好说"没天了"。年，再难也隔不过去呀。过年除了买斤猪肉，还需要买斤棉油，炸丸子，弄几碗供，供香老天爷爷，供香列祖列宗、老奶奶老爷爷，请他们保佑全家平安，保佑来年好收成。祈求我们有好的未来。

我找屋内放钱地方，其实我早已翻箱倒柜、挖地三尺搜查过了，席底下、抽屉里、柜头里，实在可怜，连一分的小分币都没搜出来。

　　年咋过？我在思考这个问题，想来想去，解决困难的方案一是卖口粮，二是卖羊！

　　我掀开囤盖儿看了，囤里粮食不多，来年春荒咋度？小缸里有点能变钱，仅有的几十斤麦子，还有点玉米，还有一大一小母子俩寒羊。我摸着小羊儿的脸儿，它瞪眼看我，伸出舌头舔我的手，巴结我，跟我套近乎。我喜欢它，小家伙儿长得虎头虎脑，浑身小肉牛样儿，走路一跩一跩的，它铰一身毛卖四块多钱，能买一年的盐吃。明年它就能怀孕生小小羊了。不忍心卖它，它是棵小摇钱树。

　　麦子所剩无几，孩子小，总要吃点白面馍馍。看来只能卖玉米，我弄出半袋玉米过秤，扛着四十斤玉米赶集。粮食市在七队牛棚外，已来不少卖粮的社员。把粮袋口一圈圈翻下来，便于买家看成色。赶集的男女社员熙熙攘攘，南北走动、人头攒动，一眼望去看不到尽头。粮食市多是卖麦子的，也有卖其他杂粮，如绿豆、红豆、豇豆，都是小口袋儿，几斤十几斤的。

　　卖粮的社员脸色都不大好看，灰渣渣，骨瘦面黄、失却红润。在粮食市转悠的大都是男社员，都穿黑粗布棉袄、黑粗布棉裤、黑棉鞋，领口被人油染得黄不拉几，戴的单帽儿，也一圈油渍麻花，或包的毛巾泛灰，要放到今天就是垃圾，扔掉都嫌污染了手。男人脖子、头发、棉衣全脏乎乎的，哩哩啦啦、疙疙瘩瘩。

　　这其实是我的非虚构写照。我大概四个月没理发了，头发长得盖住了棉袄领口，棉袄领子被我的人油渍得黑亮，外侧则粘了一层黄土。头发大约有一寸多长，虽然长一些，但跟当代蓄大辫子的艺术家、梳长发书法家、烫发歌唱家、独辫儿画家比起来还应算短发。只是头发没这些冠以"国"字号的"家们"有"海飞丝""潘婷"养着干净清爽亮丽。

我的头发太脏了，不仅毫无光泽，头痒难耐，扣头止痒，白头皮屑如细雪飞出来，而且尘土啥的和头发交织在一起，说像犯人样，像监狱里被叛徒出卖宁死不屈的革命者样，不夸张。我曾用草木灰、做饭的锅底灰集中起来，倒上水，用破布过滤，过滤出的灰水洗头发特管用！头发很干净一周内头皮不瘙痒，摸摸滑溜溜。现在的监狱管理颇人性化，犯人也按时理发洗澡注意讲究卫生。当年连一张嘴还安排不妥当，哪还有精力讲卫生呀？洗澡也只夏天在河里或坑里洗洗。公社大街上理发店，理一次发收费一毛钱，真不贵，够便宜的了。可是一毛钱哪里来呀？社员"日不进分文"。我四个月不理发节约了四毛钱的开支，实际换算一番，按当时的口号"增收节支"，就是增加了四毛钱的收入。

"日不进分文"五个字词，不是我的原创，"版权"在生产队长五叔那里。

举例说明：一年我们生产队年终决分，全队二百多口人，分一千七百块钱。这就是年终决算，把你家一年分的口粮、瓜菜和柴草啥的，折算出来值多少钱，你家一年劳动的工分总数值多少钱，扣除已分的东西价值，剩余部分就是应分的钱数。那年月一个整男劳力一天十分工分，价值六分钱，可买三盒火柴。我家从来没分过钱，总是欠队里的粮食款，五叔就召开队委会研究，给减免了。变通一下，队里给我家补贴工分一千七百个，体现社会主义制度的优越性，才不欠队里粮食款。不然要拉家带口外出逃荒要饭，给队里抹黑。就是那年一家有六个男女劳力，挣的工分多，他家分了三百多块钱！全队人惊呼："这么多钱，怎么花呀！"

这次去理发店理发，受到理发师的奚落："头发半拃长喽，你快半年没理发了吧。"

我说："没钱理发，自己用剪子铰过，豁齿露牙跟狗啃的似的。这不过年哩，怪难看的，找您理理吧。头发长是长了点儿，反正冬天里也暖和。先记账，等集上有了还您。"

理发师眼里发射出鄙夷的蓝光，那是瞧不起人的眼光！是几乎不愿意拿咱当人的眼光！我受到极大的侮辱！

人，没啥也别没钱。

到了半晌，老天爷爷刮起了大西北风，越刮越大，风力够收音机说的六七级，刮得树梢怪叫。这种怪风，俺鲁西叫刮黄风，直刮得天昏地暗，刮得人头晕目眩，天旋地转，天地间被尘土包围起来，贼风把枯枝败叶卷到天空去，空气里土尘的饱含量达百分之三十以上了。人人都成了黄土人，树成了黄的，草垛、房屋成了黄的，连正午的白太阳也染得像鸡蛋黄儿样的，无精打采地挂在天上。人都缩着脖子。集上闲逛的社员开始散去。

我多么盼着有买主啊！偶尔来位伸手抓把棒子从手指缝里哗哗流下去，落到我口袋里，象征性地瞧瞧，我满脸堆起巴结人的笑，乞求地看着人家主顾脸儿，说："我这棒子好，熬粥、贴饼子、蒸窝窝很香！是自留地套种的，绝对比春棒子不差。"我虽歌颂一番自己的优质棒子，可是他问问就走了，不是实买实卖的主儿。

风刮得我不敢睁眼，慢慢瞅个缝儿，看别人就知道自己，浑身上下、头脸、眉毛、鼻子全是黄土覆盖。天转晌，快散完集了，我看棒子实在卖不出，就扛着棒子回家。一路沮丧地碰到赶集走的社员，只想求人家买去，我贱卖。但考虑再三，贱卖不合适，还是原件原路返回。

父亲见我把棒子扛回来，说："年底卖棒子不行，过年都用麦子磨白面，蒸馍馍、蒸花糕吃，您俩商量商量还是卖点麦子吧。"

其实年集上卖什么粮食快，这事我知道，但我不能跟父亲说我知道卖麦子好卖，父亲说什么，当儿子的只能听着，还嘴解释就是不孝！家里麦子太少了，不想卖，也不敢卖。再等五天的逢集日想法卖点东西变钱。那时候全国农村甚至县城都是农历的逢"一、六"两天为集日，目的是狠狠打击投机倒把活动，减少赶集的机会，若周边一二十里地天天都有逢集的集镇，投机倒把方便很多，生产队劳力会减少。

四

我虽然棒子没卖掉，过年的费用还没着落，但是日子还得过呀，太阳天天从东方升起，我也天天起床吃饭。只能等五天以后，下一个逢集日，为筹集可怜的斤把肉钱，再掂对卖什么。

一天九叔喊我："履生，今儿有事吗？"

我跟九叔曾是小学、初中同学，他身强体壮，作为有实力的"大国"保护过我，免受街痞学生欺负。对他怀有感恩之心，所以在学习上我帮助他，考试也给他传过"纸条"，他对我也很感激。我常说，没什么，不就是做道题嘛。九叔喊我的时候，其实我正思考穷的问题，心情沮丧的太阳被乌云遮住，属于黑夜前的那黑暗时段。但听到他的喊声，我立马从"穷"中走出来，面带比哭还难受的微笑迎接九叔，问："九叔，您有事啊？"

九叔说："我没事。你若也没事，咱去戏园子看戏子吃饭去。"

九叔说的戏园子，就是公社在1959年至1960年生活困难时期建的大剧场。那时上级财政有文化经费扶持公社一级吗？不得而知。咱的人民公社社员真是一切行动听指挥，听党话跟党走，这么雄伟的建筑物，挨着饿，勒紧腰带硬是立到那儿了。听我母亲说，大戏园子里的两排顶天立地大柱子，有俺家的两棵大白杨树被刨来立在了戏园子里。梁、檩、砖、瓦大都是从全公社各大队拆房子弄来的。门脸水泥抹的，上塑"人民剧院"四个大字是我公社书法家手笔。

正门，推拉门漆的绿色，三层楼高的前脸儿，颇壮观。西边有大院子，是演员们活动场所，有大木门，接剧团的大马车可畅通出入。

舞台用大木板、大门板凑成，承重可能没专家做试验。高唐京剧团演《沙家浜》"奔袭"一场，临清京剧团演出《智取威虎山》，那么多演员在舞台打仗翻筋斗平安无事，经理还真担心过舞台承重行不行。一年地区杂技团演出自行车花样表演节目，其实也不是第一次在俺公社剧场演出。一大力士骑车在舞台转圈，一圈圈分批次蹲到自行车上九个人，再说杂技演员手脚灵活，身轻眼快，但九个人再小巧咋说也快够一千多斤吧？节目也到高潮了，自行车如燕子一般飘飞，演员伸开一侧的手臂，即将结束谢幕下台的前几秒，只听"咔嚓"一声巨响，舞台板子断了！观众大都"呼"的一家伙站起来，看舞台上演员，好在演员有水平，没出现伤员，不幸之万幸。

舞台台口上方在木板上书写毛主席语录"百花齐放 推陈出新"八个大字。书法也出自我公社书法家之手。

剧场池座连椅八排，中间四排，两侧各两排。头上写排号，背后写座号，对号入座，观众秩序井然。甚至还有所谓的楼上座位四排。

当年社员是不大看戏的，票价不贵，甲级也只需两毛一位，乙级站票一毛一位。最便宜的是剧院经理为剧团组织观众，往各生产队送"红票"，丙级票五分一张。看戏多好、多美妙哇，演员大都是漂亮的女演员，甭管是青衣、花旦、老旦，都是优中选优的尖子,在繁重的体力劳动之余放松一下,欣赏高雅的京剧艺术,听听音乐,调动荷尔蒙分泌,看演员演唱,这是绝妙的艺术享受。可是队长把"红票"分发给生产队队委会成员,正副队长、会计、农具保管员、粮食保管员、记工员、各生产组组长、妇女队长、团支部委员、民兵正排长以上的干部,轮不到我等纯社员享受此优越五分钱待遇。

这就引发了或者说逼得没票人去剧院"跳漫墙"。"跳漫墙"太不文明,虽有好心人动员我参与一下,贵在参与嘛!不去!我等回乡知识青年,虽无钱之人,但架子还要适当端一下,不能比孔乙己表现再差了。听说跳墙头落下来,掉在大粪里,腌臜死了。我们最多在剧院门口听戏,或等检票员发慈悲放我们进去"砸戏根",看一两场,甚至邯郸鸡泽豫剧团的检票员后三场也让看过。

我问九叔:"剧院写戏来了?"

九叔说:"戏园子写个'落子'来了,他说过年哩叫社员们欢乐欢乐。"

我听九叔说的话别扭,说:"经理不会说这话,他得唱高调,说春节哩,丰富丰富社员们的群众文化生活。"

九叔说:"履生你别转了,什么演员呀?就是戏子。你去不去?也不是多高级的剧团,你想想都过年哩,人家都往家赶过团圆年,他们抛家舍业却来唱戏,比要饭的强点儿。"

我不好意思驳九叔面子,知道他去的真实目的,是看漂亮女演员去,便说:"去去去。"

俺俩走到大街上,看见供销社门市部上方贴上了大红纸标语,"特邀唐山联合评剧团来我院隆重演出",两侧是主要演员介绍:大青衣寒梅,小生赵玉山,花脸张建山,花旦刘艺,文武小丑李凯来,等等,阵容满档。此书法略逊一筹,是公社驻地大队会计写的，他写字感觉挺好，墨汁够黑的。

俺从剧院西大门进去，看演员吃饭的社员早已把演员团团围住。我俩只能站外圈看，原来评剧团今天搞包水饺。在我国北方过年最注重吃饺子，他们提前练练手艺。水饺馅子、和好的白面由炊事员按人分。饺子馅，白菜、葱、姜、花椒面、大茴等材料全，肉不少，香油一放，那股子冲味直窜鼻子。

众社员围观的正是大主演寒梅两口子包饺子现场。

寒梅二十多，风华正茂，身段苗条，长腿细腰，黑呢子褂，白围脖，面色白润，柳眉大眼，双酒窝尖下巴，唇红齿白，瀑布长发，油光滑亮。前边忘了推介寒梅擅演剧目，寒梅，我老家戏迷好说她"拿手戏"，连台本戏《丝绒记》《桃花庵》《望江亭》《蒋兴哥重会珍珠衫》《梁山伯与祝英台》《杜十娘》等。寒梅的唱腔用什么词形容？宛转悠扬、高亢激昂、柔中带刚、钻耳攻脑。特别是她浑身带戏，最厉害的是她那双眼睛，她眼里藏着钩子，她出场眼一扫观众，钩子一家伙从眼里伸出来，把小年轻的魂拽走了，多巴胺、荷尔蒙分泌得顶起了伞棚。

这个剧团多是演一生一旦的戏，他们大约是民营剧团，多地演员联合演出，寒梅演花旦、青衣，她大伯哥演小生，每晚演出总是他俩，大伯哥跟兄弟媳妇逗戏。男女调情的戏在公社剧场演得有些花哨，有不少二度创作，他们没死板地抠剧本唱词、念白，煽情的戏弄得青年男女观众"嗷嗷"叫，口哨此起彼伏，观众与演员热情互动，搅得剧场气氛开锅水样，几乎把剧场房顶拱开。

他俩的戏挑动得观众激情燃烧、群情激昂，以至有小青年从家里偷出鸡蛋来换戏票，也得看寒梅去。

据爱好听房者宣传，戏散场后，跟定看戏者有重点地选择听房，基本上百分之百地上演拿手戏。听房者还有被听的例子，两口子边活动边介绍刚才听房的内容，调动了家属的情绪，听房者的力度也逐渐攀升，弄得家属断断续续地呻吟："憨家伙，你、你越使劲、劲、俺、越、越好！"当晚一点左右就作为重点新闻传播开来，岂不知黄雀背后还有超级黄雀。

春节期间是抓计划生育工作重点时间段，是爱情爆发期，女人怀孕的多，弄得计生办完不成避孕任务，对剧院演出这种男女搞对象的戏颇有微词。后来官司打到公社书记那里，剧院经理振振有词：县委宣传部、县文化局要求公社剧院年关前后写戏来演出，活跃公社、大队社员文化生活。计生办主任就说：春节期间怀孕的特多，我发了两箱子那么多，够八千个避孕套都没管住！弄得公社书记哭笑不得。

寒梅包饺子，头发碍事遮住双眼，她掏出白手绢往脑后一扎，哎哟喂！也就这么一扎，效果出来了。那么普通的一条手绢，让人家寒梅捆在头发上就把她跟其他演员区别开来，风度翩翩，气质优雅，发型文化含量饱和地溢出来。馋得众社员咂咂嘴、哗哗流口水，乱"哎呀、哎呀"地，甚至夸出口：真好看啊！大青衣寒梅包的饺子不怎么样，并不漂亮美丽，但是个个肚大腰圆，整齐地排列在笼屉上。原来他们不下锅煮饺子，这叫蒸饺。寒梅的对象小平头，个头不高，长得也将就可以吧，说他是剧团的头弦，拉板胡的。寒梅两口子包完饺子，寒梅跟师傅去伙房上笼蒸去，这儿由她对象打扫战场。社员悄悄低语开始评论，有拿寒梅跟兽医站芦卫东开比的，这二位谁好看？不相上下。俗话说，好汉无好妻，赖汉搂着花枝女！起码放到寒梅身上靠点儿谱。

日子穷是苦些，但并不是穷鬼作乐，是穷社员苦中自找乐趣。苦日子也不能很影响社员们的"文化娱乐"活动。

五

到了年前最后的逢集日，再过三天就除夕，这是仅剩的唯一机会。我思忖再三，还是悄悄地装了不足二十斤麦子，扛着口袋赶集去。我庆幸已走出胡同口，大半没事了，可是孩子妈还是快步撵上来，喊我："履生，你站住行不，你扛的什么？"

我说："咋啦？我扛点麦子。"

她说："你卖麦子，也不跟俺说声儿。"她把小口袋儿麦子一把从我肩上抓到手里。

我像做了错事一样，低着头蹲下来，说："我也是没法的法呀！我能不知道这点麦子还指望喂孩子吃吗？"

她非常坚决，不同意卖这点可怜的麦子。

她说："这点麦子不多了，喂孩子也不够，你想法卖别的吧。"

我站起来，没看她，也没言语。我注视着蓝蓝的天空，白白的云彩，偶尔飘过的乌鸦，还有喳喳叫的麻雀，心情坏到极点。人还不如小鸟，经常为这张嘴犯愁，愁吃、愁喝。我没好气地发力猛一脚把半块烂砖踢飞到对面墙上，砸个坑复又弹回来。

她看我一眼也没说什么，我俩在胡同口站着僵持。

我低头不说话，她哀求的样子看我。我们一前一后地回家来，看来只有卖小羊了。

小羊是父母亲去年给我们只大寒羊生的。小母羊生得确好看，毛质量挺好，密密的毛打着螺丝卷。小羊长到明年夏天可以怀孕，到冬天也可以生小小羊的。

鲁西那几年流行喂狗尾巴羊，新疆细毛羊。小羊的模样可爱，虎实实的。褶皮层层，腚瓜子四方的，我给它染了三个红点，头顶、腰上、腚上各一块儿拳头般大小的红点。

我往外牵小羊，小羊聪明得很，好像知道了要卖它了，"咩咩"地哭叫，双眼流泪，它母亲也"咩咩"地声嘶力竭地哭喊，呼天抢地，老泪纵横，老母羊猛劲冲，缰绳快撞断了。

母子分离的场面叫我们肝肠寸断，我拽缰绳的手战栗，心里哆嗦。孩子妈眼里含着泪，从我手里拽小羊缰绳。她哭腔地说："不卖了。"

我说："难道我愿意卖小羊啊？它一生下来就愣是喜人，这正长个哩。可是不卖它，咱拿什么过年？！"

"不过了！"

我知道她说气话。

最终她没敢看我牵着小羊"咩咩"地哭出门去，她往屋里，一头攘到炕上"啊啊啊"哭出了声！

我浑身哆哆嗦嗦地牵出小羊来。九叔在胡同头儿遇见了，说："想卖它去啊？"

我扭脸擦一下泪，说："是，九叔。不卖它，没一分钱，年怎么过呀？"

九叔一审量小羊，说："这些天没见它，噌噌地长得够快的，高了。"九叔忽然看见小羊儿的四个蹄儿，又说："黑蹄儿是褒贬不一，卖不大价钱。你和点泥儿，叫小羊蹄子踩踩，掩盖掩盖。"

我真佩服九叔，他农村工作经验丰富，牲畜行里的事也是行家里手。我按九叔教的如法炮制，小羊儿的四个脚粘上泥，猛看小羊儿蹄儿看不出破绽。小羊儿一到羊市里，吸引不少社员围观。它虽个头小，但模样标准，典型的寒羊。

此时的羊市一角围着一圈社员，都在围观什么。外围的社员们有的伸头探脑，有的干脆揣着手踮着脚看。我发现树杈上挂着酒箱子厚纸片，毛笔字，上写：一位两元，保怀上！

围观的圈里，原来是放羊的掌柜的，"大羯子"在给"犯圈儿"的母羊"做工作"。羊，动物怎么能用人的代词"位"啊？

我"扑哧"一家伙笑出声来:"哈哈哈,真逗,开什么太空玩笑!"

我走近了牌子仔细看,人家已做了重大修改,"位"字用钢笔画了,改成了"次"字。保怀上的"上"字钢笔也画了,改成了"孕"字。意思就是"大羯子"盖(鲁西是指牲畜雌雄交配)一次母羊交费两元,保证怀上孕。若怀不上孕欢迎母羊下一个"犯圈儿日"(哺乳动物交配必须在雌性发情的那几天里,否则雄性不准靠近)再来盖!

社员围观圈里"大羯子"在掌柜的引导下准备往前边客户牵的母羊身上盖。可是"大羯子"已疲软,没激情,无论怎样诱惑就是不上。人们反倒情绪上来了地"嗷嗷"叫,拉喊,掌柜的掏出一把炒的棉花籽喂"大羯子",临时抱佛脚也奏效。上午"大羯子"已接待了俩客户,累了。"大羯子"吃了炒花籽,稍事休息,大约半个小时后,掌柜的再次牵它上母羊,其实母羊非常老实,站着一动不动乖乖地等待它的猛烈进攻,那一刻的到来,它扭头看"大羯子"行动咋不干脆利索,这是之前没体会过的。这回总算上去了,掌柜的在后边推"大羯子"屁股,帮助它完成任务。人群再次爆发出热烈的欢呼、呐喊……

欢呼过后,人群自动解散开来,该干啥干啥去。我牵小羊站着平复情绪。一位社员相中了小羊,他左看右看,摸了小羊脖子,看褶皮多不多,端详小羊身子,又拽拽小羊的毛,看螺丝卷多少,相看了好长时间。他终于过来问我了,说:"老弟,这小羊想卖多少钱?"

我说:"老哥,先看您相中羊了不,相中了再说价。"

他说:"相中了,你说价吧。"

"哦,相中了。"我朝他伸了手指头儿,表示钱数。

他微笑地摇头,说:"太多,不靠谱,得很去钱!"

我曾跟父亲在集上买卖过羊，学了点基本常识，买方压价，这时候不能把实底露出来，不然羊价上不去。

我说："我说了多少钱，看看你给多少，你若有诚意还价靠谱。你出多少？"

买方不言语了，光抽烟，我接着说："还个价呀！给一分不嫌少。"

父亲其实在旁边看着我们谈价哩。父亲听出我卖羊心切的语气，买方欲还价时，父亲过来了，对他说："哥们儿，相中羊了吗？"

他对父亲说："老哥您的羊啊？相中了。"

父亲对他说："相中了，就还个价呗。"

买方说："不好还价，小老弟说的天价，不靠谱。"

父亲说："那个价可不是高价，不是乱来的价。"此时羊市里社员围上来，看父亲跟买方互相砍价。

父亲抓住那人的手，拉到自己的棉袄下摆里。他们摸码子。父亲露出一脸的不屑，说："太少，你还得添钱。不过我看啊，是买家，没胡乱给价。"

那人复又审量小羊，父亲发现买方真喜欢上小羊了。

他说："我再添这个数。"他在父亲的棉袄下摆摸码子。他俩互相伸手指，显得挺乱乎。

围观的社员有拉喊的："行了、行了。"准是买方的同伙在促成交易。

父亲面色缓和地微笑，感到可以了，凑我耳边悄悄说："瞪得到劲了，再瞪怕断掉。"也就在这关键时刻，我提溜的心"怦怦"跳。怕什么来什么！这时他忽然发现小羊的蹄子有猫腻，他把小羊儿脚上的泥剥去，露出黑色。"哎呀，原来是黑蹄子！"

我跟父亲都脸色发紧，怎样应对这突发情况？我没经验。父亲说:"黑蹄就是黑蹄,咱没藏着掖着。小羊儿踩到泥里啦,带的泥。"但父亲语气不那么理直气壮了。

买方要去钱。小羊蹄儿粘的泥儿在羊市里转来转去,一干就掉了,露出原色。他跟父亲要去掉五块钱。父亲仍表现得不情愿,这是技巧,但还要狠狠心卖给他。

"卖给你!咱说明,俺不管报税。"父亲是说俺不负责报税,税费三毛由买方出。

买方说:"看看,俺又多花几毛钱。这样行吗大哥,咱往集外边点钱去不行吗?叫俺省几毛。"

父亲瞅瞅四周,说:"到集外点钱行是行,就怕败露,被管理所、税务所抓住偷税漏税重罚。你别'闯大咯'了,满说就三毛钱,抓住十倍二十倍地罚。"

在羊市办公桌,办完纳税手续回来,买方人的手哆哆嗦嗦地伸怀里掏出布包,解开布包露出纸包,破开纸包点出二十九块五毛钱。

那人拦住小羊儿,换上他带来的缰绳。牵着走时小羊"咩咩"地又哭叫起来,眼泪"哗哗"地淌。小羊聪明得很,它母亲没来,在这儿,我是它唯一的亲人。它离开我将是彻底地被卖掉了。它瞪着缰绳,哭得撕心裂肺,哭得我心疼,肝肠寸断!

我蹲下来,再一次摸摸它的脸,小羊哭着还抽噎地伸出舌头舔我的手。我再次擦去小羊的眼泪。

我直起身,扭脸抹泪,发现芦卫东站在牛市那儿,朝这边注视我,她防疫哩。

原载《芒种》2022 年 8 月号

请 客

一

企业职工吕立中觉得申哥说得有道理。他思忖决定，听申哥的，请请分管领导和人事科长，该办的事别拖，说办就办，那就本周六中午。凡事预则立，不预则废。假如拖，拖到快出真事的时候，或者拖到真相大白，再请客就屁股后作揖——没用了。

请公司两位领导，感觉平常跟领导关系不错，他们对吕立中比较赏识。还请两位社会上朋友。应该说是让朋友陪领导吃饭，这样坐在一起才随意些，酒场上氛围和谐，朋友跟领导说话啊，开玩笑啊，互谈国际国内形势啊，拉拉俄乌冲突，聊聊台海局势，甚至讲讲二十人以来的新变化等都是很好的话题。免得光自己陪领导坐在那儿空气僵硬、尴尬。朋友跟公司俩领导也认识，号称是朋友，是一起吃过饭的。朋友是有层次的，月月见面的才是朋友，隔了几月几年没见过面，也说是朋友；酒肉的朋友嘛，常吃吃喝喝的是朋友，淡如水的也说是朋友；有为朋友两肋插刀的，也有给朋友肋上插刀的。朋友的类型多了去了。吕立中的朋友说跟他领导一块吃过饭，不知是谁请谁，大半是在轰轰烈烈的婚宴上坐一起了，互相报了单位，互相敬酒，互相夸奖一番，有见面之情，就号称朋友了。

为小酒场儿，吕立中做准备，除去情绪酝酿，他还提前两天踩点儿。他考虑，酒店要有些名气，卫生条件好，服务也可以，请客有面子，菜品上档次，也不是要命得贵，对自掏腰包的吕立中来说也承受得起。

　　吕立中在餐厅抓紧吃完午饭，骑上电动车，趁午休时间在大街上转。来到金碧辉煌的"九龙宫大酒店"，门口立着两位旗袍女，那个漂亮啊，个子、脸面，绝了！吕立中看直了眼，几乎跟人撞了车子。"眼看吗哪？不看路！"吕立中自觉理亏，没搭腔，脸一红，抓紧蹬一下，离开。又来到一家，嘿，"木兰溪大酒店"，这家名气更大，酒店老板是有文化啊，还是附庸风雅，还是有明白人找了篇叶蔚林的获全国优秀短篇小说奖的小说的名字。大厅里弄得山野情调，溪流淙淙，这里边人虽然长得更好看，但老板更厉害，刀子太快了！走。找一般化一些的，哎，"老媪小海鲜"忽然出现在眼前，这家酒店规模不前不后，据说菜也不孬，吕立中进去看看，可是味道不咋的，大厅充斥着腥虾烂味，海鲜快成了"海臭"，服务员过来问话的当儿，他扭头出来了。又转一条街，来到街口，他往东一瞧，忽然眼前一亮，绿底白字的招牌"牧羊花酒店"，就是它了，这家有名的卫生达标单位，大厅、房间都干净得一尘不染。老板检查卫生，专查死角死面，比如灯伞的上面，戴白手套一摸，有黑灰，就不达标，弄得服务员都很紧张，搞起卫生来就特注意角角落落。大厅摆放四人一桌，中间放火锅，几十桌的规模，三米多高的大落地窗，拉开窗帘，亮堂堂明晃晃。这是用餐高峰，人声鼎沸，大厅里也像开锅一般。二楼包厢，房间八人一桌的是最小的房间，吕立中定在"阿拉善"房间，其他的"锡林郭勒"啊"乌兰察布"啊等都是大房间且更豪华，就不去看了。吧台留下吕立中电话，跟吧台说好周六中午十一点多到。

二

　　吕立中已在公司干了三四年，虽然是民企，但公司管理不错，进大门一排黑体大字：今天工作不努力，明天努力找工作！告诫员工。这十几个字，虽说得直白，仔细琢磨是很有哲理的，似有丝凉气袭来。

　　转过去第二排楼前，黑体大字：要让每位员工有尊严地工作，能体面地生活！老板给员工的承诺。读来暖意融融，干劲倍增，蓄势待发……

　　吕立中在公司干得挺卖力，早上班、晚下班，服从领导、团结同志，早晨到单位，放下车子，就提壶打水、打扫卫生、拖地。下午晚下班，等同事离开，关门窗、关灯、关电脑等。他应该说，流的汗水不少了，甚至还有泪水，不过还是大兵一员，是有想法的。前几天公司放出风来，调整班子，中层空出位子来，准备提拔几个同志进中层。在公司业务会上，领导曾夸奖过吕立中，工作不错，有思路，有措施，有结果，有责任心，领导对他提出口头表扬一次。吕立中听了很受用，忽然感觉天空豁然开朗，阳光明媚，风清气正，一扫阴霾，前途光明起来，应该抓住机遇，加快发展。

　　他想找领导，谈谈心，当面提出想法。他跟申哥说了活思想，申哥同意他找找领导，员工要求进步是好事啊。话不说不明，木不钻不透。申哥建议他，把管人事的副总和具体做事的人事科长请出来吃顿饭，在酒桌上好说话。你如果这样去办公室找领导谈，你要求进步，领导可能会打官腔，说，好啊你早该进步啦，记下你的名字来，也写到本子上，但印象不深，过几天说不定就忘了。到研究人事的时候，那些找领导的同志还没机会哩，哪能想起你来？估计没你的开壶。吕立中赞成申哥意见，说：

"咱请请领导，到时你作陪，替我说说话。"申哥还嘱咐吕立中："你说请领导吃个饭，不年不节的，要有合理的由头，要不经意间，顺理成章，有喝闲酒的味道，好说话，领导也参加得痛快。千万不要说公司要动班子了，说出你要求进步的想法。那样的有任务的、求他办事儿的酒领导三思断然不喝的。"吕立中又说了几句感谢申哥提醒的话。请客的学问大啦，有心理学、有哲学、有餐饮学，有养生、有保健，甚至还有美学，等等多啦。

吕立中挂了申哥电话，深思那几样注意事项。"酒场好摆，客难请"，真运用到实际工作中还真是那样，这话说绝了。

吕立中思索，怎样给领导说请他吃饭？关键是怎样说，说什么，领导才会赏脸去喝你的酒。说自己的散文发表了，收到几百稿酬，喝了它，这样说不行，自己的地下活动就暴露了，用笔名的小把戏败露，不务正业的罪名成立。说拾着钱了，更露憨气，拾金不昧，上交警察叔叔哇。哎，说买福利彩票中奖，这个由头漂亮。既彰显了关爱弱势群体，在奉献爱心的游戏中获了奖。领导若问中了多少哇，几等奖？回答中了十万。多！十万光请请客行吗？送给领导几万？若说中了两万，也不少，给领导多少？中了七千。哎，七千块，不多不少，仅仅是发点儿小财儿，可以光请客。就是这个主意。

吕立中打开手机，先给大领导打电话，他调出号码，看着大领导的电话号码，迟迟没摁"拨号"两字，听筒、话筒图标呈四十五度角躺在手机屏上。他在心里默默复习了请客的理由，不能说请客，要说，咱吃个饭有空吗？不对，要先问领导忙吗，请您吃个饭有空吗？好了，他摁了"拨号"二字。通了，他忐忑地等大领导接电话，几十秒钟像漫长的几小时。领导工作忙啊，没时间接电话，可能在跟老总汇报工作或商量公司工作，或正跟某个客户谈重要的事情，腾不出手来，也可能领导正在研究来电号码，不熟悉的号，接不接？那这样的电话接的时候情绪会大打折扣。吕立中心里很不是滋味，这电话打的。如果再响一下不接，就摁死。当他摁电话的时候，想不到，领导接了，问："喂，哪位？"

吕立中激动的心情，说："领导，是我，吕立中，您忙着啦？"

领导的脸这时会松弛下来，有了笑模样，说："不忙，我忙什么，老总忙啊。立中，有事啊？"

吕立中高兴地说："领导，给您汇报个好消息，我买的福利彩票中奖了。"

领导也笑着问："哦，好哇，中奖多少？"

吕立中止住笑，说："领导，中奖不多，几千。七千，这不想请您吃个饭嘛，周六中午您有空吗？"

领导那边短暂的沉默，说："好，吃个饭，给你祝贺获奖。立中思想不低，奉献爱心！"

"谢谢领导，谢谢领导。您十一点五十到即可。振兴东路与中华路交叉口东北角'牧羊花'。"

"好的。"

吕立中确定了主宾，心跳平稳下来，心里踏实多了。马上拨人事科长电话，摁下"拨号"二字。很快电话通了，响两下就接啦，科长问："喂，您好，哪位？"

"我，科长，吕立中。"

"哦，立中啊，忙啥呢，有事啊？"

"没大事。科长，是这样，跟您汇报个好消息，我买福利彩票中奖了。"

从电话听筒传来的气息，科长，情绪一震，吓一跳，以为中了几千万、几百万、几十万，嫉妒、羡慕、猜忌、后悔等信息一股脑袭来，科长没说"好哇"二字，直接问："中了多少？"紧张兮兮的。

吕立中卖了个小关子，说："科长，不多，几、几、几千，七千。"从手机里传来喘气的气流儿，就知道科长一块石头落了地，呼吸匀溜了。接着说："立中还怪有福哩，几千不少。"

吕立中说："这不想请您吃个饭嘛，周六中午有时间吗？"

科长答应得挺痛快，说："有时间，星期六不加班，一般没事的。"

吕立中高兴，说："谢谢科长、谢谢科长，您十一点五十到。在振兴东路与中华路交叉口东北角'牧羊花'。"

科长说："好的，谢谢立中。"

吕立中说："不谢，科长您客气了。"

吕立中第二个电话，又定下副主宾，心里更踏实了。他给申哥电话，说了给领导和科长打电话请他们吃饭，顺利地都同意。申哥嘱咐立中，到周六再跟领导通个话。吕立中接下来再给朋友小凌打电话。小凌接通电话，说好了参加，在说话的过程中，小凌表现得挺专业，委婉地问了吕立中都有谁参加。吕立中一一对小凌说了。

小凌也答应参加。说："好的，都是朋友，早没见面了，坐坐好。哎，立中，就七千够请客的吗？"

吕立中对小凌的玩笑当真事回答："没问题小凌，那些不够我添。"

小凌笑得哈哈的，说："你好开玩笑，十分之一二足矣。那咱周六中午见，畅谈。"

朋友小凌追加了一句："立中，你有事吗？咱不能光祝贺你得奖呀，需要我们跟领导说什么话吗？"

吕立中略一沉思，说："凌弟，我没事，咱弟兄们就是纯玩儿，吃奖金。哈哈哈……"

三

转眼，周六到了。吕立中在阳台橱子里找酒，家里有"剑南春""景阳冈一号""舍得"三瓶，是客户送的。就带"舍得"，图个吉利，不是都好念叨只有舍才有得嘛。

十一点十分吕立中就到了"牧羊花"，服务生把酒接过去，带他上二楼的"阿拉善"。餐桌已放好酒店赠送的蓝莓果汁。

待吕立中坐下，服务生问："先生您喝点什么？"

吕立中说："喝杯蓝莓果汁吧。"

服务生给吕立中倒一杯蓝莓果汁，放他面前。

吕立中轻轻喝一口，说："蓝莓还挺好喝呢。"吕立中夸酒店的果汁，并跟服务生要菜单，说："小伙子拿菜单，我看看菜单，点菜吧。"

服务员出去，拿菜单。几分钟后楼道传来"哒哒"的悦耳的高跟鞋敲击地面的声响。微微敲门声响过，"请进"，再进来时已不是服务生，换人了，进来位漂亮的女服务员。如今不兴称呼小姐了。就是因为前几年酒店轰轰烈烈地明目张胆地大兴小姐，酒店从外地引进一大批各种小姐，有站台、坐台，有几陪几陪的小姐，把原本很高雅、尊贵、人家闺秀的小姐称呼喊变了馊味儿。如今若称呼小姐二字就是侮辱人，就可能是那种人，服务员忌讳喊小姐。旗袍女服务员修长身材，漂亮面庞，水灵大眼，一眨眼儿像说话。雪白的大腿一迈进来，发射的耀眼光芒，把吕立中的眼晃一家伙，心里"扑腾扑腾"地跳，不能平静。人家温柔的小红嘴儿一张，问吕立中："先生，您点菜啊？"在这么漂亮的女孩面前，吕立中想，不能太下作了，就问女服务员："姑娘，有什么菜，你介绍一下吧。"

"好的。先生，我们这儿的菜多了，有特色的是'羊蝎子'

'烤羊排'等，清淡素的蒸野菜、花炒豆芽、凉拌黄瓜等。先生您几位啊？"

吕立中说："五位。"

服务员说："先生，我建议您包桌可以吗？"

吕立中起初是想点菜，考虑点菜实惠，拣自己喜欢吃的。女服务员一问他包桌，又不好意思点菜了，说："包桌行，多少钱一桌？"

服务员回答："包桌六百的、五百的、四百的、三百的不等。"

吕立中要了个高点儿的，说："要六百的吧。给上十个菜行吗？"

服务员高兴，说："好的，我们还赠六个围碟，小凉菜儿，我问问后厨，让师傅拉个菜单。"服务员"哒哒"地踩着鼓点儿出去了。

吕立中安排完这些，短暂地安静片刻，闭目养神，在心里默念领导进来的问候语，高兴的表情拿捏恰如其分的状态，拉动主宾的椅子，待领导落座，先破开碗碟包，给领导洗烫餐具，再给领导倒饮料，问领导是喝茶水还是喝蓝莓果汁……

房间里吕立中自己，等人，时间一分一分地转圈，到十一点五十一了，还没来人，等得他心焦难耐。吕立中先给领导打电话，待电话通了，问："领导，我立中，我在酒店等您呢，您走到哪儿啦？"

从领导接电话的语气判断，好像领导把吕立中请他吃饭的事忘了。领导略一打愣，说："哎、哎很不巧，立中，公司来人啦，一重要的客户来了，我要应酬，你那儿就去不了啦，你几个玩吧。"

吕立中强忍不快，说："好的领导，您忙大事，没关系，我以后再请您。"

吕立中心里咯噔一下，为主的是请他，他不来了。吕立中第一个反应是，主要人物来不了啦，菜金能否下调一下。他开门，喊服务员。女服务员"哒哒"地踩着悦耳的歌声过来，问吕立中："先生您有事啊？"

　　吕立中看着女服务员的眼睛，说："姑娘，是这样，主要领导有事来不了啦，人少了，菜能调成四百的吗？"

　　女服务员态度和蔼，待人热情，人性不错，也觉得人少了，菜没必要那么多，说："行，我给师傅说一声，现在还可以，他们还没顺菜。"

　　服务员同意去菜金，事就成功大半，吕立中心里缓解一些，说："谢谢姑娘，谢谢！"

　　他随即给科长打电话，看科长走到哪儿了。电话通了，听科长的语气倒不是忘了来吃饭，他说："我已骑电动车，刚说朝'牧羊花'去哩，家里突然有个事要我处理，你那儿去不了啦，你几个玩吧。"

　　吕立中眉头皱了，说："科长，家里这事非得你处理吗？能别人处理或换个时间处理吗？"

　　科长说："是，立中，得我马上处理，别人办不了，也拖不得的。这样吧，等上了班或下周我请你。不好意思。"

　　吕立中赶紧接话，说："科长，我不是那个意思，以后还是我请您啊。好，那您忙吧科长。"

　　又少一位领导，心里有些沮丧，这场酒的主题基本全没了。吕立中想再去些菜金，可是没好意思立即喊服务员，刚刚给去掉二百。再看看好朋友吧，他不会失约吧。吕立中拨通了小凌电话，问："小凌，到哪儿啦？咋还没来到，我在酒店等你哩。"

　　"哎呀，这事真是的，这不我正想给你打电话嘛，还没来得及打。是这样，俺村上，村主任跟三歪来了，找我有事，你知道，村上的人头怠慢不得，咱家里没人，是事离不开村干部，你那'牧羊花'我去不了啦，你几个玩吧，下回我约你。"

"哎呀，真不巧，没你参加多不好，可是没办法，小凌忙你的吧。"

这样又有两位来不了，就自己和申哥两人了，吕立中想，还是喊服务员去些菜金吧。他又一次喊来女服务员，说明又两位朋友有事来不了啦，要求再去菜金。

咱不能不夸赞一下女服务员了。女服务员，知道都不容易，五人的菜两人的确吃不了。人家同情吕立中，说："这么多人不来，是应去菜，人少，吃不了啊，但再去，先生您的菜金，不能少于二百。而且房间费十元不能去。"

吕立中再次感谢服务员，光"谢谢"就说了三次。

看这酒场儿弄的，没劲！

四

恰这时，好朋友申哥进来房间，还带瓶酒来，让吕立中很感动。申哥一看房间光吕立中，问："咋都还没到哇？十二点了，我有点事，迟到，就够晚的啦。"

吕立中给申哥说领导、科长有事都来不了啦；小凌老家村主任来了，找他有事，要请村主任吃饭。申哥问吕立中："你没让小凌和村主任一块来坐坐？"吕立中说："我一听来不了啦，头就大了，没想起这些漂亮话来。我马上打电话请他俩一块来。"

拨通小凌电话，立中说："小凌，你们还没开始吧？这样吧，你跟村主任都来吧，单位俩领导都不来了，咱坐得开。"

小凌回话："不啦不啦，都不熟悉，说话不方便，俺在家弄几个菜，简单喝点吃点就行，边吃边聊。你们吃吧。谢谢、谢谢！"

刚挂了电话，这时吕立中的电话响了，一看是他父亲打来的。他问："爹，我立中，俺娘挺好的？"

他父亲说："好，挺好的，只是你娘想你，三个星期没见你啦。"

立中说："爹，我工作真有点忙，有空还得学习，准备自学考试，没空回家。"

他父亲接着问："哎，你现在在哪里？"

立中说："在酒店里。哎，爹，您吃饭了吗？"

他父亲说："没吃哩，你娘说晚吃会儿。"

立中说："爹，您和俺娘没吃饭，就来跟我们一起吃吧，没外人，申哥您知道是我好朋友。"

他父亲略一考虑，说："好的，我们过去。"

立中告诉父亲："爹，您打的来，司机师傅知道'牧羊花'在哪儿，二楼，'阿拉善'房间。"

申哥说："立中，叫大叔大婶一起来吃个饭太好了，我好长时间没见大叔了。"说话间菜就陆续上来了，申哥说："咱先别吃，等等大叔大婶。先开开酒吧。"立中爹娘在西郊接合部那儿住，离牧羊花酒店也不太远。十几分钟两位老人就来到了。

申哥高兴地跟大叔寒暄握手，说："大叔、大婶，咱好长时间没见了，真该一起吃个饭了。"

"是啊申哥，爷儿们，我也挺想你的。"立中父亲说。

申哥抓酒瓶子给大叔倒酒，叫立中夺过来，说："哥，哪能让您倒酒啊？"

申哥说："咋，我给叔叔、婶子倒个酒应该的。"

立中给父亲、母亲倒杯蓝莓果汁，申哥不喝酒光看着，自己也满上，举杯同饮。

饭吃得颇好，喝得都高兴。席间立中父亲问了申哥爸妈身体好吗，申哥跟立中父亲说："叔，我爸我妈身体好着哪。"申哥跟立中聊起单位的事："大叔大婶您吃菜，我跟立中说说话。"

申哥对立中说："你的领导、科长原说好了来吃饭，可是到时间了没来，这个事嘛可以放在心里，也可以忘记。怎么这样说呢？放在心里不要有压力，忘记它呢，要转化成动力。他就是个副领导，那个就是个科长，上边还有老总呢。咱近人不说远话，我说心里话，立中兄弟，别在意。咱请人家吃饭人家不来，可能是真有事脱不开身。如果是托词，那表面上看可以理解为，人家看不起咱，若是老总喊他们吃饭，那不积极地参加吗？这里边还有深层次的问题。他们一定感觉出来你可能有求于他们，现在的人，精得都超过猴了。精猴不算啥，你想进步，你进了步，就涨工资啊。要跟他俩搞好关系，除了做好本职工作，仅靠吃饭是不行的。"

立中认真听，点头称是。申哥接着说："老弟，你说了，领导开会表扬过你。领导开会表扬你了，你千万别当回事儿，就当大风刮跑了。你若当真了，以后会重点培养你，仕途也不会阳光灿烂，你若飘飘然，那一定会失望的。老家有句歌谣：世间最苦是耕牛，犁耙绳索千斤重，缰绳鼻牵不自由，人不如意就骂它，慢走一步皮鞭抽。不信你到咱老家转一圈儿，看那些在大田里，拉犁、拉耙、拉套出大力流大汗，累得死去活来的牛马，不但没得到表扬、奖励，还挨打受骂。看到这些，你心里会想开些的，甚至会释然的。干得好点、写得好点人家就提拔你，这太容易了，天上不会掉馅饼！"

吕立中想：申哥说的，咋跟透视机、CT机扫我心脏似的。单位领导整天讲要求员工干好工作，重用人才，重视人才。立中问申哥："哥，什么是人才？人才标准是什么？领导也不明说，你知道吗？"

"我说了，你别外传，告诉你，人才标准是领导的嘴！！！说你行你就有才，说你不行，你就没才。老弟啊离了这么个不中。"他大拇指和食指快速交替摩擦了几下。吕立中并非恍然大悟，对这档子事早有耳闻，只是以为总得看看工作，工作好跟工作差的一样对待吗？应该看干得怎样吧。

"老弟呀，咱干一杯。"申哥举杯。

立中也举起杯一家伙泼到肚里。"是，哥，你说得很对。什么人才？说你行你就行，说你不行就不行。还是那句说烂了的话。"

"不过话说回来，还得干好本职工作，样样出类拔萃，让说话的有说头，这是前提。一般的单位，领导拿得正的，还是重视工作好的同志。说心里话，其实人人都在努力，也都干得很好。各个部门都在暗加劲，比学赶帮超，帮就很少了，都怕别人超过自己。毕竟在员工队伍里混，没点成绩，没有亮点，没点说头儿，硬提拔难服众。"

那日他二人喝不少，把酒言欢，基本砍满筐了。"咱弟兄们近，我才对你说，别人我说这些干什么，闲着没事啦！"申哥举杯敬二老，"大叔大婶光我说话了，敬您二位一杯。"

吕立中父亲跟申哥碰了一杯，说："申哥，你说的在理，多给立中说说，光闷头儿干，低头拉车不看路也不行，他没经验。"

申哥说："大叔，立中工作干得不错，您放心，领导心里有数的。"

吕立中经申哥点拨，心里亮堂许多，这顿酒不白喝。两大收获，一是这些年请这个吃饭请那个吃饭，请过同事、请过同学、请过老乡，还喝过乱乎酒、喝过闲酒，唯独没请爹娘在酒店吃饭，看爹娘的高兴劲儿，吕立中弥补了过失。

二是申哥的话掏心见肠、肝胆相照，是从嗓子眼下边冒出来的。听君一席话胜读十年书，不是夸张。几年来，没真操心的人，所以没进步，但主要还是自己有不足，工作还有很大的发展空间，下一步发扬优点克服缺点以利再战。

吕立中周一一上班，他同事，跟他爹娘住一个小区的同志，平常在小区里散步啊，跟吕立中爹娘常碰面，见面就客气地互相问候。同事告诉吕立中："周六下午，大叔大婶逢人就说，俺立中请俺在酒店吃饭了，喝的好酒，喜得老人家无以言表。当然跟我也说啦。我说立中很孝顺，在单位是有名的，请爹娘吃饭是应该的。"

吕立中对同事说，是跟爹娘吃个饭，也不是什么大酒店，很一般。爹娘一生为子女操劳，盼着子女过好，没索取的想法，就是吃了顿饭，爹娘高兴地到处夸奖儿子。

他想，世上无私奉献的只有爹娘，也只有爹娘容易满足。

原载《莲池周刊》2025 年 6 月号

相四爷

一

相四爷，是村人起的绰号。有绰号的人，都是有特点、特长，或别的什么不一般之处。四爷在村上是以"相"著称的，他故事多，主要因为他年轻相媳妇时出故事，还特讲卫生、爱干净，还是村上小能人儿，会多项技术，且有发明创造。再者，他辈分高，所以人们就称呼：相四爷。

关于"相"字，也没查词典。就按村上人们的说法，对任何事物过于特殊地认真、在乎，超级仔细人，就说这人"相"。

说相四爷，相皮。这显得对爷不恭，可是村里都知道他，为人处世以相著称。所以送外号相皮爷。

当面是不能喊他相皮爷的，轻者白你一眼不搭理你，重了会挨几句。这要视相皮爷的心情好坏而定。他排行老四，我们当面若喊相四爷，他也应声"哎"。但，最好是光喊声"四爷"，他喜欢。四爷一生没什么辉煌业绩可书可赞，是位有特点特长的普通平民。

相四爷不留头发，爱剃光头，他剃头是有时间要求的，大体一个月剃次头。乡间理发铺，剃头一位需一毛钱。若在逢集日，乡下的理发匠来镇上赶集出摊，剃头便宜，一位五分。他们的出现把理发铺的生意干扰一家伙。他们有固定的理发地点，由公社工商行政管理所人员划定。几个剃头匠摊位都紧挨着，他们的收入也是要缴费、纳税的，一个逢集日交管理费、纳税一毛两毛。剃头师傅若哭穷，苦瓜着脸说："今天没剃几个头，连顿饭钱都没挣了，领导，高抬贵手，俺交五分吧。"工商所领导则虎着脸，说："打发要饭的吗？最低一毛！"刺啦把单子撕下来，递给剃头师傅，师傅就掏钱，拣张烂票给工商所收费员。工商管理所走啦，又来税务所收税的，照样还是老办法，再掏一毛。逢集日剃头匠早早地来到集上，担着剃头挑子放下，喘口气，先扫扫地盘儿，打扫干净，然后支竹竿儿，搭棚子，用粗布缝制的简易棚子，遮风挡挡小雨儿。剃头师傅把座位放好，就是一凳子，特制的，凳子面下边有两层小抽屉，专门放理发、剃头、刮脸刀具、肥皂、毛巾啥的。凳子前面放一脸盆架，原木色的，也是特制的，把放脸盆儿的十字花木架儿拆除，底下放一铁皮筲，筲底部挖一洞，洞上安五根铁棍儿，铁棍儿叫箅子，箅子上放可烧的木炭，点燃木炭，脸盆的水可以继续加温。脸盆架上拴一条二尺左右的"荡刀帆布"条。这两件重要设备，小巧玲珑，坚固耐用。

担挑子的桑木担子放后侧，两头垫砖作为顾客的座位，临时坐坐。剃头还没开张，师傅就去附近住家要盆凉水，放脸盆水架筲上面，然后点木炭烧水。一会儿热气冒出，顾客就来了，坐到凳子上洗头。一般四爷抢抓机遇，早晨第一个在棚子等的理第一个头，这时的水是清的，刀子还没用过，干净卫生。师傅的围裙虽然名义上是白的，但自己开始的第一位，心里感觉有丝安慰。

师傅给四爷洗头，他要求理发师傅把头洗透、剃头刀子锋利。师傅摸摸刀刃，如感觉欠火儿，便在油石上磨剃刀，或者抓起"荡刀帆布"，剃刀正反两面地荡刀。这样剃头、刮头不光不疼还舒服，简直是超级享受。他洗头决不用别人洗过的剩水，必须是新热水。前边说了还要求洗透，要求师傅刮两遍头，第二遍，师傅一只手摸着头，觑着茬刮。

他披剃头师傅的白的快成黑布的围巾，坐在凳子上，闭目养神。剃头师傅操刀，另一只手摸着他的头，刀随手走，只听"哧哧"的刀吃草的声音。在剃头师傅的抚摸下，头刮得闪闪发光，剃头师傅一声好了，相爷爷要检查一番剃得咋样，手在头上逛一遍，感觉感觉有无漏网之草。若有点儿挡手定会叫师傅再找找。"麻烦麻烦你，再刮一遍，觉得有点茬儿。""好嘞。"师傅就在荡刀帆布上荡几下子剃刀，在四爷头上一刀挨一刀地重走一遍，头发茬都刮到头皮里去了。猛看四爷的头皮儿成了白色，上一遍青许许的不见了，像屎娃子喊的，电灯泡一般。他要求三天长不出头发来。

剃完头再刮脸，师傅把毛巾放热水里，捞出来拧拧，盖到胡子上，焖烫着胡子。师傅再用毛刷在肥皂上抹沫儿，然后把热毛巾拿掉，把肥皂沫抹胡子上，师傅再操刀刮胡子，刮脸，同样舒服啊！四爷脸满皱，像核桃皮形容得夸张了，他等着锋利柔和地贴着脸一道道沟壑游走，颇受用。师傅一刀下去，刀刃上就积存一块肥皂沫，胡茬混合在肥皂沫里，师傅的手指一抹把肥皂沫甩出去。四爷闭上眼，倾听胡茬根部被刀切断的脆响，像快镰割麦子，"哧哧"的声音。舒服的微微鼾声，几乎困过去，师傅一声"好了"，四爷睁开眼，双手摸摸头，光滑，没漏网的；摸摸胡子，干净利索。起身，掏钱，递给师傅，说："真好哇，凉快！"

临走扔下钱，客气一句："麻烦！"

剃头师傅也谦让，说："看看，乡里乡亲，剃个头还拿钱。"

四爷就说："应该的，你还要交费、报税，总不能自己搭钱。"

师傅就说："我爱财了。"

相四爷前脚出棚，师傅的话就跟上了，看四爷已走远，说：

"真相!"

后边挨号的一位老乡,对师傅说:"给我剃快着点儿,我还赶集有事,刮一遍就行。不刮胡子,太费事费时。"

剃头师傅说:"好嘞,咱剃快点儿。人没一样的,我剃百家头,踩百家门,遇见的人啥脾气都有,我若不随和,两人不瞪眼吗?为几分钱的事,得罪人不值。"

剃头师傅欢迎省事的人,剃得快,就多剃个头,增加收入,多弄两毛。

二

村上传说四爷年轻时,相媳妇制造了故事。

媒人看着四爷长的模样不错,家庭综合情况也不太穷,老人的脾气人性,在村上没差的传闻,看来这个媒有八成,决定来他家给四爷说媳妇。他父母当然高兴,给媒婆敬烟、倒水,留下吃饭。媒婆两头跑了几趟,也是蛮辛苦的,"会当的两头瞒"嘛。媒婆会说话,把对方的疑问掩盖住就是本事!首先女方的父母悄悄地来四爷家附近远看宅房,看看四爷家的住房情况怎样,这是最直观的,当年和现在要求基本一样,闺女进去门子得有房子住。女方父母看了房子,然后又凑逢集远窥四爷,看看小孩长的啥样,个子高矮,四爷小伙儿长得中等身材,浑身虽穿粗布衣,但干净利索,目测过关了。女方父母同意媒婆的建议,四爷跟姑娘见面相看对方。

那次最关键的一关,若通过,媳妇就八九不离十。媒婆把相看的地点选在她家北屋,双方父母跟媒婆简单寒暄,就撤了,他们到西屋里说话,北屋就剩下四爷闺女两人。屋内静得掉根针都能听到,空气紧张得要爆炸,初次见面,说什么呀,四爷虽提前备课，但一紧张忘了词。那天吃饭也紧张，肚里不痛快，疙疙瘩瘩，感觉"咕咕噜噜"叫唤，他就开门往茅房跑，进去茅房解腰脱裤子，结果只排出一中型气体。四爷暗自庆幸，多亏出来北屋，若在姑娘面前这样多没面子，丢死人了。回屋二人说了几句不疼不痒的话，互问年龄多大，姊妹几个，在队里劳动累不累，等等。时间不长，四爷肚里又有感觉，重跑茅房，女孩对四爷是抱比较大希望的媒，她正在摸底儿谈话的兴头上，他却在这么短的时间两次外出，扫了女孩的兴，无论媒婆三寸不烂之舌怎样夸四爷，列举四爷优点，勤劳、节俭、仔细、干净、卫生，等等，女孩不同意。这个媒就散了。不过至今村上流传一则歇后语：四爷脱裤子放屁——假仔细。后来内部人士传出内幕，四爷相媳妇，怕把味儿带回屋内，所以就把程序复杂化了一些。那样做的目的是想提高自己，想加分的，结果事与愿违，不光没加分，还倒扣分数。

"你不会坚持一下吗？"

"我坚持了，我坚持的表情引起女孩注意，我是万不得已的外出。"

后来四爷在相媳妇环节上加强了注意，还是托的原来的媒婆，四爷是想，在哪儿摔倒，在哪儿爬起来，也让媒婆看看，四爷是有志气的人。媒婆感叹，老四，我没看走眼。四爷寻了个好媳妇，漂亮、聪明、开朗、全活，邻里团结，人情礼往，样样占，二人恩恩爱爱一辈子。当然四爷在家里是比较听话的，媳妇安排的事，落实不走样，名副其实的二把手。

<h2 style="text-align:center">三</h2>

相四爷属于精明人，长得中等身材，面相中性，但威严，眼

虽不大，但特亮，看人好像看到骨头里去。他不善交往，在村上朋友不多，主张"万事不求人"。

在一个村上做到这一点，难。四爷在农具方面力争置办全，农具花钱不多，少一样就要登门求人。他运肥拉庄稼有大车。犁地有牛、有犁。耙地有枣木做的耙，新耙齿。耢地有枣圪针拧麻花编的耢。耩地有三齿耧、两齿耧、独腿耧。割麦子、割谷子有长把镰。轧场有石磙，起场有三股杈、四股杈，有耧耙，有扫帚，扬场有木锨，装粮食有簸箕、有口袋。使用家什全吧，小零碎三齿镢、板镢子、丁耙子、大锄、小锄等多了。四爷也感觉家什弄得差不多了，不想再置办家什。不想，一年四爷准备盖个羊圈，需要打土坯，难住他了。他没坯模子，没杵头。这两样关键工具他没有。要求人，借去，后悔的他拍头，咋不置这两样呢？现去集上买，一是不定有卖的，二是花钱多，若自制时间来不及，只得求。四爷很少有登门求人的经历，没这方面的切身体会。他主要接待来他家张嘴借东西的人，有高人一头的陶醉感。这次就登门求人去，要挤出笑脸儿冲人家说话，声音要柔和，还要保证使用期间注意爱护，不损坏，等等。这句话是他嘱咐借他农具的说的话，在这儿复述了。

四爷借坯模子这家小伙子，恰巧是四爷在十几年前训斥，站在墙外看他梨树结的雪花梨的孩子。四爷曾说："梨是不能看的。"四爷进门借坯模子，张开嘴了，突然想起那次的不愉快，脸腾地红了，再退出已来不及。小伙子把坯模子、杵头拿出来，这两件挺沉的，小伙子要帮四爷送来，四爷连说："爷们儿，不用、不用，我自己能行。"四爷用杵头柄挑着模子，一个肩头把两样扛回来。庄乡爷们儿都说，四爷从这次借坯模子杵头，别人再去他家借东西，脾气稍有缓解。人不可能万事不求人。

四爷穿戴讲究，常年穿夹袜子，就是用白粗布做的袜子，媳妇纳的千层底，扯（买的意思）块儿黑斜纹布，做的黑布鞋。他还常年扎腿，甭管春夏秋冬，干腿干脚，利利索索。从前扎腿用袜带儿，年轻人大概不知道"袜带"是何物。"袜带"宽约两厘米，属针织品，里边分布着细细的松紧带儿，有松紧性，做成直径十几厘米的圈，套在裤腿上，把裤口和袜子束在一起，特别是骑没链子盒的破自行车，怕链子上的油污染了裤腿，套上袜带儿就可避免。这也是相的主要指标，一般人夏天是决不穿袜子的，而且更不扎腿。天热得人要命，脱裤子还来不及，哪还封闭裤腿？

秋天里，天气转凉，四爷开始戴瓜皮帽，像六块瓜皮缝制的，帽顶一核桃疙瘩，便于抓帽子。穿一身夹裤夹袄，就是如今的夹克衫。

冬天，四爷穿黑棉袍子，如今早没人穿这物件了，年轻人也没见过棉袍子，若想见识见识棉袍，只能到"民俗博物馆"里了，现场观看。四爷用粗粗的黑布带子扎腰，把袍子的前摆一角掖到腰带里。戴的棉帽子俩耳朵，都挖开五分硬币大小的圆孔，圆孔上再缝制棉盖，防风，总的要求，既不很影响听力，还要保暖。这是相的又一指标。

相四爷的农具，铁锨、三齿镢、大锄小锄、板镢子、犁铧、钉耙等，劳动结束，都在地里打磨干净，回家来再保养，擦得亮光闪闪。任何一件家什，用过之后，他先用脚把沾的土擦掉，然后再用瓷瓦片认真打磨。在五黄六月，连阴天，就是好天已擦干净的农具也都生锈，如再拿出来干活用，不好使，铁刃上粘土、粘泥生锈，不快，干活费劲。相四爷就用破布蘸废机油，把家什的铁头儿特别是刃擦擦，保养起来，以防生锈。

你假如去他家借东西使，四爷会从他的小工具屋，把农具拿出来，也叫你用，但归还时定要小心，擦得利利索索，干净如初才行。不然下次……你基本就没下次了。

四

　　要不说四爷是乡村能人呢，相四爷还会果树嫁接技术。他在村外一片荒地里，移栽来野杜梨树，栽天院里。杜梨树属最低档次的果木树，没人看护，在村外由孩子随便摘。杜梨儿个小，小得像黄豆粒般，长得个头圆圆的，长若干个杜梨儿。春天杜梨树开的梨花，一朵杜梨儿花有六七朵，甚至有长七八个的。到农历八月，孩童们爬上杜梨树摘杜梨儿，扔下来也摔不坏，再去打麦场，生产队的麦秸垛都垛在那儿。娃子看准麦秸垛，在阳面掏出个洞，洞深约尺许，把摘来的杜梨儿填进去，再用麦秸把洞堵严实，把杜梨儿闷住，捂熟。捂一星期后，结伴去，掏开麦秸洞口，把捂得发黄、变黑的杜梨儿拿出来吃。酸酸的甜甜的，有的还面面的，真好吃，赞不绝口。在那生活困难、果木稀少的年月，不失为一种享受。但也有意外，捂好熟透的杜梨儿被别人偷走的事件发生，那对小伙伴们是沉重的打击，很扫兴。参与此次活动的，知情者人人都是怀疑对象，看谁谁像偷杜梨的嫌疑人、作案者。都口吐脏话，抨击盗贼，原本一块玩得好好的小伙伴儿，因丢杜梨儿，弄得不欢而散。

　　6月伏天，四爷就从村外树行子移来杜梨树，做砧木搞嫁接，本身杜梨儿就酸甜融合，味道刺激，具有开胃、降压、降脂、降糖之功效，最适宜老年人享用。如果再嫁接上优质梨，那结出果子来，百分之百好味道、多功能。他说伏天里开展这项技术，叫"热粘皮儿"。他首先找有梨树的主家，跟人家说好话，剪来梨树枝条，快速回家，梨树枝条怕晒，他用快刀子削下梨树枝条的芽儿，把叶子去掉留下叶柄。然后在自家杜梨树的枝条上拉开丁字形的口子，剥开薄薄的杜梨树枝皮儿，把梨树芽儿塞进去，然后包上梨树叶子，用绳子缠牢。七天过去，破开绳子、梨叶，梨树芽儿长好了。

相四爷用此法，分别嫁接了鲁西雪花梨、甜水梨、旧城小面梨、夏津小核儿梨，他吹嘘是欧洲糖酥梨。四爷在一棵杜梨树嫁接了四种梨，在当地成为一景。春天一棵梨树开四样花，春游赏花的人们，来他家看花。他精心照料，浇水施肥，都是在梨树根部周边一尺开外，他怕伤了梨树根。浇水，从来都用从井里打来的新水，晒一天后再浇到树坑里。晒过的井水，温暖，氧化了。从不用洗东西的脏水浇梨树。他给梨树施肥，施农家肥，炒点豆子啥的，从不施化学肥料。他说化学肥料是"洋料"。他坚信农作物和果木树追肥用"洋料"，庄稼打出的粮食磨了蒸干粮吃，不香；果木树结的果子，水分多是多，但不甜。在四爷的呵护培育下，梨树苗壮成长，树干慢慢长高，四样枝条长粗，五年后，梨树开花，预示要结果子了。相四爷一棵四样梨，果子挂在枝条儿，引来社员参观。黄色的、绿色的、白色的、深棕色的四样梨子挂满枝头。谁能说不是一景，谁能说四爷不是能人？大家都边看边赞扬四爷是园艺专家。小伙子夸相四爷能："四爷，您咋琢磨的哩，一棵树嫁接四样梨。"

四爷说："我就是瞎琢磨，我是这样想的，一个枝儿能嫁接一样，那五条枝子，不就能嫁接四样嘛。"

小伙子又说："四爷，苏联的果树专家米丘林，也赶不上您厉害，他仅仅嫁接了一样梨苹果，你却嫁接了四样，您可以去苏联当园艺专家，传播中国果树嫁接技术。"

四爷笑了，说："我去苏联不行，不会说苏联话，怎么跟人家说话，那不是睁眼瞎嘛。"

小伙子说："四爷，苏联人说俄语。你不会说俄语没关系的，国家给你配俄语翻译呀！"

四爷说："爷们儿，你别说苏联说鹅语，他说鸭语也不行！我要出去传播嫁接技术，也不去苏联，他都修正主义了，毛主席批判赫鲁晓夫、苏修。中共中央'九评苏共中央的公开信'你没学过吗？批得苏修体无完肤！"

小伙子问他："是。四爷你不去苏联，那你愿意去哪国？"

四爷说："爷们儿，咱若去，也得去那些跟咱友好的社会主义国家，阿尔巴尼亚呀、捷克斯洛伐克、波兰、匈牙利啥的。"

小伙子说："哟，四爷，您知道的国家还不少哩。"

四爷说："我爱听广播，别小看小喇叭，中央人民广播电台一播，咱国跟哪国友好，我就知道。"

小伙子哈哈大笑，说："四爷，我先把您的嫁接技术写成材料，汇报给外交部，您在家听通知吧。"

四爷也喜得合不拢嘴，说："爷们儿，咱爷俩拣大的吹吧！反正吹吹不上税。"

当年相四爷的四样梨喜获丰收，他摘了梨，�篮子上集卖。他的梨摆在篮子里，展样，好看，品相好，价钱贵点儿。买四爷"四样梨"的人不少，大都是图个稀罕，好玩。四爷的梨变点钱，贴补家用，庄稼人哪有进钱的门路，那么漂亮的梨，自己也舍不得吃。

四爷对梨树看管得很严，不断人地看护，他出工走了，家里老人坐院子里看。晚上他在梨树下睡觉，看着梨。为了防止人摘梨，他开春，在院墙上垛麦秸泥，把院墙又加高一尺，顽童很难越墙偷摘。后来树越长越大越高，梨树枝子伸出墙外，甚至有梨子挂在墙外树枝上，像小灯笼样，过往的行人好远就看见梨树了，走近了，眼不由自主地往梨上用劲，你若抬头仔细观看，特别是小孩子，更是看梨看得面露馋相。相四爷不愿意，他非常不乐意。你不能看！你看就是想！他说："只要江边站就有望海心！"

四爷的四样梨，卖到最后，好看上等梨没有了，拣树上剩的模样丑陋的、小的、有虫眼的他也给邻居送送，叫孩子尝尝。

相四爷手巧，也善动脑子，自制好些农具。比如用废旧自行车圈改造的独腿播种耧，一个人推着播种，省工、省劲。他用废旧"解放牌水车筒子"改造的"移苗器"，快捷、方便、省工、省水，那年春天大旱，各队棉花苗出得都不齐，需要移栽。四爷创造的"移苗器"，公社分管农业、社办工业的副主任，带铁工厂师傅参观，感觉不错，在全公社推广，由社办工业，赶制一批"移苗器"，发到各大队、小队。这为移栽棉花苗发挥了重要作用。还有他画图纸，让铁匠师傅打制的"桃尖锄"，在大田开沟省劲、省时，他造的那小工具多了，都在村上、邻村、公社进行了推广。

五

那年四爷积极响应县爱国卫生运动委员会办公室的号召——全党动员、全民发动、全民动手开展"除四害、讲卫生"运动，努力提高人民的健康水平。小学生逢集日站队，个个举着苍蝇拍，在集上宣传。单单为了消灭老鼠，四爷开动了脑筋，用铅笔画出图纸来，先用细些的铁丝编网子，然后合起来，制作了逮老鼠的铁笼子。铁丝编的长宽高三四十厘米。关键是，给老鼠预留了进笼子的小门口儿，更厉害的是在小门口儿上边吊着铁丝编的小门栅儿。

晚上，四爷在笼子里精心放了老鼠爱吃的食品：油炸馃子、碎猪肉沫等。老鼠闻到香甜可口的气味，便顺着香味，沿墙根儿，悄悄地来到笼子边，瞪着小绿豆眼儿，鬼鬼祟祟地观望笼子的食品，太香了，它垂涎欲滴。老鼠也是有脑子的，聪明些的老鼠，会在铁笼子门口思考、研判，是进去，还是走开？实在不愿意离去，失去这次品尝美味的机会，但它又不敢贸然挺进，在小门口翻来覆去地转悠，人住的房子大门有时也不关，看来这个小门没关，也是方便出入了。它探头探脑，但终经不住诱惑，它估计，进去后叼住馃子以最快的速度出来，大半问题不大。老鼠飞快地窜进去，叼住馃子还没来得及扭头返回……看点就在这里，关键就在这里，相四爷设计的小门栅被根细线吊起来，老鼠伸嘴儿一叼吃食，机关就动了，小门"唰"地落下，把老鼠关在笼子里。老鼠回头逃，门已关上，出不去，后悔已晚。老鼠一夜忙活紧了，前前后后、左左右右、上蹿下跳，累得浑身出汗，到天明，四爷去检查战利品，老鼠精疲力竭地重整旗鼓，又表演起来。几乎夜夜有收获，早晨村民们、孩子们好去他家，围观老鼠瞪着惊恐的小绿豆眼儿攀爬笼子，转圈圈，倒挂金钟，观看老鼠研究小门口，怎么逃出去。四爷逮老鼠，捉活的，有些许显摆，是很好玩。

四爷还有一逮老鼠的工具——"夹子"。晚上下"夹子"逮老鼠，也在机关挂上馃子，引诱老鼠上钩。为啥稀罕事、奇怪事都让四爷摊上呢？这次的"老鼠传奇"也绝不是杜撰，你坐在办公室想一万年，也想不到那个地方去。

一次四爷下的"夹子"，早晨检查战利品，夹子找不到了，浑屋里找遍了，没有了。四爷下"夹子"，都是做了掩护的，用细土把"夹子"埋起来，外面光露着馃子。怪了，四爷考虑可能是夹住老鼠后，逃跑把"夹子"带走了。这又仔细地搜索，哎，四爷看到"夹子"了，在离地面一尺多的墙上哩。老鼠带着夹子钻到墙洞里，老鼠进去了，但它身上的夹子进不去，挡在墙外。

四爷一看这阵势，需把老鼠拽出来。为防老鼠伤人，他戴上厚手套，抓住夹子往外拽，老鼠疼得"吱吱"叫。拽出来了，一只尺把长、老得红毛的大公鼠。

四爷炫耀的看点在这里："你咋知道是只公鼠？"

巧就巧在，不偏不倚，夹子夹住了大公鼠的睾丸，四爷说了句很不文明的话："我的大夹子，夹住老鼠的'蛋子儿'了。哈哈哈……跟俩黄豆粒儿样大小。"

四爷大笑。四爷研究为啥能夹住老鼠的睾丸呢？肯定是误打误撞，大约是老鼠散步无意中蹚到夹子的"蛤蟆"了，夹子的机关以迅雷不及掩耳之势，迅速反应，老鼠的动作也快如闪电，它瞬间弹跳起来，大概高度不够，没能躲过一劫，夹住了肚皮下垂的"蛋子儿"，四爷是这样跟参观的社员解释的，引得社员、娃子嘻嘻哈哈大笑，参观的人们络绎不绝。

村大队长把四爷自制铁笼子、下"夹子"逮老鼠的事迹报告了公社，公社主任大喜，表扬四爷"除四害"工作积极，开动脑筋想办法，消灭老鼠成绩突出。

全年逮老鼠按三百只计算，每只老鼠连吃加糟蹋一天按半斤不算多，一年，四爷就节约粮食一百五十斤，全村如果家家户户都制逮老鼠的笼子或者"夹子"，一百户一夜就逮一百只老鼠，那么全年就能逮三万只老鼠，可节约粮食一万五千斤。如果全公社的六十个大队，都普及逮老鼠的笼子、"夹子"，一年全公社大约可节约粮食九十万斤！这是多么惊人的数字啊！相当于九十万人一天的口粮，触目惊心。

说干就干，公社研究决定，在四爷的大队部召开"全公社制铁笼逮老鼠工作现场会"。

全公社的脱产半脱产干部、大队干部，都到会了。大队长介绍逮老鼠的工作经验，并现场去四爷家参观，看逮老鼠铁笼子、

"夹子"。铁笼子里老鼠猛见这么多人来看，受惊吓，蹦跶欢了，引得大小队干部哈哈大笑。最后公社主任讲了"除四害、讲卫生"工作的重要性。主任讲，消灭老鼠、除四害，往大处说，与国计民生、粮食紧密相连。还有老鼠传播鼠疫，影响社员们的身心健康，危害极大，各级要提高对制铁笼逮老鼠重要性的认识。回去以后立即把这项工作开展起来，各村都有能人，看看就会编，不会的来学习，老四同志负责教您。另外制铁笼麻烦，可以先普及逮老鼠的"夹子"，简便易行。但"夹子"也有缺点，就是老鼠上当一次，其他老鼠走到"夹子"处闻到同类的气息，就不上钩了。解决此问题也不难，就把夹住过老鼠的夹子清洗一下即可。每家每户都要放"夹子"，可以放若干个"夹子"，定有收获。其实四爷制铁笼子逮老鼠，借鉴了"夹子"的原理，其核心机关，竹条儿别住"蛤蚂"，"蛤蚂"稍微一动，竹条弹起，细绳一松，小门迅速落下，两者原理是基本一样的。四爷在现场会上，当场表态："没问题，只要来学，我保证教会。"主任强调，每天早晨，各大队把各家各户逮的老鼠尾巴剪下集中起来，老鼠挖坑深埋，向公社"除四害、讲卫生"办公室送交老鼠尾巴，登记造册，统计数字，年终评比，表彰先进。那年四爷逮老鼠逮得出名了，原来"相"出名只是在村上及附近大队，这次全公社现场会上受表扬，全公社扬名。

"除四害、讲卫生"工作，年终评比四爷得奖，参加县里的表彰会，获得县爱国卫生运动委员会办公室颁发的玻璃镜框，奖给"除四害、讲卫生工作先进个人"。

四爷从县里开会回来，跟社员们说："开会真好，除了听报告，讨论会议内容，不劳动不说，主要是吃得好，吃得浑嘴流油。早晨油炸馃子、豆浆、鸡蛋、花卷、甜沫儿、稀饭。中午饭，城里厨子做的猪肉白菜炖粉条，雪白的白卷子，八个人一盆菜一筐馒头，都蹲在地上围着吃，吃不饱的再加干粮，去伙房买。晚饭稀饭馒头炒菜加老咸菜，吃的真好哇，可惜两天就散会了。"

社员说："你明年再去开会啊！还吃白馍馍。"

他说："明年再说明年的事。公家的事多了，明年逮什么就不知道了。"

他把这重要荣誉奖状挂在堂屋北墙上，视这是自己最高荣誉，颇为骄傲。别的社员谁有这奖状？没想到自己逮老鼠玩，赶上卫生运动，干得好不如赶得巧，领导水平就是高，把逮老鼠的小把戏，上升到国家战略——节约粮食上来，囤里有粮，心中不慌嘛。咱玩出名堂来。

六

相四爷发脾气最厉害的一次，也是得罪人的一次，是一户借大车的人，串亲戚回来，给四爷送还大车。

事情是这样的。有户人家去串亲戚，路子不远，仅二里路，这次串亲戚是孩子结婚，"会亲家"，女方父母到男方家去，是要面子的，不能步行去，需坐大车去，而且要在大车上扎篷子、车厢铺被子、车篷挂门帘，显得庄重。按咱们平常散步也走三五里啊，何不步行前往？不行的，这回要的是脸面，所以要去四爷家借大车。

四爷的大车，有车库，防日晒雨淋，但没门，便于进出，农村叫车屋。四爷大车养护一流，好使、轻便。那户人登门借车，有丝儿打忱，堆满脸的笑冲四爷开放，夸奖话说给四爷听。四爷虽然不好吃这一套，但好脸好话总比差脸孬话强，大车也借出来了。四爷帮助这户人家把大车从车屋推出来，他从院里把牛套拿来，给车挂上牛套，顺好，套上牛，目送他家把大车赶走。大车是农家重要的家业，都很爱惜，拉东西前要往车轴上膏油。四爷的大车厢外侧，挂着油葫芦，油葫芦是用长老的"葫子"做的，敞口，便于往油葫芦里灌油。借车前油葫芦是空的，谁借车使，谁把车轴膏上油，再把油葫芦灌上多半葫芦油，以示对车的爱护，对车主的尊重。说明看起四爷了。

不知那户人串亲戚忙晕了，忘了这回事，还是真没油，还是舍不得，给四爷送大车时不光油葫芦空的，而且车轴也没膏油。

一般情况下，给四爷送还大车时，四爷大车在往车屋里放之前，他先看这俩地方。一看，车轴没油儿，是干的；油葫芦没油，空的，他没离地方就恼了，脸变了色。四爷脱下鞋来，抡起鞋底子"啪啪"地扇车轴，边扇边骂："我叫你不要脸！我叫你不要脸！你连点油儿都没混来！"

四爷发怒的声音刚落台儿，他媳妇风风火火地出来了，伸手夺过来他的鞋扔了，冲四爷吵："干吗啦、干吗啦，这算点啥破事儿啊！有外人吗？！车使了，人叫你得罪了，有你这么憨的吗？！"

四奶奶扭脸跟人家借车的赔笑脸："没事，兄弟，他就那熊驴脾气，过会儿没事。以后使车想着膏油就是了。"

"四嫂子，对不起，对不起，我是忙得真忘了。"

原载《泉州文学》2024 年第 6 期

卢老师

一

　　小卢大专毕业，考取教师资格证，感觉不错，能当个教师很好啊。今年全县农村小学招考老师，小卢报名，参加考试，被录取，分配来偏僻的苦水柳村小学任教。他是苦水柳村校改以来的第十七位老师。看看，有点意思吧，说明老师换得勤，没"长期工"，多是"临时工"。他来报到的前一天晚上，父亲母亲跟小卢说话。孩子要去上班了，父亲嘱咐小卢："儿啊，你去上班，离开家，出门在外，工作服从领导，团结人。"小卢点头，说："我记着您的话。"父亲接着说："咱庄稼人找个单位不易，要好好干，不跟别人学想三想四，要踏实。"小卢还是说记住了父亲的话。母亲嘱咐他，小儿，吃饭要吃饱，正长个哩。他带着父母嘱托，来教书。他来苦水柳村最大的事情是，教书育人培养了学生，收获了爱情。

　　报到那日，他骑自行车从镇上一路走来，看着沿途的风景，牛角般的大棒子，歪歪着，炫耀玉米的个头。今年又是丰收年啊。玉米大都在收割，收割机开过去就分离出玉米穗，穗穗落到"小三马"车厢里，金黄的玉米煞是喜人，装满车厢就"嘟嘟"地运到家里，装袋子垛起来，通风、晾干，来年脱粒，卖时大半多卖几分甚至一毛。有的人图素净，收下来直接卖到玉米收购点。老板立马结算，票子成捆别到腰里。玉米省得拉回家，费工啰唆，下雨阴天还得苫盖，添很多麻烦。玉米秸粉碎喷撒在地里，秸秆还田，增加地力。有的小地块儿，弟兄们挥舞板镰子把玉米秸倒歪，掰走玉米穗，光剩玉米秸躺在地里。晒干捆起玉米秸个子，拉出去，有的做牛草，有的做柴火做饭。玉米收割早的地块，黄河水放来就造塇了（地里浇水）。有抢早种麦心急的老乡，地块已开犁，汉子扶犁、女人撒肥。小卢打住车子看犁地的两口儿。汉子光膀，太阳晒得膀子黝黑冒油，他挥鞭撵牛。新翻的泥土，波浪翻滚，闪闪发光。汉子歪头倾听犁铧切断草根的脆响，像美妙的音乐，听着舒服。他下腰抓把新翻的泥土攒个蛋儿，送给鼻子闻闻新翻泥土的清香。女人壮硕，丰满的胸脯，顶起两个大白馍馍，随走随颤动，只想从小褂子里跳出来。她扛着化肥沿着深深的犁沟撒肥，沿着长长的日子，跟着高高的身影，沿着风调雨顺也受穷的声声叹息……然后把他们在血汗里浸泡的种子埋进希望里。小卢看在眼里疼在心上，父老乡亲真是不容易，汗珠子摔八瓣，土里刨食。他家里父兄跟汉子一样躬耕在大田里。昨天人们夸我帮父亲收玉米，父老乡亲们，我参加劳动，怎么能用"帮"字啊。难道你们才应该在大田里劳作，读书人就超脱出来？我不这样认为，地，我是应该种的。因为我一日三餐吃父亲种出的粮食，我是在干自己该干的活。想想父母供自己读书，吃的苦，受的罪，心就不安，自己考出来，马上要做教师了。参加工作后，除了好好教书，业余搞点文艺创作，休息日我要回家跟父亲劳动。我要让父老乡亲、兄弟姐妹把我回家劳动看成应该的，说话带的"帮"字删掉。

苦水柳村，顾名思义，水是苦的。柳，村上据说并没柳姓人氏。村周围，柳树颇多，合抱粗的，两搂粗的，百年老树也有。

苦水地里长柳树，叶子碧绿，甚至小树身子、大树的杈子也是绿色的。是否与村上善长柳树而得名？报到当天夜里小卢老师做了个柳色的梦，把他笑醒了。笑话呀，啥是柳色？我曾写过柳州游记，柳宗元任柳州"市长"，发展农业、振兴林业、兴修水利，柳州大变。柳州柳树多，柳刺史功不可没。

那天他驮着被子，找到村主任家报到，小卢推自行车进村主任家门。村主任听到喊"主任、主任，在家吗？"从堂屋迎出来。他已接到通知，镇教育办公室、镇联合校，派小卢老师来村任教。

"是小卢老师吧？"

"是，是，您好，主任。"

"来，来，来，快进屋。"他进屋，主任让座，倒水，敬烟。

"谢谢主任，我不会吸烟。"

"好习惯，小青年好习惯。"

村主任，"啪"打着火，点支烟，一口吸进去半支，夸张点儿，闷住一口深咽下肚。体会片刻，然后吐出来香烟。在进行这一系列活动的同时，观察精干的小卢老师："怪好的娃娃，来俺村受罪，准干不长。"村主任摆了摆头，喜忧参半地眨眨小眼睛看着小卢老师，说："卢老师你来俺村教书好啊！我们热烈欢迎。俺村确实需要个老师，最好来了请多住几年，千万别来了一看这破地方，抬腿就走。"

"哪能啊，主任，不会的，不会的。"

"真是的，俺村条件差，生活艰苦，虽然没人家大村班级多，老师也多，条件也好。但，俺村人好，大都厚道人，待你不会差了，你放心，更不会欺负你的。"

卢老师腼腆地看着村主任，说："谢谢您，主任！我一个教书的，欺负我做什么？放心，我会认真教学的，培养好孩子。我跟孩子们一样，也是出身咱农民家庭，通过考学一步一步走出来的。"

村主任说："好，卢老师，我代表村民感谢你！说心里话，你们当老师的也不容易，小小年纪，刚出校门来教书，还要现学做饭，一个人的饭又不好做。一个人孤军奋战，没个伴儿，日子是不好过。咱村上没条件找个人专门给你做饭，现在的人工太贵了，实在对不起，卢老师。这样吧，今上午你就别开伙了，在我家吃顿便饭，我请你。"

小卢看眼主任，说："这不合适吧？我不能在村上吃饭，好像有纪律规定的。"

"咋不合适？！什么纪律规定，那是在他们那里，来俺小穷村，天高皇帝远，在我这一亩三分地里，我说了算，初来乍到的小年轻，吃我顿饭犯什么纪律，没事。"

严格说，小卢老师还是个孩子，若在自己家，妈妈喊才吃饭的主儿。此时此地他也就听主任的安排了。主任把便饭提升到喝点小酒儿。主任弄了四个菜——小炸鱼儿，花生米儿，凉拌黄瓜，豆腐皮儿。不错了，四个盘儿，主任拿出白酒，在村代销店提来一捆啤酒。白酒主任"吱吱"地喝得香甜，脸儿潮红起来。小卢不会喝酒，主任劝他喝瓶啤的，小卢只喝半瓶啤酒脸就通红得脖子发粗。看来娃娃真没酒量。头一天来报到，就驮着被子、碗筷、脸盆、牙缸牙刷，说明这孩子没玩虚的，是个实在人。开局很好！

"卢老师，我告诉你两个好消息，到明年咱就不用烧煤球、烧柴草做饭了，天然气通过来了。还有，镇里搞自来水，管道铺过来，咱很快不喝苦水了。"

"哦，那好哇。我正犯愁烧煤球，我弄不好呢。"

二

苦水柳村小学，校改前租赁民房，学校经常换农户的新房，人家一娶媳妇，学校就要挪出来。现在好了，建了五间混砖房子的学校，村民集资，乡镇奖励点，财政补贴。三间新教室安了镶玻璃的大窗户，光线很好。全校有流动的三十几个男女学生，四个年级，学生到考五年级就到另一个大村上学。卢老师住教师单间宿舍，单人床、桌子、破橱子、脸盆架和塑料脸盆，有把吱吱呀呀的所谓椅子。还有一间伙房，有个煤球炉子，煤球若干，水缸，水桶，有小案板、切菜刀、铝壶、暖瓶、铝锅、炒锅、锅铲儿、勺子各一个，基本的东西都有。校园东侧有压水井，有点菜地，两领席的面积，老师可种几畦子菜，肥料不用买，厕所在院子西南角。主任说帮小卢老师撒畦子菠菜、芫荽、小白菜儿啥的，种别的菜晚了，只能栽畦子大白菜，够秋冬吃的。无公害的蔬菜，绿色食品不错啊。院子里有棵小枣树，上面吊着块犁铧，还有根耙齿拴在一侧，敲起来，"铛铛铛"的声音洪亮，能叫起人来，这就是上课的铃声。院里还栽着个象征性的篮球架子，一根檩条，上方钉着几根木条，方形的篮板。投篮的圆筐丁零当啷地挂在那里。小卢老师一看就笑了。最好的是还栽着根杨树杆子，高高的旗杆，上边还有升国旗的绳子。

午饭后小卢老师推着自行车，跟村主任来到学校里。校园、教室、宿舍、伙房都打扫得干干净净。煤球炉蹿着火苗，烧着水，咝咝地冒热气，暖瓶空的，等灌开水，村主任提前安排村妇女主任来打扫、整理了学校，妇女主任站在那儿欢迎卢老师。妇女主任送来一兜馒头，几把干面条，一兜小米，一兜玉米面，一兜茄子、辣椒、西红柿，油、盐、酱、醋，瓶瓶罐罐满满地都送来了。小卢老师看在眼里，激动在心，感觉到村干部的温暖，暗下决心："我好好地教学，好好培养孩子，多往外校输送学生，对得起村干部、村民们的殷切期望。"

卢老师说："主任，您想得那么周到，生活用品一样不缺，不用我去买了。不过这些生活用品我要交钱的。"小卢掏钱给主任。

村主任"啪"地一拍大腿，说："卢老师，还有那事吗？这是我应该做的，你不用交钱，这还叫花钱吗？你若不走，一直在俺村教书，俺村管你吃饭都行，现在粮食大丰收，吃饭这还算事吗？我打算年底给你买个电冰箱，米呀、面啊、馒头、蔬菜啥的，生活用品能放放。"

"不用，主任，我自己买就行，也没多少东西放，随吃随买即可。"

"咦，可不行，咱这农村平房不比城里楼上，好有老鼠，它们晚上行动，搞破坏。你不知道多厉害，把吃的东西乱啃一气。它祸害了，糟蹋得没法吃了。"

"这么厉害呀？"

"是的。这样吧，别等年底了，我马上给你买个小冰箱，耗电少，容积小，你方便用。"

"谢谢主任，您想得面面俱到，我的确要好好干，把教学弄上去。"

"那是哦。"

……

村主任安排完就走了。

当晚小卢吃饭，自己学着做的，妇女主任在一旁指导小卢老师：怎样换煤球，开炉门的大小，怎样烧饭，要开水下米，米先淘洗，大约添锅里三碗水，能熬一碗多米饭，开锅煮二十多分钟，把炉门关小，文火即可。炒一盘茄子，熥个馒头，吃得熨帖。饭后走出校园，围村散步转了一圈，不到一刻钟。回宿舍里看书，小卢是文学爱好者，写诗歌、散文。在校报副刊、市报文艺副刊、市晚报副刊都发表过诗歌、散文。

三

开学了，孩子们兴高采烈地背着书包来到学校。小卢老师看着孩子们围在身边，问长问短，心里热乎乎的。卢老师首先举行了校园升国旗仪式。少先队员们庄严地行少先队队礼，高唱国歌。学校的生机马上爆发出来。教育孩子们从小爱国、爱人民、爱母亲、爱家乡……卢老师明确了班干部，分好班级及座位。卢老师的确不错，学生反映卢老师教学棒，待学生和蔼可亲，从不打骂孩子，总是循循善诱，上课认真。他教复试班，一、二、三、四，四个年级，一、二年级学生脸朝东坐，三、四年级学生面朝西坐。东、西两面山墙都有黑板，都有象征性的讲桌和黑板擦、教鞭、粉笔。每天四个年级的语文、算术都教一遍。上一、二年级的语文、算术，也要分开讲：一年级的上课，二年级的自习；二年级上课，一年级自习。然后再到另一头，给三、四年级上课，三年级上语文、算术，四年级的自习；四年级的上课，三年级的自习。音乐课。小卢老师就上合堂，四个年级一起学唱歌。孩子们"嗷嗷叫"唱得卖力气，唱得头上冒汗。检查学歌的效果就一、二年级与三、四年级分别唱，然后纠正唱错的句子。体育课一、二年级和三、四年级分开上。低年级的多数在校园里跑跑，做游戏啥的。体育课，卢老师有时安排三、四年级学生围环村路长跑，倒也不错，呼吸新鲜空气，柳树、庄稼、青草甜丝丝的气息迎面扑来。他跟学生一起跑，村上老太太屎娃子围观，拉喊："加油！加油！"有屎娃子看到自己哥哥、姐姐在跑，他还想插队。卢老师站下，把屎娃子劝住，怕跟队摔倒，摔破了可麻烦了。四个年级语文、算术都布置作业，光作业本就八摞，晚上如果停电，就罩子灯下改作业。备课也是八本书的课，教案写八本，忙到深夜。苦水柳，井水苦就不用说了，小卢老师起初喝了苦水闹肚子，水土不服，在村卫生室，赤脚医生那儿要点PPA（吡哌酸，一种抗生素）、黄连素吃，能管点用。他生活清汤寡水，早晨萝卜咸菜，糊糊、馒头，中午白菜炒萝卜、馒头，晚上萝卜炒白菜，稀饭、馒头。全是清淡的，小卢老师若查体，血脂肯定正常、血糖也不会高，血压八十、一百二十没问题，脑血管子、心血管子保准堵不住。

对卢老师，还不是最艰苦的，最艰苦的方面，是感情生活，天天晚上"孤雁打更"，电视剧不能天天看呀，业余创作也不是天天晚上写呀，寂寞难耐。小青年孤军奋战，白天学生相伴，乱乎着热闹，放了学就孤苦伶仃一人，连个说话的都没有。说像"坐监一样"过分了，不信你一个人试试，先来一个月的？村主任有时晚上来陪卢老师坐会儿，聊聊学校的情况，说说家常话，问问卢老师有事吗，聊上半点一个钟头的，但村主任不能天天晚上来呀。小伙子该找对象了，在偏远小村，有女孩子也都外出打工，只春节回来，那时学校也放假了。哪有对象可找呀？晚上睡不着，卢老师在床上辗转反侧。听说以往来苦水柳的老师，大都是从报到第一天就开始考虑啥时调走。短期行为能教好学生？来的老师有教一年的，有教一学期就调走的，也有教一个月的、一星期的，甚至也有根本就没来报到的。有男老师，也有女老师。有成年人结了婚的，也有未婚青年，啥情况的都有。

卢老师为丰富文化生活，中午和下午放学后去村西的大淖看孩子们游泳，看婶子大娘大嫂小姑娘洗衣服。"大淖"俩字是卢老师起的，村人都叫家西大坑。大坑周边杨柳依依，绿荫掩映，光影斑驳，篱笆墙爬满了丝瓜、豆角秧，喇叭花藏在里边凑热闹，喜鹊喳喳唱，偶有放羊汉赶羊群来喝水，几十只羊低头一起喝水的样子整齐，一派田园牧歌风光，卢老师欣赏不够。卢老师读过汪曾祺获全国优秀短篇小说奖的《大淖记事》，觉得大淖俩字文化含量高，可是全村没人认识这个"淖"字。按当下的说法，这儿也可以叫作湿地，村西大淖水不深，面积不小，周边芦苇碧绿，芦苇穗子抽出来了，白茫茫的煞是好看。鸭子自由自在地游来游去，鸭子表演倒着头双脚踩水，累了，正过来"嘎嘎"地飞着逃窜，击水四射，很好玩。鸭子累了还可以爬上淖中的小岛休息，谈谈恋爱，或者下个蛋啥的。小岛被芦苇包围，胆大的孩子敢去岛上拾鸭蛋。洗衣服的人跟卢老师一起看孩子们游泳比赛，看孩子们在水中扎猛子，哟，进去好长时间还一个家伙儿没冒出来，洗衣服的女人们都等急了，怕出事。忽然那家伙从小岛后面冒出头来，浑头麻脸是黑泥，不敢睁眼，把头马上钻到水里晃把泥洗掉。小孩子儿们自造"滑梯"玩，从坑崖到水面找坡度长的地，有三四米斜坡，他们双手泼水，弄得"滑梯"水潋滟的，稀泥铺面，减轻摩擦力。一只只小泥猴子，依次从上边蹲着屁股滑下来，笑得稀里哗啦，嗷嗷叫。卢老师站在岸边摇旗呐喊，助威，还喊孩子们注意安全。夏天游泳要有大人看着，起码有洗衣服的也能发现问题，喊人救援。

四

有时下午放了学，小卢老师安排家访工作，大体两个月能家访一遍，情况熟悉了家访就少了。一天下午，小卢老师来到一胡同口，忽听得母鸡"咯咯哒、咯咯哒"的叫声……小卢知道这是母鸡下蛋了，在向主人讨赏。他想，何不买点土鸡蛋改善改善伙食，他稍稍考虑一下，走进了这家。院子里母鸡引吭高歌，卢老师冲北屋，问："家里有人吗，谁在家呀？"

一老太太出来堂屋门，一看是生人，穿得整整齐齐，浑身上下干干净净，迎面还有香胰子味，老太太问他："你、你找谁呀？"

小卢面带微笑回答："大娘，我不找谁，我是咱村上刚来的老师，到您家来看看。"

老太太瞧着干练、利索的卢老师，热情地招呼："哦，俺知道你，才来的卢老师，俺孙女常夸奖你，说，俺学校才来的卢老师，脾气可好啦，教我们唱歌、做游戏，从不熊学生、语文、算术都教得好，比走的那些老师强多了。卢老师你快屋里坐。"

小卢腼腆地笑笑，说："大娘您夸奖了，我可没那么好，都是咱村学生好，咱村的人好，你们都好，显得我也好啦。"

老太太说："孩子，我可不是夸奖你，俺孙女说的，真的。你不赖，教孩子当回事。卢老师你找俺，做啥？"

小卢老师也就实话实说了："大娘，我路过您家，听到您家的鸡'咯哒、咯哒'，就想来买您的土鸡蛋，您卖吗？"

老太太说："卢老师，你可别说买，说实话，我喂几只鸡，鸡蛋自己吃，吃不了的也卖过。我这就给你拿，俺不卖给你，你拿回去吃。教俺的孩子费心了，感谢你还来不及呢。"

老太太回屋，拿方便袋给卢老师拾鸡蛋，提出来一方便袋。

"大娘我是买，您若吃不了，可卖给我。不收钱可不行，您怪不容易的。您老人家若是不收钱，我就不要了。"

老太太说："啥钱不钱的，你拿去吃吧。卢老师，从前还兴轮流请老师吃饭哩。你一个人在俺村教书，更不容易，这点鸡蛋给你，应该。"

"大娘，我可不能白吃，这样行吗？一个鸡蛋给您九毛钱。"

小卢知道母亲买鸡蛋大约七毛一个，人家老太太这是土鸡蛋，给九毛吧。

老太太说："老师，我叫你提走吃去，你不落意。啥八毛九毛的，行！"

卢老师和老太太查了个数，付了钱，提着鸡蛋回校了。

小卢吃完鸡蛋，就去老太太那儿买，价格嘛小卢老师自觉地，慢慢地从九毛涨到九毛五，涨到一块，一块零五分……生活质量的提高，小卢老师面色红润起来。

五

星期天回家跟父亲去地里拉玉米秸，整理地块，拉肥、撒肥，等旋耕犁犁地。平整好地，然后播种小麦。跟父亲在大田里劳动感觉心情舒畅，累是累，但应该干的。老少爷们都夸小卢老师，好孩子，孝顺，懂事。卢老师家来，晚上就来了说媒的。卢老师父亲母亲高兴地给媒人敬烟，上茶。人家打听着小卢老师一家好人性，卢老师人品好，就愿意给卢老师多个事，镇卫生院分配来位卫校毕业生小刘。小刘也出身农家，介绍人早把小卢老师的基本情况说了。人家同意见个面，若都同意就谈谈。第二天介绍人把小卢小刘一引见，就撤了。俩年轻人谈吧。小卢小刘互留了电话，保持了联系，到周末小卢就回家来和小刘见面，两人可以，挺谈得来。甚至超前谋划让小卢老师早调出苦水柳来。卢老师说，哎呀，那里太需要我了。咋说也要干几年吧？小刘嫌几年太漫长了……

几个月后的一次，小卢来到胡同口准备去老太太家买鸡蛋。还没到门口，卢老师隔墙听着她家有人说话，说的是鸡蛋的事。原来是鸡蛋贩子在跟老太太讨价还价。

"大娘，你的鸡蛋个不大，我给一块一个……"

"俺不卖。"

"一块一个不少了，你到集上问问，我不骗你哩，这么大年纪了。"

"不卖。"

"我添钱，这样吧，我给你一块零五分，行了吧？"

"不卖。"

"一块零五分还不行啊？俺真没大赚头儿了。"

"俺一块零五分也不卖。"

"你有多少我包圆多少！"

"你给我多少也不卖，包圆也不卖……俺说不卖，就不卖。真的。"

"你为什么不卖呢？给你多好几毛了，你嫌钱扎手吗？"

"我说小伙子呀，没为什么，俺也不嫌钱多。"

"大娘，那你是为啥？"

"实话给你说吧，俺给小老师留着哩，俺苦水柳村得有他教书，村上这么多孩子离不了老师。老师走了孩子咋办？"

买鸡蛋的小贩儿一打吸溜："哦，这么回事啊，那我走，不买了。大娘就因您老人家这思想，为全村孩子着想，我保证今后不再来您村收土鸡蛋。"

小卢老师闻听此言，心里一震，激动的暖流传遍全身：多好的大娘，多好的乡亲，他踯躅不前了。他离开胡同口，回校。

六

星期天卢老师心情沉重地来到镇卫生院：怎样跟小刘说啊，他也是很喜欢小刘的。小卢老师决定不离开苦水柳村了，他爱上了苦水柳，喜欢苦水柳人，离不开苦水柳孩子，苦水柳孩子也离不开他。他跟小刘把话说开：若你嫌弃我在苦水柳教书，小刘，如果有合适的你就搭腔吧。对不起，我是喜欢你的，但我也不忍心离开苦水柳村。

卢老师把心里话跟小刘说了，小刘的情况出现积极的变化。

小刘郑重地跟小卢说："我听镇联合校的老师说了，夸我找了个好对象，人家说你人性好，教学棒，工作认真负责。小卢，你叫我找什么合适的？这几天我思想斗争激烈，你战胜了我！俺已给院领导写了报告，申请去陈庄中心卫生室工作，离你苦水柳仅一里半地，跟一个村差不多。我向你学习，以实际行动扶贫！"

卢老师激动地握住小刘的手说："别听他们乱说，我可没那么好，你可想好了，跟我喝苦水，吃苦去。你真下乡扶贫，不准后悔的？"

小刘说："我考虑再三，决定了。其实，介绍人一提你，情况一摆那儿，我就有了思想准备，俺愿意跟着你喝苦水去还不行吗？"

"那好！那好！那太好了！太好了！"

"看你那个憨样！"

小刘一指头戳到卢老师额头上……

原载《南方文学》2023 年第 5 期

新媳妇新

一进腊月门，年关到了。汪春军感觉，年关年关真是过关，今年这一关，不好过的主要障碍，就是媳妇问题。过年对他已失去了吸引力。不像小时候盼过年，像如今盼媳妇一样，睡里梦里盼得掰手指头，查还多少天过年。现在不怎么盼过年的原因是，已经成大人了，往三十岁上再爬四年就到了。原先盼过年还有过年吃点好的，平常时难得见白馍馍，难得见点荤腥，过年可吃顿带肉的饺子，盼着吃个白馍馍，有解馋的意思。再就是二十大几，该娶媳妇的年龄了。到目前为止媳妇还没着落，不知往哪儿去找。世上数时间快，时间过得是飞快的，钟表里那个秒针"嗒嗒"地往前走，一圈一圈地转，一分一分地过，不知不觉又一年，光闹疫情就三年了。快吧？武汉疫情吃紧好像刚过去一样。

到如今媳妇没意向，这是他最抓心、闹心的事，也是年关面临的最大的事。改革开放以来读那么多小说，甚至把农村写烂了，生活是好了，日子好过了，其实有一件大事没人挖掘，那就是从古至今，人人拼搏努力，就为寻媳妇，所有的一切都是围绕这个主题运作的。

现在女孩子都"三高"了：一是长得高、二是水平高、三是要求高。女孩子长得高不是个别现象，现在看来是普遍现象，因为女孩儿的父母长得就不矮。如今生活水平高得没治，营养过剩，培育的孩子就生长迅速，有七八个月就基本成熟生下来了，遗传基因起了重要作用，孩子照样优秀。二是女孩儿水平高，主要是知识水平普遍提高了，中专生、大学生、研究生遍地都是，甚至酒店、饭馆刷盘子、端菜的都是大学生，当然干粗活的初中生、高中生也有。目前就业问题是大问题，有事儿干挣点钱，总比闲着强。毕业了，先刷盘子洗碗没人知道，没熟人见不丢人，只要挣钱没人笑话。第三是要求高，这主要是女孩儿要求男方标准高，小伙儿首先要抓着，长得好，帅气，还有相当的文化，大学或研究生。家里过得好，有房子，一百平方米以上，有车，最低二十万，有钱是当然的了。

春军对女孩儿的要求一条条逐项对照检查，不能说自查自纠，起码做到心中有数，朝目标努力，向达标的看齐，奋起直追。

汪春军，开玩笑的朋友说，喊汪春军象征春天的、万物复苏的军队。汪春军就说："小时起名，俺父亲找的村上文化人小学校长查字典找的字。原意是汪家盼望尽快发达，像春天的军队，强盛起来。"

春军看着满街人头攒动，南来北往的净人，净想挣钱的，都是步履匆匆。挣钱急疯了的商家，盼过年，抓住一年最后的尾巴，下大力，力争扭转亏损局面，家家拿出新招儿促销。"本店租房到期，酒水赔钱甩卖！"一个白色手提喇叭，放在门口酒箱子上，一遍遍无休止地播放，邻居抱怨："烦死人啦！"人家在自己的地盘上施展才华，开展工作，你没办法制止。只有去反映，把环境保护局的稽查队调来，禁止噪声污染！清理喇叭。可是邻居恻隐忍了："都不容易。"你还别说，有的店铺，一经张贴广告，宣布赔钱甩卖，进店的人多起来。人们的心理作用，买东西省了钱，就等于挣了钱。有人开玩笑说："没拾钱就是掉钱了！"

不知贱卖是真赔钱还是假赔钱，反正心理有些许安慰，感觉买的酒水省钱了。

有唱文戏的商家，就贴出大红标语：迎新年、过春节，双节期间，本店商品一律八折优惠。也有写：本店因有大项目启动，需低价转让，所有商品咬牙甩卖！

也有商家把音箱摆出门来，轻音乐调的音量低低的，舒缓优美，若即若离，经典的中西方音乐漫游在店铺周围，这样精神文明程度较高。

还有商家安排营业员站在门口喜迎顾客的。站门口的营业员虽然戴口罩，但穿戴时髦、新潮、靓丽，她本身往门口一站，就是活广告。况且长得身材修长，漂亮，那眼睛会说话。你小两口逛商店哩，冲着男同志热情地问话：您二位，需要点什么？她首先把小伙儿拿下了，领着手的小两口儿，能不进店吗？

门店各打各的优势仗，各唱各的拿手戏。

街上人声嘈杂，戴口罩也遮不了多少音，逛街的摩肩接踵。人们戴口罩进店必扫码，还没开口，营业员就靠上来问："您相中哪件了？"你这里一犹豫，她就说："看看这件相中了不？"顾客正思考间，她那里就一举叉杆，把衣服取下来了，"您试试吧，那是试衣间。"你还真不好说什么，就试穿去了。基本上你空手出不来门。你看吧，男男女女的，就一包包地买衣服，买过年的羽绒服、棉衣、围巾等。

汪春军看得心烦，人家都兴高采烈地采买，准备过年，自己却高兴不起来。他愁的不是回家买东西，而是父亲来电话问他，今年回不回家过年。当然做了核酸检测，四十八小时能到家，关键是前段给娘说了谎，说自己有女朋友了。这也是汪春军没法的法，不说有女朋友了，娘心里更挂着，叫娘更难受啊。回家过年，不带上女朋友一块回，说不过去。如果还是自己，你说得天花乱坠，单位多么好，父母也不相信，让街坊四邻瞧不起，说你混得不咋的，若混得好媳妇还不是把里攥。

春军父亲打电话来，问他："春军，你工作还那么忙啊，快到年了，今年回不回家，你考虑了吗？"

春军说："爹，工作紧得很。为了促进度，赶工期，公司想把这几年疫情耽误的时间夺回来，俺几乎天天加班。到年还有好多天哩，回家还说不准。"

爹继续说："东胡同里，人家望成、望山，还有南边街上钟生，还谁谁的家里，都说孩子回家过年。"

汪春军在这头拿着手机，听着父亲把话说完，他还是用加班加点搪塞父亲，说："爹，这边耽误的时间太多，上级提倡不回家过年，少请假，多加班。"

他父亲说："哦，是，当地政府提倡，打工的就地过年，这我知道，你可是两年没回家了！今年请假也得回来，你娘要看看儿媳妇。"

汪春军这几年春节，都是编理由跟父亲说："火车站上人山人海，就跟咱家房后的蚂蚁窝样，拉箱子，背行李，排队买票。难死了，根本买不上票。有的买上了，却是票贩子造的假票。我这样说吧，您看电视上播的'春运'场景，就是那样，人人脸色紧张，四处张望，但很难看到希望。"春军光给父母亲寄钱，没回家过年。今年疫情虽然没结束，但可以做核酸，检测后阴性、绿码就没问题。加班这个理由太弱了。况且父亲知道了，他另外几个从小玩的伙伴，虽不同城打工，但人家说回家。别人能回家，你咋不能回？

父亲见他不说话，接着说："前几天，你小叔叔，还带女朋友回了家，虽离咱三里地，你娘也去见了见，说女孩长得不赖，要模样有模样，要条有条，嘴口儿那个甜，喊叔叔、婶婶、嫂子、姐妹地不离口。"

汪春军听父亲说了小叔叔带女朋友回家，心中一惊，颇纳闷：小叔叔，好多年找不到女朋友，咋忽然有了？他百思不得其解。他们虽不在一个城市打拼，但对他的大致情况是了解的。小叔叔大他三岁，更是奔三的大龄青年。在农村一般"娃娃媒"（二十岁之前订婚的）都是好媒。像他们过了二十还没订婚的，越晚越被动，一步跟不上，步步跟不上，慢慢就成困难户啦。小叔叔的困难，跟汪春军相似，重点是缺钱，有钱的话就有一切了。至于小叔叔怎么谈了对象，还把对象领回家，这个工作力度蛮大的。小叔叔怎么打了翻身仗，发财了，这才两年没见当刮目相看。

汪春军接父亲的话题，说："爹，那小叔叔不简单，这几年的拼搏，加班加点，专干脏活累活，就为多挣钱，挣的钱多了，好处对象。他谈恋爱谈得热乎，竟然把对象领回家展览，说明他这两年干得挺好。"

父亲说："你小叔叔跟他对象，在家小住了几天，他家还没亲热够，他就回去了，说单位忙，春节人手少，工程紧，工期短，老板打电话催他，让尽快回单位。"

父亲接着说："你小叔叔说，按老规定，节日上班还是三倍的工资。今年春节，老板又提高了标准，另外管吃饭，三十年夜饭、喝着辞年酒、看春晚，初一吃水饺。老板弄的待遇够优厚的，就是怕留不住人。重赏之下必有勇夫，七天差不多相当一个月的工资，这个好事舍不得丢。"

春军问他父亲，说："爹，小叔叔和女朋友，在家住了几天？"

他父亲说："天数不多，住了四天。儿，你也有女朋友了，春节能不能把女朋友也带回来？叫庄乡邻居见见，叫你娘看看，你娘想儿媳妇快想病了。说实话吧，其实是为你的事犯愁愁的。"

接到父亲这个催回家过年、要带女朋友的电话，汪春军的头"呼"的一家伙大了，像瞬间戴上了加重的帽子，头沉。

带着对象回家过年，可不是一句话的事，说话好说，真执行起来困难重重，可不像喝凉水那么痛快。从前搪塞父亲母亲能说，回家的车票难买，单位加班，等等。当然现在买票也难，如今不能说那个了，现在买票方便些了，在手机里抢票就搞定了。票难买，这个理由删除。当然疫情还有，不过疫情成了新常态，疫情做理由没劲了。老板要留下春节加班，你不能年年加班吧？加班也应轮换吧，吃柿子不能专拣软乎的捏，也该换换人，交替一下嘛。

最要命的是，带女朋友回家，的确够喝一壶的，何况叫女朋友一块在家同吃同住几天。现如今农村也不封建了，思想开放得很，带女朋友一回家，爹娘就安排一个屋里住一张床一套铺盖一个被窝睡。不像前几年，有带女朋友回家过年的，让女朋友跟自己姐姐或妹妹啊住一块，没姊妹的跟老太太住一房间，以示婚前清白，没同居过。现如今不论啥清白不清白了，找媳妇甚至可以说是个女的就可以，剜到篮里就是菜！哪怕是二手的、三手的、带孩子的、离婚的女人也不嫌弃。关键是往哪儿弄女朋友去？现在的女孩子都快成猴精了！已变成猴精了！处对象，除去爽还得有钱，处的就是金票，当然小伙子也拿得出门去，只要你金票的有，就跟你先处着，细节问题慢慢观察。

春军小伙儿长得个高，浓眉大眼的帅小伙，自然条件是能吸引女孩的。他头三斧还行，先后跟四个女孩谈过，可不敢用"处"这个字，几个女孩他都是在"球球（QQ）"里、微信里聊的。第四个女孩跟他聊的时间最长，超过半年了。他俩有过亲密接触，甚至她还怀疑怀孕了，他们恐慌地做过一次怀孕人工测试，好在是虚惊一场，说明他俩平常的保险措施提前预防是行之有效的。女孩从没跟他说过处对象，更别说提结婚的事。

他究其原因，就两个字——"没钱"。老家一句俗话：任没吗，别没钱！任有吗，别有病！

春军城里没房子、没汽车、没钱，也没撑劲的爹，更没当大官的姥娘舅舅。

他爹娘勒紧腰带，在大田里劳动，种小麦、玉米，变钱有数，老人咬牙供他读了四年大学，弄了个大学毕业证，有啥用？现在遍地都是大学生、研究生了，一年一千万大学生，都想当公务员，考啊，逢进必考，十万考生只录取十几个。你的笔试成绩不错，第一第二的，可是一面试，分数下来了，基本是家雀跟着夜猫子飞——干熬眼。成千上万的人拥挤在考公务员那条小道上，绝大多数的人被挤下来，说白买毕业证夸张了。他在上海漂了两年，像蒲公英任由东西南北风刮到哪儿算哪儿。

他理解父母亲的心情，自己何尝不想赶快结婚、生子？若在老家，三十多岁的，儿子都快娶媳妇了。"自己没媳妇连孙子也耽误了。"像地区京剧团演的《玉堂春》"起解"一场里，长解崇公道跟苏三开玩笑说的。

春军除了长得小伙儿似的，身材模样可以，处对象的硬件不硬。软件倒常常硬，硬起来是很烦人的事情，他为了软化血管，身心放松，就要去洗脚城、洗头房保健。

他给父亲电话，说："俺单位忙得很，恨不得一天当两天，晚上也加班干。越是春节他越忙挣钱啊！老板心黑得墨汁、炭头似的，我不知道跟他能不能请下假来。"

父亲着急啦，说："我不管你请不请假，反正今年得回来。唉！春军，你还没说女的姓啥叫啥名哩！"

春军一听父亲问女孩姓啥，猛地一愣，停顿片刻，是啊，女的姓啥？这个问题没想过，他也没遇到过问这问题的经验，他灵机一动，佯装没听清，拖延时间，反问父亲："您说啥，爹？"

他父亲说："我问你，女孩姓啥？叫啥？我得知道哇，等人家来了，见面，俺好喊名啊。"

他随即瞎编，回答父亲："爹，女孩姓孟，叫、叫孟、丽娜。"

他爹笑了，说："哦，孟、丽娜，名不孬，跟个外国名样。电视剧里德国法国的女孩儿好叫这娜那娜的。我们就等着你们啦。"

"好的，爹，我想法尽量回去，挂了。"

春军放下手机，挂断了父亲电话，脑子可没挂断，紧张地快速运转起来。怎样把年关混过去？其实他听说过，有回家找个女的，带着当对象的。世上有买就有卖，你有这种需求，就有来满足需求的。如今当个女孩儿真是太好了，汪春军一时感慨，自己还不如是个女孩儿哩，少作多少难，如今女孩儿只要思想解放了，来钱太容易了，只要一张床就可以，甚至有不用床的，票子哗哗地进。父母也不给儿作寻媳妇的超级难了。他听说有临时高价出租当媳妇的，但不知道往哪儿找去。

他思忖再三，不能舍近求远，跟正在谈的女友，谈谈这事如何，看能不能走一趟呢？汪春军电话女友，接通了："喂，芸芸你好，忙吗？"

"哦，春军啊，忙着哩！你好，春军，有事啊？"

春军没那么理直气壮，而是心虚胆怯，还要硬装得坦然，说："芸芸，也没多大事。嗯，是这样，刚才我爹来电话，叫我过年回家。"

芸芸说："哦，你是该回家了，你不是说两年没回家过年了吗，那你请假就回啊。"

汪春军语无伦次了："可是、可是、可我自己回家不好。"

芸芸说话倒挺干脆："你可是什么？吞吞吐吐，有话就说。"

汪春军说了难处："可是，我说过有女朋友了，俺爹叫我今年要带、带女朋友回家。"

芸芸有预感了，说："那你就带你的女朋友啊。"

汪春军说："我往哪儿弄女朋友去？"

芸芸开门见山，说："你想叫我跟你回家，电影、电视里地下工作者似的当你女朋友呀？"

汪春军说："不行吗？我给你钱，不让你白耽误工夫。"

芸芸态度坚决："不行！给钱也不行。有些事并不是有钱就行的，钱并不是万能的。我娘也来电话催我回家过年，大概是一类事情，回家给我找婆家。我若不回去，俺娘就来找我过年。我这不正准备回家的事儿呢嘛。就算是我不回家，也不伴装你女朋友，跟你回家演戏。你上网找去呀，笨！"啪！挂了电话。

汪春军一看芸芸电话挂了，陷入两难之中。当务之急，找个跟回家的女孩儿。

春军抓紧上网聊天，经过几轮唇枪舌剑交锋，跟女孩谈得基本可以，同意跟他回家，但新娘租赁费不低，四天时间要五千元。她包括陪吃、陪喝。讨论到真事的时候，女孩伸出一巴掌：五十张毛爷爷。

经几轮磋商，女孩让步，又伸出四个指头，说："你同意，我就去，不愿意你就再找便宜的。俺跟你回家容易吗？装媳妇、装孙子！春节加班还三倍工资哩，何况俺跟你节日期间还有加班。"

春军说："你跟我回去，我妈会给你见面礼哩。到农村喊妈叫爸爸，老人要掏钱的，这叫改口费。"

春军想还要提前给爹妈准备红包，给女孩儿的见面改口费，最低每人一千，决不能再让爹娘掏钱。

女孩问："我若改口，喊妈叫爸爸，给多少？"

他说："你虽是名义的未来的儿媳妇，我感觉，俩老人不会给你单数，起码给两千。这样加起来就六千，含加班费了。若我妈给一千，我添一千补齐，行吗？"

两人说到这份儿上了，口头约定，女孩儿没再争竞多少，就默许了。

过一会儿女孩儿电话打过来，春军以为女孩反悔哩，原来是女孩儿要求他预付定金两千。交了定金，她那几天就不安排事了："我是讲诚信的，你也要讲诚信！信誉第一。双方如谁毁约烂码。"汪春军的骂声压在心底，太狡猾了，真不是东西。他回话，交定金？我还骗你不成？"我知道你不骗我，反正早晚都脱不了给我，先付两千怕什么？""好、好，你下午来我这儿一趟，咱见个面，熟悉一下，当面给你。"下午春军把定金预付给女孩，春军跟女孩儿嘱咐了些回家注意的细节，称呼啊，礼节呀啥的。他们互相留了电话，女孩儿走了。一夜无话。

春军开始准备回家过年的事宜。首先给老板请假，说明原因："2023年春节，爹娘非要叫回家过年，已来了好几次电话催我，措辞十分严厉，还要求带女朋友一起回。"回家过年的重要性，话说到关系父亲母亲身心健康的高度，老板看汪春军回家恳切，两年没回家了，都在单位加班过年，看他又是孝子，就批准了春军回家。第二项就是买火车票，要腊月二十八到家。在家过个年，时间打紧，待的时间越短越好，夜长容易梦多，过完初一初二就往回赶。再就是陆续买回家带的东西，衣服以外，烟酒糖茶，糕点，大包小包地准备停当，只等腊月二十七那天坐火车了。

长话短说，春军天天跟芸芸通电话，中间还一起吃过饭，买过小零碎。一晃到了回家的腊月二十七，女友来到春军的住处，两人分别提着包，像恋人一样打车去火车站。排队验码，验票，检票，列车员留了卧铺票，上了火车，坐在卧铺下铺一角。在火车上，春军跟她悄悄说："你还是我早说的名字，从现在起，你就叫孟丽娜，我喊你小孟或者丽娜。"

孟丽娜的小红嘴儿，一撇鼓到耳门子，说："春军，跟你过年回趟家，隐姓埋名，表演对象，跟我党地下工作者扮假夫妻似的。"

春军说："暂时是假的，说不定，如果你相中了我家，咱成真的也不是不可能。"

她说："拉倒吧你，我不上你这穷乡僻壤来，受罪！"

春军说："事情是与时俱进的，也是有转机的，不要说得绝对。"

她说："转机也转不到你那儿。"

……

经过一天半夜近三十个小时的火车、汽车颠簸，总算到家了。他俩下来汽车，抓紧取行李，大包小包的一大堆放到路边。

汪春军和孟丽娜站在那儿稍微镇静一下，抻抻胳膊腿，活动活动，呼吸一口新鲜空气，放眼看去，感受崭新的乡村，浓浓的年味。街道两侧，家家户户门前打扫得干干净净，已有三三两两的贴了大红春联、大大的"福"字，还有稀稀拉拉的鞭炮声不时冲向天空，制造着年味。食品站那儿传过来杀猪声，猪吓得声嘶力竭地"嗷嗷"嚎叫。贴上了春联的户可能回城里过年了，或是从城里回来贴好春联又走了，大红纸的喜庆气氛把年味造出来。走进小村镇，农家飘散出蒸馒头、花糕、枣卷的香甜气息，还有炖肉、煮鸡的荤香，油炸丸子的清香。诸多好闻的气息综合起来，在街道、胡同、空气里漫游，钻进他俩的鼻子里，真好闻，是种久违的享受。

汪春军对孟丽娜说："丽娜，如今农村真是好过了，这十年变化更大，几年没回家，有些地方我都不认识了。变化可是日新月异呀，我小时候的情况还不大行。"

孟丽娜说："是啊，这二十几年，特别是最近十年，精准扶贫，农村全部脱贫，家家户户都争先恐后奔小康了奔大康。"

春军说："再加修路、改厕，变化是翻天覆地的。"

孟丽娜临下火车之前，把自己收拾得很鲜亮，画了淡妆，当新媳妇嘛，穿戴马虎不得。她上衣穿粉红的呢子半大衣，纯棉藕荷色衬衣，软牛仔裤绷得长腿紧紧的，让人觉得随时都有炸开的可能。脚蹬黑色深筒皮靴。她头发烫成大波浪，黑眼珠儿骨碌碌转，炯炯有神，小红嘴抿着，耳朵上金色耳坠丁零当啷，手脖子金手镯、银手镯，金戒指，穿金戴银俨然像一位新娘子。汪春军白白净净的酷哥，脱下工装便是洋气的T恤加牛仔裤，手插到裤兜里，披件呢子大衣，也很像回事。俗话说货卖一张皮，其实内里没玩意儿，虽然肚里装几个字，身上没钱。村上人不看你肚里内容，只看表面现象，看穿戴怎样，人靠衣裳马靠鞍。人们照样热情地跟春军说话，打招呼，春军稳重地掏出烟来破开，给庄乡弟兄爷们儿敬烟。大家夸他："好哇，苏烟儿。春军干发啦!"

村民夸奖春军的烟好，春军打火机"啪"地火苗跟过去，给长辈点烟。

"快进家吧，你爹娘盼着哩!"人们吸着烟，吐出烟来，说春军，却眼珠不转地盯着孟丽娜。

春军就说："好、好，往我那里玩去，抽空喝点儿。咱改天说话，我先走了。"

他俩背着包，拉着箱子，哗里哗啦地朝家快步走着。身前身后跟一群屎娃子看新媳妇。孟丽娜的高跟皮靴走村路有些不适应，村路尽管硬化了，但跟城市大街没法比，她一歪歪得两边晃荡。孟丽娜的标志性建筑——两座乳房高高耸立前胸，也随之跳兔般乱蹦，随着孟丽娜走路晃动的节奏，跳兔也整齐地左右摆动。屎娃子跟着春军和孟丽娜，他们一看便知是小两口回家过年。

孩子们边跑，边一遍一遍地唱从前的旧歌谣："新媳妇新，新媳妇新，新媳妇妈妈有半斤！新媳妇新，新媳妇新，新媳妇妈妈有半斤！"

……

孟丽娜是见过世面的女孩，农村的小孩子算什么，大小伙子都对付过，还怕你们这群小鱼小虾，但也装着害羞的样子脸红状。汪春军就吵屎娃子："你们都是学生吗？是少先队员吧？老师在学校是怎么教育你们的，学生说话要文明礼貌，别跟着瞎闹，叫人家笑话（孩子暂时安静下来）。好了，这就对了，都是好学生嘛，我给你们糖吃。"春军说完，拉开背包，从包里掏出糖块，一一分给屎娃子们，把这群瞎闹的平息下。屎娃子还自告奋勇帮春军抬着包，顺利地走进家。

其实前边已有孩子跑去他家报告消息去了，村里人、胡同的邻居、婶子、大娘、姐妹都来看新媳妇！看新媳妇长得好看不好看，看热闹。看新媳妇是农村人的节日！过年看新媳妇是节日的节日！

汪春军、孟丽娜进家，放下东西，父亲目不转睛地看未来的儿媳妇。父亲还忙着倒水，让他们喝水。春军介绍孟丽娜给父亲，说："爹，这是我女朋友小孟，孟丽娜。小孟比我小四岁哩。"

父亲看着小孟，说："哦，小孟喝水。丽娜喝水，闺女。"

孟丽娜一句："汪叔叔好！好的，我喝自己倒。"声调软软的，黏黏的，像糖水把声带洗泡了，那韵味颇甜美。

春军父亲高兴坏了，连说："好、好、好哇。你娘去街上打酱油去了，说昨天打去，可知道你们回来，高兴得忘了。她去一会儿了，这就回来。你们先到屋里歇歇，这一路坐车累得不轻，休息休息，喝碗水。"

春军走进新房，转圈一看，娘给床上换了新铺新盖，双人新枕头，新炕单子，全是结婚新房的标准。看得孟丽娜脸儿蹿火，红透了。

此时母亲打酱油提着回来了，一路上婶子大娘截住母亲说话，母亲跟人家说话，笑得抿不住嘴。有老太太问："他婶子，你打酱油去了？"

母亲就回话："嫂子，是啊，这不春军跟他对象要回来了嘛，新儿媳头次进家，家常便饭也要做点好吃的，年轻的喜欢的。"

老太太也为母亲高兴，说："大喜事，儿媳妇头回进家喊婆婆，你可准备个像样的，准备红包了吗？"

母亲说："嫂子，准备了、准备了。"

老太太伸出俩手指晃了晃，说："他婶子，最低得这个数！再不能少了，知道不？千万别因为这个事，出别的。"

母亲说："是，是，这个数。嫂子唉，你看看咱这辈儿人的命，到家啦，当儿媳得听老婆婆的，这七难八难，熬上当老婆婆了，得巴结儿媳妇！"

老太太笑了，说："你能巴结儿媳妇，那也不孬，你还能当上老婆婆哩！还有当不上的哩！快跟家走吧，等着喊'娘'吧。"

母亲说："那俺走，改天咱再说话。"

母亲穿上了新鞋、新袜，新衣服，穿着还有些许不自然。听院里的孩子报信，告诉春军的母亲，说："你春军跟新媳妇都来了。"

见儿媳妇，母亲还有点小紧张，她把早准备妥当的红包，从贴身的兜里拿到外边兜里。第一次跟媳妇见面啊，她一只手拽拽褂子，拖拖裤子，捋捋风吹的乱发。母亲的嘴唇还有点哆嗦。

孟丽娜和春军迎出屋来。

春军喊："娘，您打酱油去了？"随即介绍给母亲："娘，这是我女朋友小孟，孟丽娜。"

小孟紧跟一声甜甜的："婶婶儿好。"

娘双眼瞪得溜圆，看着孟丽娜却不会说话，惊呆了，手里的酱油瓶掉到地上"啪"碎了，喷一脚酱油。

他娘脸"唰"地下来，把他拉到一边，问："这、这不是你小叔叔的女朋友吗？咋成了你的？！"

……

姜铁匠

　　姜铁匠是我的姑姥爷，他在俺家乡"堂临博清梁"，就是堂邑、临清、博平、清平、梁水镇那一带的知名度，比区长（乡科级）高。你若问谁是区长啊，那男女社员摇头基本会说不知道。但，你若打听姜铁匠，基本上没不熟悉的。可以说一般提起姜铁匠妇孺皆知。为啥呢？因为父老乡亲的衣食住行跟姜铁匠有关系，密切得离不开他，男人劳动使的工具，铁锨、板镢、三齿镢、钉耙子、小三齿、小板镢多了去了，一般都出自他手。女人用的家什，厨房里的切菜刀、锅铲儿等，裁剪衣服的剪刀，还有男女共用的削脚刀儿，等等，也大都是姑姥爷的手艺。为什么小孩子也知道姜铁匠，因为小孩子好尾随奶奶啊、母亲啊去铁匠铺找姜铁匠打制或修理使用家什，看热闹、看打铁的热烈场面玩。有的聪明孩子借机让姜爷爷打把小刀，削铅笔、削石笔。石笔是在石板上写字的笔，写了字能用板擦擦去，小孩子学习很实用。姜铁匠的老伴过世后，他找了个乡间女名人搭伙，女名人是在街店上出名的漂亮人儿，人见人夸，她男人生病过世，就一人单过，有媒人给她提亲，让其再走一步，她没搭腔，说心里话，她相不中那些老男人，原来她"觊觎"姜铁匠多时了。基于这两条，所以姜铁匠的名气大起来。但主要原因还是，姜铁匠的铁器活好，专业技术，本职工作棒，是立身之本，后一条是说闲话罢啦。他的铁器活，主要属于农具类，农耕时代的农民（公社社员）参加生产队劳动，离不开农具。他打的铁器活棒，那铁锨、板镢、大锄、小锄快得很，跟刀切萝卜的样。社员们大都找他买铁锨、板镢啥的。

我母亲来我家以后，我姑姥娘在俺村上就成了母亲的亲人。俺们经常走动，俺都在一个街上住，俺家离得姑姥娘不远，来去方便。姑姥娘做了好吃的，水饺啊、大包子啊，炸个丸子啥的就打发舅舅来喊我母亲去吃饭，我顺便随着去解馋。姑姥爷长得伟岸的身材，四肢健壮，黑红脸膛，络腮胡子，双目炯炯，身材魁梧之人，劲抖抖的，浑身经常散发酒气。姑姥爷善饮酒，除了早晨不喝酒，午饭、晚饭顿顿喝点儿。他多是喝散酒，在村上小铺里打来的所谓"缸头"，有劲儿度数高。打酒的"缸头"是有面子的，小铺的掌柜一般都是从酒缸里往外猛一提，那样酒的度数就打了折扣。晚上姑姥娘好给姑姥爷加个下酒菜，除去我们大家都共同吃的菜，给姑姥爷炒盘花生米，或者煎盘鸡蛋，或者炒盘豆腐，最好的是切盘猪头肉。姑姥爷总是让我和母亲尝尝他特供的菜。打铁器是力气活，抢锤很累人的，特别是抢大锤的更累。姑姥爷喝壶酒解解乏。夏天姑姥爷喝酒时光膀子，脸上出汗都是酒味儿。冬天，姑姥娘给姑姥爷弄个小"火钵"（外壳土陶制品，里边糊上泥，直径大约二十多厘米）做好饭，从锅底下杵来的熟火，不冒烟了，一把陶瓷小酒壶炖在火钵上，小酒壶周边都是火烧得油乎乎的，甚至熟火烧的酒壶"刺刺"响。姑姥爷把酒"筛热"，然后倒酒瓯里，他端起酒瓯，一瓯瓯热乎酒"吱儿吱儿"地喝到嘴里，稍停一秒再咽下肚去，妙极了。看他喝酒享受的样子美得很，香甜得很。喝一瓯，吃口菜，喝得头上冒汗了，停停再吃饭。不知咋回事，我小时候跟母亲经常住他家，有年他们给我掏只小乌鸦，在鞋盒子里喂。姑姥爷晚上回来小乌鸦"哇哇"

叫，吓姑姥爷一跳。准是李小儿弄的，他自言自语。若是小舅小姨他们养的，他就扔出去了。我在姑姥爷手里吃香。后来听母亲说，姑姥娘疼我母亲，怕我母亲在俺家生活差受屈，实际上姑姥娘家生活水平高出我家一大截。姑姥娘家经常有白馍馍吃，玉米面的窝头算较差的饭食。白菜炖豆腐家常菜，隔三五天还吃顿带肉的菜。

那时候，我随母亲住姑姥娘家，没事去前院铁匠铺玩，好站到圈外看姑姥爷打铁。他的铁匠炉大约有一米高，方便干活，方圆有一个平方米大小，右侧下卧一尺左右，放风箱。风箱是铁匠炉的主要物件。风箱的左侧离炉火近，怕烤坏了，在风箱左侧立着两块"岜砖"。"岜砖"较薄，一块一尺见方，是用来盖房顶的，防屋子漏雨的一种专门的薄砖。姑姥爷打铁自拉自唱，连锤加打一个人叮当，真忙活呀，放下风箱杆子抓钳子，放下铲子抓锤头。早晨给铁器炉生火，他抓把麦秸草点着火，把铁匠炉子引着。他右手拉动大风箱，左手握加煤的铲子，烟煤添加少许的水和好，从炉眼左侧杆到麦秸火上一压，稍稍拍拍，然后慢慢推拉风箱杆子，风大了会吹灭了麦秸火儿，风太小则煤也会压灭了麦秸火儿，大小适中的风力把煤吹得燃烧起来。煤燃烧首先冒出黑烟，姑姥爷再压一铲子煤，然后站在那儿用力慢慢推拉风箱杆子，炉火开始蹿红火苗子，炉子就旺盛起来。他左手握住钳子，夹住要打制的工件，放在炉火正中，再加一铲子煤，然后用钳子夹住盖瓦（盖瓦就是农村房顶上的瓦），把炉火盖住。这一切活动的另一侧，右手拉动风箱没大停，慢慢的文火完成这些工序。这时他才用力推拉风箱杆子，大火从盖瓦两头蹿出来，直到烧得工件接近熔化了，看着有些耀眼，他停下风箱，左手握住钳子把盖瓦挪开，夹住通红的工件拽出来放到铁砧子上。这时右手已抓住小锤儿，上去一点，然后就一个人一下一下砸下去，左手钳子夹的工件一反一正地配合，直至敲打的工件凉得不太红了，再返回头重新放炉火上烧。这一套程序基本就这样，看得我直钩眼儿入迷。工件通红得冒火星子，开打时，姑姥爷就撵我："李小儿，闪开！离远点，迸火星子。"怕烫着我。姑姥爷腰里扎着黄色的油布围裙，上边密密麻麻大大小小的黑洞，热铁屑烫坏的。假如迸到我身上可定要烫出泡来。这时我就跑到门口处看，离得远没事了。

后来姑姥爷看舅舅十几岁，能抡大锤了，就教舅舅打铁。我看姑姥爷教小舅打铁。姑姥爷常瞪小舅，恨铁不成钢，嫌小舅笨，学得慢。小舅身板棒，有把子力气，而且人还实在，人性不错，工作积极、学习努力、肯钻研，优点不少。具体表现是，小舅每天提前去，比姑姥爷早到十几分钟，把水壶提到铺子里，还冲好茶，等姑姥爷渴了喝茶。再就是把炉火点燃，煤都着了火，再压点湿煤。这一切都准备就绪，姑姥爷也到了，扎上油布围裙开始工作。

姑姥爷拜的师傅，据说是齐河铁匠打头的，齐河离山东省府济南很近，几十里路子。齐河出铁匠，一直延续到当代。齐河像有的地方出锡匠，有的地方出木匠，有的地方出瓦匠，有的地方出和尚，有的地方出妓女一样。出专业户这东西"传染"。还有最近有的村出家政、小保姆，有的村出女服务员，有的村出深圳打工仔一样。过去齐河铁匠群推着小车或担着挑子，一溜儿十几人，担挑子的，一头是小打炉儿，一头是行李、小饭锅儿，他们集体出门形成规模。一拉溜十几辆车和担子，小车"吱扭扭"，担子则颤起来，很是壮观，串乡揽活。这样若一地出现问题，如跟住户发生争执，价格有反悔啥的，大家好有个照应。一年老铁匠率领队伍来到东昌府地界，串乡干活。姑姥爷当年也如我等看着玩，图个热闹。这次老铁匠的徒弟去解手了，紧着完不成，老铁匠这里工件已烧好，需用抱大锤的密切配合，才能打好。姑姥爷这里看着手有些痒痒，对老铁匠师傅说："大爷，我给你抢大锤试试行吗？""小老弟你行吗？""行不行，您看看不就结了吗？""好，小老弟，你的大锤跟我的小锤走，我打哪儿你打哪儿。""好，我紧跟你的小锤儿走。"说着，姑姥爷抱起大锤，只见老铁匠从炉里拽出烧红的工件，往砧子上一放，老铁匠的小锤儿就朝上打了一下，姑姥爷这里大锤也就紧跟打上了。"叮当、叮当、叮叮当"地把工件打得基本成型了。老铁匠看看姑姥爷，小伙子有把子力气，也有眼色，一搭手就是那两步走。"看不出来，你还真行哩。"老铁匠夸奖姑姥爷。围观的庄乡也说姑姥爷行。老铁匠相中姑姥爷了，就问姑姥爷："小老弟，愿意干这个吗？""我不知道，回家问问大人再说。"姑姥爷问了大人，大人同意姑姥爷学门手艺：你就拜师吧。姑姥爷回来跟老铁匠说了，大人同意学打铁。第二天就办了简单的拜师仪式，姑姥爷给老铁匠磕了头，老铁匠就收姑姥爷当徒弟了。姑姥爷也为混口饭吃，跟着老铁匠学打铁，走村串户，揽活。

姑姥爷是实在人，机灵好学，早上班，点炉子，烧好水；晚下班，收拾炭渣，打扫工地。悄悄地学铁匠手艺，打铁长进很快。老铁匠夸姑姥爷，"是那两步走！"老铁匠教姑姥爷看火候，看烧的工件红的程度，另一边风箱力度大小的配合，特别是打工件的技术都一一教给姑姥爷。姑姥爷甚至可以替老铁匠掌钳。那就快了，快出徒了。他没几年，很快出徒，回家跟老人商量，另起炉灶，自己干铁匠。老人支持姑姥爷，腾出东屋房子来当铁匠铺，东屋朝胡同的后墙，扒个门，门口朝胡同，方便来加工、来买铁器的人。姑姥爷另立门户的消息很快传开，有人来看姑姥爷在东墙扒门口，安装门框，然后上上新木门。姑姥爷去临清州买来大小俩铁砧子、大小锤、钳子两把、大风箱、烟煤等。姑姥爷按师傅交代的怎样盘炉子，离地面多高，台面多大。盘好炉子了，姑姥爷就试营业，来了围观的庄乡爷们儿，看他打铁。姑姥爷择个吉日，贴上对联，挂上招牌，放了挂鞭炮开业，慢慢开起了铁匠铺。

起初姑姥爷自己叮当干，放下耙子是扫帚，一个人忙活。大一点的工件打不了，一个小锤，没抱大锤的配合。几年后小舅成个了，后来把小舅吸收进来抱大锤，爷俩干，小铺日益红火起来。姑姥爷生火，小舅稳稳地长拉风箱慢慢推进，姑姥爷把件放火上，扣耐火瓦片盖住，姑姥爷随看火候随添炭。待姑姥爷把烧红的铁件钳子夹出来，往铁砧上一放，姑姥爷小锤儿一点，小舅大锤就跟上，"叮叮当、叮叮当、叮当、叮当、叮叮当"地唱起来。红铁屑溅出老远，他俩都扎油布围裙，上边布满烧的小洞，姑姥爷小舅的身上脸上散落着麻点。待停下来姑姥爷拍拍胸脯，说，李小儿，来看看。我就凑过去摸摸姑姥爷的小伤疤点儿。

有人送活来，都是庄乡四邻，没外人，打个锄头、镬头啊什么的。

"我紧紧手上的活，抓紧给你打好，明儿个来拿吧。"姑姥爷回回赶紧给庄乡爷们儿把家什儿打好。有钱的，姑姥爷就收个一毛两毛；没有的，也就白搭工夫算了。人都有求人的时候，风水轮流转。

婶子大娘、大闺女小媳妇的来找姑姥爷，修修菜刀，修菜刀其实比打把菜刀并不省事。菜刀怎么修哇，就一个办法，加钢。在菜刀刃上添加钢火，更是技术活，刀和要加上去的钢同时烧好，拿出来粘住打在一起，打完了还需在砂轮上打刃、开刃。修剪子，小东西啥的，大都是放下手里活，给她们做好，立马拿走。有就扔下块儿八毛的，没有照样走人。

他的铁匠铺，就像先生看病一样，庄乡四邻有钱没钱拿药照样走人。姑姥爷开铁匠铺，为了不少人，所以人缘落得不错。大家都说姑姥爷为人谦和，大人有大脸，小人有小脸，为人不奸不滑。开铁匠铺，有活便钱儿进，姑姥爷小日子过得滋润。日日有集赶，有钱进项，五天赶四个集，他连卖铁器加收活，没闲时候。姑姥爷卖的铁器大都是钩钩鼻鼻，如搂镰的钉子、门鼻子、门穿条、门楼吊儿、镰头，还有牛鼻牵、羊链子、菜刀、锅铲儿等。大些的铁锨头、三齿镬、板镬啥的。

他中午、晚上吃饭前，捏着小酒壶，"吱吱"地弄二两小酒子，有盘花生米也行，煎个鸡蛋也中。姑姥娘照应得姑姥爷熨熨帖帖。姑姥爷对我的好，有一件事我永远忘不了，就是每年的八月节前，姑姥爷提一兜子梨、苹果、石榴，还有小面梨啥的给俺家送去。姑姥爷给俺送水果去那才是我真正的节日。我们平常可以说根本吃不上这些水果，饭都将将凑合，没钱买水果。只有到中秋节吃姑姥爷送给俺的。姑夫去看侄女、看外甥，这事有些反着来了。姑姥爷来送水果，每次都感激得我奶奶无可不安。奶奶会安排我给姑姥娘姑姥爷送八月节的"菜馍馍"去。这算我母亲给姑姑姑夫微薄的回报。

他嫌姑姥娘不会做饭，姑姥娘是农家女，会过日子，就是俭省节约，炒菜放的油少，菜不香，姑姥爷就批评姑姥娘，笨！他扬言寻儿媳妇一定找个好吃的。一般来说，好吃的人，大半就会做饭。

那年已经实行合作化了，村上互助组成立了农业初级合作社。姑姥爷托媒人给小舅说媳妇。其实姑姥爷给小舅说媳妇不用托媒人，姑姥爷过的日子那么股实，要吃有吃，要喝有喝，腰里有点小票子，好多人家觊觎姑姥爷了。只是姑姥爷在寻儿媳妇这个问题上太挑剔，一般人家的一般化的闺女不敢给小舅提。既要门当户对，姑娘还得在村上，或者在那一带，方圆十里八里的没超过的。姑姥爷姑姥娘对小舅寻的这个媳妇满意。媒人象征性地只来了两趟，便做了精心安排：姑姥爷姑姥娘凑逢集，在供销社百货门市部门口西侧第一个窗户前，悄悄地打枪的不要，相看了妗子。妗子按媒人的要求，佯装来赶集，逛供销社。妗子虽是农村姑娘，穿着带襻的黑条绒布鞋，粉红色的袜子，长得颇洋气。穿戴一不土气，二不花枝招展，衣服整洁，五官端正，黑眼珠雪亮，未曾说话先带笑，两只酒窝把笑溢出来。她梳俩羊角辫，像60年代的下乡女知青，把姑姥爷姑姥娘还有也来偷看妗子的我母亲震了，都看直了眼。媒人把姑姥爷姑姥娘喊到一边，小声问："看着，怎么样？"姑姥爷姑姥娘一对眼神，姑姥爷姑姥娘又都看我母亲，我母亲点头表示同意。当场姑姥爷对媒人说了句："行。不知过日子怎样？"媒人打包票："没问题，过日子也是一把好手。"

　　小舅结婚寻的妗子是清平地儿的姑娘，舅舅结婚那天那真是过大事。前后两院，点两盏汽灯（另外还一盏备用汽灯），汽灯是借街上剧院的，剧院经理打发技术员小三儿专门来点汽灯。姑姥爷家提供优质煤油，加满汽灯油箱，小三儿给汽灯安上纱罩，然后给汽灯油箱打气。汽灯油箱里配有微型打气筒，打气给煤油加压，油箱上有小气压表，达到几个压力停止打气。然后打开开关，给纱罩喷油，然后用火柴点着纱罩。汽灯发出"刺刺"的声音，纱罩逐渐由红变白，白得比现在的电灯还白。若汽灯燃烧不好，见风灯罩就冒火，技师就用扎针儿扎喷油嘴的小孔。汽灯挂在三根长杠子搭起的架子上，照得院子亮如白昼。一般农户过事，就是点两盏提灯就不错了。点汽灯，这样过事在全村头一份儿。

　　妗子漂亮出众，当年四抬花轿抬来的妗子。正是上世纪农业合作化初期，社员们出工站在崖子头儿集合，集体看了抬花轿，男女众社员围观，群情激奋"嗷嗷"喊叫。她一下花轿，还顶着红盖头，走路由两位伴娘搀扶。跟小舅拜了天地、拜了高堂，送入洞房。一套程序按要求做下来。妗子长得好看，是众人的评价，身段优美，走路既不扭捏也不大甩，两个字：端庄、好看！妗子的漂亮我是从县乡包村干部眼里看出来的。县乡的包村干部都穿四个兜的制服，看妗子都有点直眼，不是瞎吹吧。母亲说，妗子做针线活利索，衣服打个补丁也是四方的，人人夸奖。当年姑姥爷看妗子做衣服也是把好手，就给妗子买了台上海产的"蜜蜂"牌缝纫机，花一百多元哩。缝纫机在乡间属稀罕物，一个区（和乡镇平级）没几台，引得院中大姑娘小媳妇来参观。妗子开始学习缝纫机做衣服，除去一家人的衣裳机子扎，妗子开始对外加工，接活。妗子除去参加生产队劳动，挣工分，晚上、阴雨天不能出工的时间，在家做衣服，挣点零用钱。村上人都夸妗子好命，寻到钱窝里。日子越好，就好上加好，喜上加喜，小舅的好事来了，他被刚成立的公社铁工厂调去了当工人，安排在烘炉车间，基本还是打铁。不过按工厂的规章制度上下班，成了月月领工资的工人，村人说他一步登天。

　　他家的小日子儿，一斗麦子三碗水——又滋又润的时候，姑姥爷不去生产队劳动，不挣工分，不知他是怎样跟生产队长摆平的。这年，一个女人走进了姑姥爷心里。这个女人搅乱了姑姥爷的生活。这个女人的男人，得了痨病，拉扯了二三年，这种病在那时的农村属于绝症，学名叫肺结核，是很难治愈的一种传染病。放到当代治疗肺结核也没百分之百的把握。她男人病恹恹，咳嗽连连，人们也知道他得的痨病传人，都不愿意跟他说话，走路也尽量躲开他。他的痨病在缺医少药的农村也没治好，基本上也没怎么治，吃不起药。他扔下女人孩子撒手西去。但，活着的人把他打发了，哭完了，还得过呀！女人拉巴着孩子作难可想而

115

知。吃了上顿愁下顿，那也不能撵憨人去呀，女人考虑怎样挨日子呀，她挑选的进攻目标就是姑姥爷。她想让姑姥爷帮帮她，因为姑姥爷过的日子富裕，能进钱，还有姑姥爷人性善良，脾气好，好可怜人，这种人容易攻破。女人除了身体还有什么呀，她就用自己的优势，她也是长得好看一点，长得身材高一点，穿得利索一点，话会说一点。她梳着香蕉纂，面色虽憔悴，但眉眼里的钩子一伸老长。姥爷打着通红的铁，钩子进来就熔化了，姥爷手握的小锤儿就乱了鼓点。女人今找姥爷打刀、修刀，明儿来铁匠铺里修理剪子，再后又来打打镰头。铺子里光姥爷自己了，小舅去公社铁工厂上班了，姥爷经常给她打工件，三打两打有了感情。

我那时还小，就听姑姥娘跟母亲诉说那女人："不要脸，整天来缠你姑夫。"姑姥娘边说边掉泪儿。"老李，我哪天往铺子里逮她个狐狸精去，把她撕烂，揍跑她。"母亲唉声叹气地劝姑姥娘："姑姑，这样吧，你别逮她去，那样闹了乱子不好，我说说俺姑夫，姑姑您消消气，千万不能去打骂，得给俺姑夫留个脸，他出门在外，场面上的人，喊出去多丢人啊，怕您一打骂撕破脸皮，这事反倒不好收拾。"姑姥爷跟那女人，姥娘和我母亲还都昧着妗子。

现在想来，母亲可能不方便也不敢说姑姥爷，一个侄女说姑夫这种不好开口的话，恐怕若说的话，力度也浅薄，只是象征性地劝劝姑姥娘罢啦。姑姥娘干生窝囊气，喊不能喊，说不能说，在自己肚里憋着，气得吃不下，睡不安，肚子胀。气，这玩意儿是很坏的东西，在生气人的身体里乱窜，扰乱人体平静的生活秩序，选择预防力量薄弱的某个器官，现在医学上叫人的免疫力下降，气攻破了姑姥娘身体的某条防线，为姑姥娘日后生病埋下病灶。

三年困难时期姑姥爷的生意萧条，全家的生活水平也下降了，这期间姑姥娘得了病。没少找医生看，公社卫生院的中医、西医都看了，没好法。姑姥爷、小舅甚至套驴车子往县医院也给姑姥娘看了，还化验了血，透了视。县医院的大夫嘱咐小舅，病人愿意吃点啥就吃点啥吧，维持不了多少日子了。母亲说，姑姥娘得的是奓病，从发病妗子就给姑姥娘熬药，每天熬一服药。姑姥娘恨病吃药，天天喝苦水。母亲整天往姑姥娘家跑，照顾照顾姑姥娘。姑姥娘最终去世了。

　　姑姥娘去世后，姑姥爷常呆呆地看天，眼直直地、木木地想心事，喝闷酒，吸闷烟，难过了好长时间。但活着的人还要过日子呀，尽管妗子照应姑姥爷的吃喝，给姑姥爷洗衣浆裳，姑姥爷还整天唉声叹气。老人有老人的精神生活，妗子是明白人，看出姑姥爷的心思来了。我不得不夸夸妗子的大度了，作为儿媳妇能有如此心态，绝非一般人能为。妗子就找我母亲商量："姐姐，您看您姑夫这些天了，没一点笑模样，心事重得咱猜不透。姐姐，我跟您说，您也别生气，甭管让谁说事，叫您姑夫跟那个女的一块过吧。这样俺大大可能会好一些。"

　　"弟妹啊，你说到这了，你当儿媳妇的同意了，我作为侄女，这事更没意见。只要他们能过到一起，是好事，你也省心。有个人给他做饭、洗衣服，省得你整天挂着他。"

　　他领那女人来家，一家人都同意了，姑姥爷就找了个院中的老太太，过去把我的准姑姥娘接过来了。姑姥爷就跟那女人搭了伙。当年对起结婚证之类的观念都淡薄，没人择嫌。姑姥爷还是自己打铁。姑姥爷和准姑姥娘过，跟儿媳妇我妗子，分开两个院子生活，这样不整天碰头磕夜的，不大见面，少说话，矛盾会少很多。

　　早说了，这期间小舅被腰窝公社铁工厂作为农村技术人员调去。小舅成了工人，他每月领二十多元工资，也素净了，不挨姑姥爷的批评了，他说"出心"。他上班的地叫洪炉车间。不知为啥用洪大的洪这个字。还跟在家里随姑姥爷打铁一样，还是抱大锤，拉风箱。

我喊那个跟姑姥爷过的女人仍叫"姑姥娘"，我母亲去姑姥爷家看姑姥爷，则称呼那女人"老姨"。母亲对那女人是友好的，尊重的。人家照应、伺候姑姥爷，一天三顿饭，母亲也省心呀。母亲曾给那老姨扯过衣裳布，给姑姥爷打酒打不起。其实母亲和妗子对人家老姨态度和蔼、亲切点，姑姥爷心里就痛快好受。对老姨好就是孝顺了。

姑姥爷多亏人家老姨照顾，做饭，洗衣浆裳，闲下来说说话，人老了，有些精神的东西是儿女给不了的。尽管小舅小妗子孝顺姑姥爷。

母亲来俺家那年，我姥爷、姥娘陪送母亲八块银元。姑姥爷、姑姥娘陪送母亲一块银元，说是压箱底钱。

闹三年自然灾荒时期，挨饿那几年，吃不饱饭，母亲咬牙卖给银行两块银元，银行只兑换人民币两元，一元换一元。母亲用两元钱买点粮食吃。我小姨出嫁母亲送小姨两块银元，叫作给妹妹"添箱"。

21世纪之初，母亲的帕金森综合征越发展越严重，每天服四次到五次药，控制四肢震颤。母亲病重的那年夏天，她老人家打开姥娘陪送母亲的老式柜头，翻找小包袱，找出来更小的小包袱儿破开，给我两块银元。其他几块不知下落。

原载《短篇小说》2022年11月号

都分完了咋办？

一

　　腰窝镇第八生产队，刁满恒两口子，坐了两天两夜的火车才到牡丹江，他去东北牡丹江林口县宝林乡望山坡表哥那儿看看。主题思想是串亲戚，外加出门转转，锅前忙到锅后地没出过门，借机开阔开阔眼界。那两年庄稼人刚才时兴说旅游。

　　表哥是那几年闹饥荒去的关东，把家都卖了，拆房子、卖梁檩、卖椽子，过木、门砖全卖了，打整盘缠。关里车站设多个关卡，禁止人员外流。车站有戴红袖标的民兵站岗执勤，抓住外逃人员，不问理由一律遣返。虎恶狼恶没饿恶，挨饿的滋味亲历者才有体会。表哥说，他县里没少走人：我若不走，就饿坏了，所以想千法百计离开老家。表哥在济南亲戚家借了身铁路职工制服穿上，冒充"铁职"混进车厢，辗转几站，到达东北，投奔亲友落脚。先搭两间房凑合住下，从山坡地，集体不去种的地方开荒地种粮食开始，先吃上饭。亲友帮助找大小队干部，表哥对队干部那一套不陌生。晚上炒好菜，炖锅肉，大碗酒摆上，大小队干部吃饱喝足，扭着大秧歌一走，不用写申请，事基本就成了。大队长、生产队队长慢慢接受了表哥，入了东北农业户口。表哥人性好，乐于助人，干活不挑肥拣瘦，也不惜力气，就成了那儿的公社好社员。

表哥初中肄业，在家当过小队干部，开会多，知道当年不少事情。他说那年毛主席在郑州会议、庐山会议上强调充分调动群众的积极性，大办农业，力争明年大丰收。他老人家叫基层解决人灾天灾粮食减产生产减退。县里贯彻会议精神开大会，放手发动群众整风整社，纠正"一平二调"加强劳动力管理，安排好粮食办好食堂。社队都逐步地好转起来。"我若再坚持一段，不来东北，在家里现在也过好了。"满恒说："那是，您脑子不差，还当小队的干部。"

表哥这些年也曾回关里来探亲，回回带来东北特产，木耳、蘑菇，甚至人参，给亲的已的分分。他看到关里老家大变样了，有吃有喝有住的，但是他没再回老家的想法。这么多年，关里的亲人没去过关外看看表哥一家。所以当满恒两口子出现在表哥面前时，表哥表嫂表现得惊喜异常。满恒给表哥带去茌平大枣、东昌老胖五香花生米、老家拧筋烧鸡，东西挺重的；还有两瓶"东昌老窖""东昌大曲"酒。表哥拿出52度的高粱烧招待满恒夫妇。满恒酒量不咋的，二两酒砍满筐，脸红脖子粗，青筋暴涨，眼珠通红，走路发飘。他说："高粱烧，劲大，攻头上腿。"表哥让满恒尝尝东北"牛耳朵烟"，这烟也是俩字——劲大。满恒吸到肚里，呛得咳嗽，享受不了。他叫表哥吸他带的临清烟"春耕""险峰"，毛把两毛的。表哥对关里烟不屑一顾，"你那没劲"。

表哥也是党的十一届三中全会以后打的翻身仗，盖了五间红瓦房，带火墙子的，冬天烧柈子，室外温度一般都在零下二三十摄氏度，屋内温度二十三摄氏度以上，穿不住棉裤、棉袄、棉鞋。大门底下垛着两麻袋水饺，水饺平时随包随冻，冻好装到麻袋里集中冻着，到吃时解开麻袋现拿。院子里站着三个高两米直径一米七的玉米茓子，快风干差不多了，估计能打个一两万斤棒子没大问题。咱原来哪见过这么些粮食，全队能收这些就很知足，地薄，能收个百八十斤就是好地。满恒还跟表哥上山踏雪采风，莽莽雪原一眼望不到边，松涛阵阵刺耳的尖叫，真正的咱毛主席的"北国风光，千里冰封，万里雪飘，望长城内外……"，莽莽一片大雪，"您这才应该叫雪。"森林子里雪有二尺深。在雪里边走，拔不出腿来，累得满恒浑身大汗。还看了雪地下的打猎"夹子"，像老家夹老鼠的夹子样，就是粗壮多了。掩藏在雪中，夹住大家伙也跑不掉。满恒就是这样在东北玩了，吃了，转了，看了，开了眼界，解放了思想，见了大世面，不能再玩啦，他挂家。在火车上回忆弟兄二人次次畅谈的痛快，表哥回回喝高的样子，高兴的心情，抑制不住。

满恒属精明人，眼不大可亮，一看就是脑子活泛人儿。穿戴干干净净，胡子刮得青黢黢的。棉裤棉袄，大头鞋、狗皮帽子崭新，表哥给他的。人一高兴往往好向相反的方向发展，满恒当下的情绪高涨，就外应了这条规律，达到高度就开始下滑。俗话说，高兴不能过火！他不知道离开家这些天家里发生了"政变"，已分队，实行"联产承包责任制"。社员们不动脑子的简单不负责任的说法就是"单干"了。生产队的小手扶拖拉机、195型柴油机、抽水机、水泵、胶管子、传送带、大油桶、小油桶、油筲、溜子都分没了。犁耙绳索、耢、耘锄、耧，鞭子连几根鞭梢也没剩。牛棚也拆了，分檩条子，分砖分得砖渣不剩，不能剩东西，剩下算谁的？分来分去还剩下办公桌里的一枚公章。公章这玩意儿不能分了吧？不知是哪位还有"文革"遗风的人，喊出口："公章也分舅子！"有人拿来口切菜刀，对准，把公章一劈两瓣；再一劈，就分到四瓣了。正好，生产队的四大职，队长、副队长、会计、保管四人一人一瓣儿负责保管。队里有需用公章的事，四人就集合起来，把四瓣公章绑在一起。这个办法还制约了走后门、托人情、请客送礼等腐败现象的发生，不失为一种好办法。

当刁满恒两口子踏上队的土地时，他还不清楚家里发生了什么。大田里都像土地改革前那样，一家家、一户户地培起笔直的田埂，就差有地契了。这是分地了吗？东北已风传要分地了，有的县里搞了分地试点，满恒就赶紧回家来。在农村谁胳膊粗谁是老大，没人儿的靠边站。还理生产队呀！就只剩个空壳名称，实质的东西没了。队里所有财产已分光。刁满恒两手扑空，要啥没啥了。他想："虽然分队分得砖渣不剩，活该我倒霉，谁让咱跟大队里干部尿不到一个壶里。"他情绪低落到极点，"没我的地了，种不来粮食，吃什么？饿着吗？但咱社会主义国家不兴饿着人呀。但现在早就没国家发救济粮这一说了。总得给我条生路哇。不给出路的政策不是党的政策"。

二

夜晚，媳妇盛上饭，满恒看着心烦，"没胃口，不吃！"刁满恒吃不下也睡不着，辗转反侧，在炕上翻来覆去地烙烧饼。窗户一发亮，他早早地起来，装上盒烟，抽出一支来塞嘴里，"刺刺"地拨打火机轮子好几下打着火，点着烟，他嘴角儿吃着烟，眼睛躲开浓烟。出来家门，在街上翻来覆去地转悠。分队？全队社员，人不全就分队吗？也不应该呀，能漏掉一个社员，漏掉一户啊？社员是种地的，没地种，干什么去，吃啥？做生意吗，咱不会做呀。弟兄四个的户劳力多，人多势众胳膊粗拳头壮，要了台手扶拖拉机。弟兄三个的户，人不少也不瓤，要台195型柴油机。弟兄俩也可以，要头老黄牛。弟兄一人的要只驴，一个七十多的老太婆要只羊哩。哪怕给俺留几亩薄地，也该有俺一份啊。就算小山羊也该给俺一只，堵堵俺的嘴呀！

在咱大队，谁胳膊粗谁是老大！若是弟兄五个的户人更多，要啥，生产队里又没大于手扶拖拉机的汽车。分队，也有明显的优点，除去调动广大社员劳动的积极性自觉性，各级干部的劳动热情也挖掘出来了，你当干部，星期天节假日回家玩合适吗，不去地里干点活，老婆子也不同意。干部家属盯着男人下地参加劳动。队干部原先基本不劳动，光开会讲话，念新闻，学习文件，让社员们统一思想、提高认识、劳动积极，社员要爱社如家，他们则负责评选劳动模范，给社员们发奖品，印着红色的"奖品"二字的草帽我也没少收获。

他想着，走着走着，大队书记家已遥遥在望。

三

他转到金碧辉煌的大门楼跟前。这样形容支书的门楼有点夸张了，门楼是混砖的，白灰条儿，大发圈。书记的门楼雄伟壮观，鹤立鸡群，在全大队是最高最好的建筑物。书记家到了，这门楼、房子若放到解放前还是贫下中农吗？那会是"苏维埃贫协"斗争的对象。刁满恒迈着公鸡似的步伐，昂首挺胸，大摇大摆地走进大队书记的天院里。

"伟大的，光辉灿烂的，书记在家吗？"

书记挺着大肚子，披军大衣出来了，四个兜的褂子下边的扣子系不上，裤子前开门扣子系了俩，身体肥胖的原因，腰粗所致。

"哟，是满恒啊？说的啥话啊那是。爷们儿回来了，屋里坐。"

"不往屋里坐啦，书记你怪忙的，日理万机，别耽误你宝贵时间。"

"看你这话说的。有事啊，满恒？"

"对，有点事儿。"

"有事就说。"

"是这样，书记。俺往东北串亲戚回来，队里分完了，地分得干净，集体财产也分光了，要吗没吗啦！咱兴这个吗？！咋没给俺留一份，你这当书记的，抓全盘，也主持过公道吗？俺不是队里的人吗？"

满恒跟大队书记不太对付，原因由来已久。有些年的事，秋后种完麦子，挖河任务来了，社员要去挖河。社员对挖河都打怵，因为挖河太累人。当年人工挖河有歌谣为证：脱坯泥房活见阎王，不信往河上。为此队里为减少麻烦，对十八至四十五岁的男劳力排号，有现成的挖河人员顺序。巧了，满恒患感冒了发烧，可是队里的河号该着满恒去挖河。满恒对队长说："我病了，吃饭不行，还呕吐，别让我去挖河了，往下推一个号吧。"可是队里往下推号推不动，队长说叫下一个号顶上来，人家不去。队长做下一个号的思想工作做不成。最终下个河号满恒替人家去。原因是本次挖河是上"国河"，也就是大河，水利部组织有关省（市）施工的河。省（市）水利厅具体组织施工，地区（市）水利局上第一线，各县政府水利局组成施工团部，各公社管委水利站叫施工营，管理区一级叫连部，一律军事化编制。上工、收工营部吹号为令。一般情况大河挖的时间长，从种完麦子的霜降节气开始，一直干到大雪节气，五十多天远离家乡地里吃地里住。挖国河验收标准高，收工、验收，地区水利局技术员照镜子，弄不得虚，造不得假，实打实，累人得很。关于满恒挖河的事，大队里也没主持公道，满恒带病上河，从此跟大队里种下了蒺藜。分地、分队里财产，大队书记能不懂，不能漏掉一户一人吗？大队支书借口，以为满恒下关外了哩！还是挖河那点事。后来满恒想报复书记，选举曾煽动把书记选下来，没成功，虽然他们见面也打招呼，但他们都心知肚明，都揍着对方饭哩。有仇不是不报，只是时机未到，时机一到一切都报。

书记一个膀子吊斜着披军大衣，抓着火柴棒，把火柴棒头那儿剥细，眼注视着火柴棒，也不看满恒，他开始认真地剔牙里的鸡肉，把昨天晚上喝酒塞牙洞里的一块鸡肉，"啪"地一口吐出来。"昨天喝多了，来家躺下就睡，在嘴里住一黑夜。"

"地分完了，大队、小队都没留机动地，没考虑特殊情况，没考虑你是否下关外啦。考虑不周啊，没法啦。你看，有上级文件规定，分完地三年不变。在风头上，我再动地就是犯规。我也没办法把谁的地划一块给你吧，只能再等三年有去地的，考学扒走户口的，老人去世的，姑娘结婚娶走的，调地时再分地给你。"

"等三年，三年再调地，我这三年不能扎住脖子吧。俺一家吃什么？"

"你说的也是，总不能扎住脖子呀。这样吧，你再找找队长看有办法吗，看看有没有没人要的片荒地。"

"我去开荒？！"

"有荒地开开种粮食也可以呀！"

"我没力气开荒。"

"说是小片儿荒，其实也不错。"

满恒伸手拽出嘴里吃的那根烟，眼瞪着书记，狠劲摔地上，右脚踩住烟蒂对仇人似的蹍碎，扭脸大踏步地走开。

"我一个破社员有什么本事，挨勒的头。"满恒头也不回地放了一句。

书记打了个嗝，闭着眼，看满恒离去。

刁满恒用力把支书的大门"咣当"一声巨响，关上。冲门撒气，向他示威！

四

满恒回家的路上低头思忖："他们这是公报私仇，跟我过不去。到公社告他去？找法庭告书记吗，可是老辈人说过'屈死不告状'，告状打官司，就是打钱。"原告、被告都给主持公道的官人送钱，谁送的钱多谁就有理。所以案子经常翻来覆去地反复。一会儿这边占理，隔了两天对方又有理了，看来状不能告，官司还是不打的好。庄稼人咱就用土法，以其人之道还治其人之身，活人不能让尿憋死。满恒回到家，翻箱倒柜地搜查，找出来那把不常用的切菜刀，已锈迹斑斑，弄盆水，在磨刀石上淋水，"霍霍"地磨刀。满恒随磨刀随摸刀刃，感觉锋利不锋利。哎，磨得差不多了，切个萝卜啥的可以。

他媳妇想制止满恒磨刀，想来满恒去找书记要地是白找，也没法把地要一点回来。媳妇只能劝他："满恒别真生气，磨刀干什么，千万不能杀人、打架。杀人、打架是万万不能的，跟书记再有隔阂，也不能动刀啊！我告诉你说，气病了，你自己受，别人看哈哈笑。要想着法地叫别人生气，最好气病他，你站圈外看别人的哈哈笑，这就看你的本事了。"

"哟！憨娘们儿，会的不少哇。放心，我不杀人，我磨刀就杀人吗？难道我磨刀杀鸡不行吗？杀人，我找死啊。我有那么憨吗？走，抓鸡去，杀只鸡炖炖吃，不能光贪污犯吃鸡呀，咱贫下中农、人民公社社员、劳动人民更该吃鸡。喝酒，给我打斤酒去。"

"你干什么，又吃鸡还喝酒？"

"你呀，给我提高点生活水平，营养营养脑子，好认真思考处理问题的方法步骤。"

"对！动刀、动枪、动武是四肢发达头脑简单，简单粗暴，不是解决问题的办法。"

"我没憋到杀人的程度，你说咱俩那九年学白上，十八册书都白念了？"

满恒跟媳妇二人都是初中毕业生，高中没考上，就回乡务农了。按说他俩也是回乡知识青年。满恒杀鸡，媳妇炖鸡，炖好鸡然后去打酒。媳妇匆匆忙忙上街打酒，回来满恒开开酒瓶，倒上一碗。先闷一口，品品滋味，比东北高粱烧差劲。不杀口！他开始吃鸡喝酒，抓着鸡腿啃，另一只手端酒碗喝。两碗下肚，他脸红得很厉害了，眼珠子红透了。满恒把棉袄一挽，扎根绳子在腰里，把在东北表哥给的大皮帽子往头上一扣，俩耳朵放下来，把磨得雪亮的切菜刀，别腰上绳子里，全副武装，蛮威武。

"走，跟我往甜水井上去。"

"去甜水井那儿干吗？"

"走哇，带俩马扎，去了你就知道了。"

"你出什么邪点儿？"

"我出正点儿！"

八队几百个人，从记事以来，都吃这口甜水井的水。别的井水苦、咸，人吃不行，洗衣服干别的用。

满恒说他媳妇："你坐到井沿上，负责守住井口，谁来打水，一挑水收五毛钱。咱是六亲不认，谁不交钱也不行，先交钱后打水。我抓着菜刀坐在旁边，抽烟。看我的眼色行事。"

满恒两口子这招，吃井，还真旗开得胜。满恒有理呀，人家没分到地，没分队的财产，靠什么啊，来担水的人心知肚明，满恒在这事上有点理。满恒张口就说："对不起，对不住大家了，我没分地，也没分财产，我分这口井。下一步我全家就吃这口井！"

来担水的社员，脾气好的立马掏钱；也有心眼多，不好缠的主，嬉皮笑脸不交钱，没带钱，下回担水补上。各种耍赖的法都有。"对不起，可以回去拿钱，没钱别吃水，那你到别处打水去，这井不叫你打水。"不交钱的，满恒媳妇不让打水，就悻悻地担空筲离去。再找另外的水井要走二里路，担水远，太累人。

白天他两口子在甜水井上死看死守，就是队长、会计、保管的家人来担水，也跟社员们一视同仁，交钱打水，基本没跑冒滴漏。

晚上他们回家了，社员们抢抓机遇，甜水井上忙起来，家家户户去打水，打着灯笼、提着提灯搞夜战，也有打着手电筒的打水去。一家家一户户把水缸担满，另外再存两筲，几百担水打走，几乎把井水打干了。

天蒙蒙亮，满恒他两口子，早早来到井台一看哩哩啦啦的水，傻眼了，早晨也没多少来担水的，只寥寥几户年龄大的来交钱担水。满恒明白了。

社员们夜里把水担走了，白天就没人来担水了，没人打水他们就收不到钱了。总不能夜晚也守着井啊，不能在井边睡觉哇。满恒想出妙计：给甜水井盖房子。

说干就干，满恒立马给甜水井盖房子，把井完全控制在自己手里。他叫媳妇守井口，满恒找人拉砖，运灰，两天把砖、土、木料、苇子等拉来。找来建筑队，大干三天在井上盖起了小房子。满恒盘锅做饭，支上小床，吃住在小房子里。晚上、白天都有人看井，社员们再偷水不可能了。

五

满恒守井，不交钱就不让打水，没水吃，这真成问题了。人没水吃可是大事，比没饭吃还严重。毛主席说，水利是农业的命脉。水更是人的命脉。社员反映到队长，队长找到书记那儿：没水吃咋办？一天两天能凑合，时间长了不是个事啊。队长要书记得想法解决！书记作难，想办法：找派出所抓人？会把事情弄到公社里，激化矛盾，肯定是下策，这事解决，还得自己亲力亲为，下身法。

书记第二天早早来到井上，对小屋喊，"满恒，爷们儿。"满恒懒洋洋地从小屋里钻出来，"哟，书记驾到，有事吗？来我寒舍。"书记递给满恒颗烟，满恒知道书记让社员烟太稀少，他此行目的，肯定为交钱打水一事。满恒"刺刺"地使劲拨打火机轮子，光蹿火星子，不着火。书记的火机蓝火苗一蹦一蹦的，书记伸过手来，破天荒地给社员刁满恒点烟。满恒的烟吃在嘴里，冲书记的火机火苗点燃，猛吸一口，吐出来一个烟柱。

"是，有点事。满恒爷们儿，你把井控制起来，这样不行啊，社员吃水不方便，关键是还吃水交钱。找遍全国也没咱爷们儿这么弄的啊。"

"是，书记你还找遍全国？你还找遍全省、全专区不？全县、全公社有不分给社员口粮地的吗？不分给承包地的吗？如今各地都兴'联产承包责任制'哩。"

"那不是因为你不在家吗，还以为你下关外了哩，再说过去的事啦，别提分地的事啦。""难道俺不在家就是想出队啊，开除俺队籍啊！书记你不是口口声声有文件吗，我看看开除我队籍的文件。"

"我跟你说，书记，就分了这口井，俺家没地种粮食，吃啥？

俺吃这口甜水井！"

"满恒，爷们儿别说气话了，咱咋办啊？咱总得解决这个问题吧，要不这样吧，我分的地你种行吧。地也不错，有水浇。"

"书记，我不能种你的地，我种你的地，你吃啥？"

大队书记做忽然想起状，说："大队里还有二十亩杏树行嘛。这么吧爷们儿，你种大队的杏树行可好，那儿归你了，行吗？把水井让出来大家吃水。"

满恒眼珠儿一转，想，二十亩杏树行子，树下种点豆子，矮棵作物凑合着种一季。还能收一季麦黄杏，水果不少卖钱。或者圈起部分地养鸡。养鸡不喂鸡饲料，自己配料，喂玉米、高粱，卖土鸡蛋，价格贵一倍。收入肯定可观。种杏树行，行。

"你说的当真？"

"看看，我说了还不当真？"

"你还变吗？你属知了龟儿的，一会儿就变。"

"不变。"

"那我得跟大队里签合同。"

"行，咱签合同。"

"让你种三年，到调地时，分给你地。"

"我种杏树行子，三年不行，三年我刚把地弄好就收回了，不行，最少也要三十年。头三年免我交大队承包费，算作我在井上盖房子的费用。"

"三十年就三十年。你赶快把小屋拆了，打扫干净，好叫社员吃水。"

"咱得先签合同，然后我再把井让出来。"

"行行，先签合同，今上午就签。"

上午刁满恒跟大队签承包大队杏树行的合同仪式，在一处五保户的空房子举行。按刁满恒的要求，除需签字的甲乙（大队是甲方，刁满恒是乙方）双方，另外大队的四大职（支书、大队长、会计、民兵连长）、八队队长、会计，作为公证人的公社司法所刘所长也到场，见证签合同。满恒此次东北之行，真长了见识。不然跟大队签个种地合同，满恒不会要求那么烦琐，还要求公社机关同志参加并公证，承包期从 1980 年 12 月至 2010 年 12 月。乙方每年 12 月底前交甲方承包费，任何一方都不准违约。出现不可抗力的情况（如国家征用，修铁路、公路，建机场、挖河，等等），甲乙双方按有关规定协商解决。

签完合同，满恒马上来到井上，安排人拆掉井上的房子，让社员打水。

满恒种了二十亩杏树行，两口子艰苦奋斗，也没雇人工，全是自己干。先进行翻地，刨出影响杏树的茅草，种上豆子，每亩还收百十斤。圈出十五亩养鸡。买一千多只鸡苗，纯散养，在野外，空气好，地里、树下活虫子多，鸡爱吃，生长快，当年就见鸡蛋了。

早晨打开鸡窝，公鸡母鸡都争先恐后地奔跑，呼吸新鲜空气，觅食。热闹场面过去，平静下来，鸡三三两两地在杏树行散步、争食赛跑提高体力，吃自配饲料，吃活虫子，特别是春天喇叭罐、喇叭豆这两种虫子多的时候，鸡吃了，鸡蛋黄油多。现在都注意养生了，花红柳绿的鸡蛋盒子印上好多中听的话，"土鸡蛋降三高、提高人体免疫力，具有抗癌抗骨质疏松之效"。远销晋冀鲁豫，好卖得很。满恒发大财了，在杏行子里盖了楼，底下养鸡，树结杏。鸡散养不喂鸡饲料，鸡吃活虫，土鸡蛋供不应求。

原载《北方文学》2023 年 6 月号

瓜田错

一

　　沙窝村论种西瓜，当推董四古，人家是西瓜把式。这片儿是沙地，宜种西瓜，远近闻名。新时期以来，社员对土地有种植自主权，你愿意种什么就种什么，什么赚钱种什么。村里从老辈儿就有"一亩园十亩田"之说。意思是，如果你开园（就是种瓜菜类的地，叫开园），一亩园的收益相当于十亩田的粮食。

　　董四古脑子活泛，在责任田实验开园种西瓜。他一种西瓜不当紧，一种就显出好来了，发挥种西瓜的专业技术，绝活！他的西瓜皮薄，沙瓤，水多，甜得倒牙。把西瓜拉到集上，买瓜的人群就围上来，抢着买，这个买俩那个买仨，恐怕卖了了，吃不上董四古的瓜。他不用怎么吆喝，瓜卖得快卖得多。老董发了！

　　董四古小时候见父亲开园，种韭菜、茄子、辣椒、西红柿、黄瓜、菜瓜、脆瓜、西瓜、甜瓜等。上学前只在瓜园里玩耍，没学习种瓜菜的机会。但，跟他父亲耳濡目染也看些皮毛的东西，种瓜常识略知一二。父亲在村西开园，开园首要的是有水源，而且要是甜水，苦水、咸水不沾，他父亲决定打砖井。打井在农村对一户农民来说，是大事。

　　父亲选准地儿，找来两位挖井筒的把式，二位带来锃明瓦亮的铁锨。井口直径两米，在地上砸一大铁钉子，攥上一米的木条，开始画圆。井口画出来了，就开挖。一直挖到三米多深，井是越往下越大，到底就直径三米多了。由木匠造井盘，三层厚一寸宽六寸的木板组成一直径二点五米的木盘，放在井底。然后开始"摞茬"，就是在木盘上一层层地垒砖。垒砖也是技术活，砖与砖之间不能抹灰，还要求平、稳、圆。垒井筒出来地面，还要垒。垒完井筒然后打井正式开始，这是相当于过大事的事。要请来村上的青壮劳力，男劳力下井挖泥，女劳力拉滑车。

打出甜水井是开瓜园人的幸事。

主家的午饭质量没的说，一笆箩高馍馍（俗称长长馍馍），几笸肉菜，笸里放着勺子，自己盛碗里，放开肚皮吃吧。大干多半天，到下午井基本就打好了。

到了 90 年代，董四古的砖井被淘汰。三十米、五十米、六十米深的机井普及到了地块，砖井里没水了，华北平原水位下降，机井开采的原因。

董四古带上好烟，找村民商议，用自己的好地，跟别人换他父亲原来打井开园的地块。要不说董四古善良，人性好嘛，他提出来换地，乡里乡亲的张开嘴了，咋着咽回去？人家就同意了。

董四古决定在换的瓜园打机井，原来他家的砖井水质优秀，再打机井水质也差不了。这时打机井全部机械化，主家只提供水源，打机井需要水冲钻，在多少米钻到沙子，第二天下管子。董四古的机井打了三十三米，技师说出水量足够浇园用。

董四古父亲开园，打了眼好井，架上辘轳，一斗一斗水地往上摇辘轳把。父亲随摇随喊号，像唱歌一般。小日子过得又滋又润。解放初期，互助组还没推行，乡里发动农户买"解放"牌水车，一百多元。村上组织，董四古父亲参观，看水车支在井上，只一头毛驴儿、一头牛拉就行，那水哗哗地从井里提上来，浇地比摇辘轳把快好几倍。董四古父亲响应上级号召，狠狠心，买辆解放牌水车。瓜园及周边地块实现了水利化。不光瓜园收益高，粮食也收得比别人多，小日子芝麻开花节节高，在村上拔尖了。区部里、供销社、卫生所、小学里都来他瓜园买菜。后来董四古父亲给机关伙房送菜。甜瓜西瓜上集卖，供不应求。

董四古找来打井队，打井队在墙上做广告，用墨水写：圈庄专业打井，不出水不收费。电话137063587××。费字省略了下边的贝字。虽然收费的费字是错别字，没宝贝的贝还叫钱吗？但，大家知道那是收费的费。都同情这个错字，怪不容易的，整天在墙上风吹雪打、日晒雨淋、不辞辛劳地宣传。打井队按井深度收费，一米三元钱，超过三十米以后越深收费越多。董四古跟打井队谈好价格，沙管儿、沙子都是打井队提供，董四古尽着用机井。

邻家社员围观，赞扬董四古的机井好，清凌凌的井水喷出来，顺垄沟流进大田，滋润干涸的土地，庄稼苗水灵灵，长势喜人。大都眼馋。

董四古种西瓜留春地，深秋耕地时，底肥施农家肥。"人粪尿"和草木灰他分开存放，如果草木灰倒到厕所里，和人粪尿掺和，就是酸碱中和，大大地降低肥效。他牢记父亲的话语，"化肥是西药，粪肥是中药"。虽然比喻不恰当，但意思爷儿俩明白。西瓜喜欢中医，不爱西医。董四古初中生，算是有文化的农民，他父亲曾给化肥起名叫"洋料"。现在一说起"洋料"俩字，大家都笑得喷饭，很滑稽的名字。当年董四古父亲对"洋料"不屑一顾。一件事教育了董四古父亲，实践出真知，改变了他对"洋料"的认知。

农村推行互助组前后，区供销社分进来几吨化肥，法国的。区里召开村长会，区长无论怎样动员，宣传发动，讲农作物施化肥的好处，就是没到供销社买的。都看看化肥白面面儿，滑滑的，甚至尝尝化肥的味道，咸丝丝酸沥沥的，那玩意儿有劲吗？还是咱的大粪、豆饼、麻糁劲大呀！区供销社完不成化肥销售任务，主任去县社开会挨批评，下次开会汇报，再完不成销售任务别坐着，第一排罚站席。供销社主任都吓坏了。

董四古父亲有早起拾粪的习惯，积攒农家肥，一天清晨他转到区供销社采购站西边的大沟崖上，看见沟底有一块地泛白醭，好奇心使然，他下到沟底，用粪叉子挖白醭瞧瞧咋回事。他一粪叉子下去，一挖不当紧，露出了化肥纸袋子，娘哎，埋的化肥呀！晚上悄悄地起出化肥，推回家来。他先在瓜园试验上点化肥，墨黑油绿，放大叶，喜死人了。“洋料”真管用哩！董四古父亲一宣传，农户开始买化肥，瓜产量也提高一大截，就是瓜不甜，没起沙的瓜。他父亲有数了，西瓜甜瓜不能施化肥，如果甜瓜西瓜施化肥，瓜不甜还不起沙。他光给菜瓜、黄瓜、脆瓜及菜类追化肥，提高产量增加收入。

二

董四古说，所有的农作物都需要氮磷钾这三种肥料。需用量是有区别的。化肥对氮、磷、钾分得清楚，氮肥是尿素类，磷肥就叫磷肥，钾肥叫硫酸钾。而农家肥人粪尿、粪肥、豆饼、香油糨子等含氮磷钾全面，且有后劲，结的瓜甜而且沙瓤的。

他的瓜基本不施化肥，仅仅在瓜开爬秧的时候追施一点化肥。基本光施农家肥，主要是大粪。董四古把瓜秧提起来，摆弄，过路的庄乡开玩笑：“四古，哥们儿，你给瓜秧号脉啦！”

四古站起来回应：“哥，还真像号脉，我研究西瓜秧，扒开之后，看看在哪个叶坐瓜好。”

"兄弟你研究西瓜，仔细认真，怎样施肥、浇水瓜质量好，瓜甜得倒牙还沙瓤，产量高，快成专家啦！"

四古说："哥，您过夸啦，来瓜棚里吃个瓜吧？"

"今天不啦兄弟，改天我专门来尝现摘的鲜瓜。跟你学学技术，明年也试着种点儿。"

四古说："好的，哥，我欢迎！"

董四古在瓜地一蹲就是一晌，还有说他给西瓜相面的。进入新世纪，各级政府狠抓乡村振兴，新农村建设，发家致富奔小康，家家你追我赶，人人甩开膀子大干，总怕过的日子落后。现在人心浮躁，恨不得种下瓜芽去，第二天就结西瓜。不施化肥嫌瓜菜长得慢，产量低，赚钱少。就说喂猪的吧，都用专业猪饲料，猪吃了像气吹的样子，一天一个样，噌噌地长膘。猪肉好吃吗？不香没口劲，不好吃。种瓜的有几个像董四古的？老八板儿。基本上没了，有人说他"四古四古，真似古人，操弄古法"。他研究西瓜花期，还搞人工授粉。董四古把谎花摘下来，给瓜花授粉，此法坐瓜快，坐瓜稳。镇文化站应该总结梳理，把他种瓜技术申报"非物质文化遗产"。牛皮不是吹的，泰山不是垒的，四古的瓜园里西瓜列队，一个个碧绿的瓜皮，袒胸露乳单摆着一片，瓜叶盖不住，太阳下晒的西瓜油汪汪地放光，煞是好看。行人路过，驻足观看，离老远就闻到董四古西瓜园里徐徐的清香甜味飘来，沁人心脾。瓜叶黑腾腾的墨绿一片，瓜秧绿井绳般粗，"树大根深"嘛，所以产量高。瓜个大、皮薄、沙瓤、子少，当然了价格就稍贵。

也有行人借机品尝，喊瓜地里四古："四哥，休息会儿，直直腰，磨刀不误砍柴工，光干不累吗？"

四古直起腰来，看眼来人，抓住脖子的毛巾，擦把脸上脖子上汗，说："哈哈，兄弟，不累，挣钱不觉累。"

来人说："真是，看这一地的西瓜，喜得闭不死嘴。四哥，商量个事儿，这样吧，杀个瓜看看内容？先尝后买知道好歹！"

四古把毛巾往膀子一甩，说："好嘞。尝瓜小事一桩，没问题。"

董四古从瓜地用手指弹瓜，听瓜"嘣嘣"的回音，挑个瓜摘过来，拿过大扇刀，切下瓜把，反正地擦擦大刀。"咔嚓"一声，手起瓜开。

来人赞不绝口："子黑、薄皮儿、瓤沙、稀甜，确实好吃。"

四古的瓜虽价格贵，愿意吃的还人多。

董四古的西瓜圆圆的、黑黑的、花花的，堆得像小山儿，这不刚上市，瓜贩儿早晨就去瓜园批西瓜。他的瓜就占了腰窝镇及周边市场，瓜贵两毛还把顾客吸引过来哩。董四古的瓜摊整天围满买瓜的顾客，吃瓜的过路客，也有捧场的吃瓜客。董四古瓜摊人气旺，有买瓜过秤的；有一旁蹲着吃瓜的，顺着嘴淌瓜水；有等董四古杀瓜的，人在排队，买卖兴盛，点钞机忙活，进钱就多。

镇上别的瓜摊儿不少，一份份地摆着，一份份挨着，大喇叭唱着流行歌曲，"噔噔"的迪斯科，音乐震得人心哆嗦。还有凑热闹的娃子随音乐扭腚摆胯地凑热闹，肚皮朝前一顶一顶地冲着瓜摊大笑，摊主就是不大卖瓜，瓜摊主就不高兴了。

三

董四古天蒙蒙亮，在瓜庵伸伸懒腰，蹬蹬腿抻抻拳，睁开蒙眬的睡眼，起床。他来不及洗脸刷牙，就开始蹚着露珠儿巡查瓜园。哎呦！有大脚印子踩的瓜秧沾在畦子里，也有瓜叶被踩烂的。肯定有摘瓜客！是啊，有棵秧子被拽起来了，昨天董四古刚压的秧子。俗称，压瓜秧。压在土里的秧子，几天内会冒出根须扎入地里，增加肥料的吸入量。瓜园里隔三差五丢瓜。这丢瓜的事年年发生月月都有。董四古心里说："就算我发现某人摘瓜了，我能追上去，把瓜要回来吗？那样不光人情没了，而且吃了咱的瓜还落仇人，得不偿失。青瓜梨枣见面就咬，农村从古至今流传多少年了，摘个瓜去给小孩子尝尝也不好说啥。甚至有的就是小孩子来摘瓜。小孩子喊你四古叔、四古伯、四古爷哩。说摘瓜人，你根本张不得嘴！"

可是他瓜园里经常有人摘瓜，这就不是一般化的问题了。现如今都摽着膀子，撸起袖子加油干，可以说是家家争先恐后，人人比高低。你过得好，我比你过得还好，前几年就这样的：你买了黑白电视，我买个比你的大几寸的；你买大黑白我买彩色的；你买彩色的，我买彩色的大个的。你家有洗衣机了俺家买个"小鸭"；你家买了冰箱，俺家买个"海尔"……总怕落到别人后边。

如果天天夜里丢瓜，累计起来数量不是小数字，搁到谁身上也承受不起。时间一长，董四古经不住考验了，就这个丢瓜势头，一年恐怕丢个摩托。

"不行，我黑里白里、没早没晚、起早贪黑、拼死拼活、流血流汗地干，自己没舍得吃个瓜！（董四古还真没舍得自己吃个瓜，吃也是卖剩的瓜）你怪得净拣好瓜摘，如不加以制止，这还了得。我得想个办法。"

董四古晚上扛着被窝卷儿去瓜园看瓜，看瓜睡到瓜庵里，睡觉前象征性地巡逻一遍，假如有来摘瓜的，人家在暗处，你在明处，是看不见的。再说了，人能不闭闭眼，困了呼噜一打，被钻了空子。轮流值班也不可能，那要雇人，费用太高，雇不起。董四古白天要起早摘瓜，况且还要去镇上卖瓜，就算家属去瓜田干活，那瓜园总有没人空当的时候。

打药！农村还时有给瓜果打农药的事情发生。那真是没法的法。给瓜打药肯定管用，可就不能吃，怎么卖啊？还不是都把瓜烂到地里。烂到地里也不打紧，若吃出了农药中毒事件，可就不是一般化的问题了。

再说了，给瓜果蔬菜打药犯法吧，前几年中央一台《焦点访谈》节目曝光了东边种姜上药的问题，姜农还恬不知耻地说："俺自己吃的姜不上药，卖给美国的姜不敢上药，人家美国进口检测的特严，一点儿农药残留也不要。咱这边吃的姜上药。"看看，看看，良心大大地坏了！

董四古一想到吃姜，就恶心，想吐，感觉剧毒农药吃到肚里了。抓住给姜上剧毒农药的家伙统统枪毙。

咱现在的法律法规太人性化了，太宽容了。有多少年没开过公审大会了，六七十年代每年两季在县城召开公审大会，解放牌汽车头上架着机枪，公安战士持枪，队列两边，真是威武。长革命群众贫下中农的志气，灭坏人的威风。咱几十年没见过枪毙坏人了。所以歪风邪气就治不住，世风日下。原因是光在电视上瞎嚷嚷，不动真格的，点儿事儿不管。

"农药是万万不能使，用了农药我董四古就别为人了，人品是顶要紧的，这一个村上的人谁还理我。临边村的也不理我。"如今村支书在喇叭上喊，乡村振兴，奔小康，建设新农村，又兴文明村哩。

良心多少钱一斤？发问的是董四古媳妇，董四古媳妇可是贤内助，漂亮人儿，长得明睁大眼、唇红齿白、身段苗条，走路春柳条似的摆动，肤白貌美气质佳，很吸引男同志的眼睛，以至于县乡包村干部都想在董四古媳妇身上犯犯错误。董四古看出来男人眼睛问题了，所以他因为批发瓜离开瓜庵，也不敢让媳妇晚上去看瓜。他就怕夜里媳妇的思想防线崩溃，在瓜田里犯错误。媳妇问董四古良心问题。她说，讲良心就是傻子。现如今还有讲良心的？利益原则，超越了良心原则。卖药的造假药，卖奶的掺三聚氰胺，卖茅台的造假酒，卖白面的掺滑石粉，卖猪肉的往活猪身上打满了水再宰，卖西瓜的上尿素海了去了。现在有个蚊子都是美国花蚊子，吃了人立马起肿块，柳宗元讲话了黑质而白章。还有美国白蛾，专吃树叶，弄得全国全民打药消灭美国白蛾。那么全是真的，病毒是真的！长盛不衰，防疫不敢不抓。"你说的现象基本属实，确有这类事情发生，这不工商局的打假办正打着呢嘛。"董四古回击老婆，"我董四古就讲讲良心，当当傻子。"

"良心，就算一分钱一斤行不，我董四古也不坏老祖宗的规矩。现在县里、镇里开会，大喇叭也整天喊，讲文明和谐友善诚信，又开始建设新农村。如今都搞乡村振兴哩，建设美丽乡村，我若出了农药中毒事故咱还振兴新农村吗？精神肯定也不文明了。"

董四古思忖，不过好言相劝还可试试。他初中文化，吃饭压这些年，字忘得差不多了，还认个千八百十个字，写个牌子挂到树上，劝劝摘瓜人良心发现。董四古拆开个酒箱子，在酒箱子上面歪七扭八地写上：敬告，请不要乱摘瓜，想吃瓜到瓜庵来！

四

董四古写的牌子挂瓜园路边树上，像景点一样，还有行人驻足观看，一边读一边自言自语：书呆子耳！

要写个字就不来摘瓜了，也没偷瓜的，晚上也不用来瓜庵看瓜。那就是夜不闭户路不拾遗，那精神真文明了。

董四古说，写个牌子让好人看，摘瓜人见了会脸红。脸红还不孬呢，那是知道做错事了。就怕人白脸蛋子，不知羞耻，俗话说，挡君子不挡小人。董四古写的牌子挂出三天管用，没来偷摘瓜的，后来天数增加到四天、五天、六天，天数一多，牌子告示失效，瓜园仍丢瓜。

董四古蹲在瓜庵门外抽闷烟。"啥原因呢，怎么还是摘瓜呢？"董四古百思不得其解。"我为人不到，得罪人了？还是有意恶作剧？还是嘴馋？嘴馋不怕，瓜咱管够吃。"董四古眼前有几个人影儿晃荡……

腰窝镇水果店的三扒瞎眼珠儿看董四古贼溜溜地转悠。"是他吗？我的瓜一上来，没人买老三的瓜了，水果店的西瓜是外来货，传说是热带海南进来的。瓜瓤肉艮，子多，不甜也不起沙，大家相不中。"

还是西瓜摊的掌柜七大巴子？老七的头，长得颇有特色，就是头后面不平坦，异军突起。巴子越长越高，小学一年级同学的新创，就喊开了"七大巴子"。七大巴子是街上的瓜贩儿，老资格，贩瓜果几十年来，没少赚钱，过得小日子滋润，盖了六间前出一厦的大北屋。七大巴子坐瓜摊上，瓜刀亮闪闪地摆着，他烂蒲扇"哗哗啦啦"地呼打盘旋的苍蝇，像电影《小兵张嘎》里卖西瓜的八路，看翻译官吃西瓜的样子。

董四古偶遇七大巴子，二人见面七大巴子说话不自然，语无伦次，"看我的眼神转了味，有丝躲躲闪闪，打怵，不是从前的时候眼光暖暖的，甜甜的，递烟点火，张嘴侃侃而谈"。

正在董四古调动所有的感情积累研究分析案情的时候，瓜田出事了。

董四古写的瓜田"安民告示"丢了。

董四古背着手，围着瓜园找写字的酒箱子。果然，有好事者把牌子扔到瓜田沟里去了。董四古想："这是公开叫板，下战表，挑战我的耐心，看来我得来点真格的。"

董四古想出了新招儿，回家找出个酒箱子，拆开用粗笔又写了个牌子，挂到瓜园路边树上。内容如下："公告：本瓜田有一个剧毒瓜。请不要乱摘瓜。以防中毒。请摘瓜者谅解！"

董四古这次把瓜园有毒瓜牌子，往瓜园路边树上一挂，有点儿小影响，村民、过路客驻足观看，读了告示，哈哈一笑，摘瓜的人是怕死的，也怕吃了剧毒西瓜一命呜呼。瓜田里有一个剧毒瓜，是很费解的，谁知道是哪个瓜？摘瓜者看哪个哪个像剧毒瓜，不敢下手儿啦。瓜田再没丢过瓜。

董四古暗自高兴，看来摘瓜人还是怕毒药的。瓜不丢了，董四古心情好起来，瓜产量也日益增长没人偷摘瓜，西瓜正常生长，天天摘的瓜要批发才能卖了。收入天天攀升。董四古媳妇数钱的时间增加，也高兴起来，说："这就是良心买卖，管事。"对董四古也好起来，经常犒劳犒劳，有好事者发现一晚上他媳妇来瓜庵慰问董四古。

事物的辩证法是好事孕育着坏事，董四古不丢瓜、收入多，好景不长，瓜田出大事了。

董四古写的"毒瓜安民告示"，被做了重大修改：公告：本瓜田里有二个剧毒瓜。请不要乱摘瓜。以防中毒。请摘瓜者谅解！……

董四古一看牌子，关键字改了，立马血液上涌，浑身发颤，头"嗡"的一家伙大了。

"这还了得，我咋办啊？！两个瓜我就费解了，我知道哪个瓜有毒？瓜还不都熟透烂到地里，必须找派出所破案。"董四古就骑自行车往镇里去了。镇派出所在镇政府院里，占半排房子，有所长室、办公室、户籍室，还有俩小黑屋，没窗户没玻璃光个铁门，专门关不听话的拧筋家伙。董四古到派出所打住车子，门口往里一瞧，人多得一堆一堆围在那儿，在那儿喊喊喳喳研究对策。董四古在门外蹲下来，抽烟，思考西瓜之事。等里边把事情说完，董四古就走到派出所里找民警报了案。他把案情从头至尾详细地跟民警说了一遍。民警记录下来，说："等所长来了汇报，所长研究考虑好了，派谁出警，谁就去你瓜园查勘，回去等着吧。"

董四古可不敢等，他一夜睁着眼，没睡好觉，等一天就坏一天的瓜，他第二天早早来到派出所盯着民警来破案。所长派一民警跟董四古来到瓜园查勘。民警来到瓜田，先看了看董四古写的安民告示，然后民警进瓜田看摘瓜人的脚印。照相机拍了照片，用水调和石膏粉，调成糨糊状，倒在脚印上，待凝固了，取走脚印样子，然后跟董四古说，听所里的消息吧，回派出所了。民警跟所长汇报摘瓜案，研究摘瓜人的脚印，经分析涉嫌人三十岁左右，身高一米七上下。民警电话叫来董四古，跟他说了，根据照片和脚印分析，此案嫌疑人身高一百七十三厘米左右、岁数三十上下。民警叫他提供破案线索，董四古说了怀疑人，跟民警一对码子，此人八九不离十。派出所跟村主任联系，说了瓜田犯罪嫌疑人。

村主任传七大巴子到派出所问询交代问题。七大巴子一接村主任电话就心里发毛，心虚脸红，赶紧来到烟酒副食部买两盒苏烟，装到兜里，匆匆忙忙先到村主任家。他跟村主任见面，大嘴一咧"哈哈"大笑起来，掏出苏烟，破开，搂出一支敬给主任，"叔抽烟"，打火机"啪"，火苗子蹿出来，调小火给主任点烟。遂把烟扔桌子上。

村主任，吸一口，喷出一团烟雾，等烟雾散去，瞪一眼七大巴子，说："你别笑，现都学习贯彻新会议精神哩，各级抓得很紧，各村保持稳定加快发展，建设美丽乡村。你这事归了公，认了真就是问题！胡闹不知轻重，你快去派出所，跟所长诚恳承认错误，态度好点。我替你说话了。叫所里罚两个钱儿，尽量压下。"

七大巴子说："谢谢叔、谢谢叔，您说话管用。好好好，我这就去派出所，俺跟四掌柜的，闹着玩的，他写一，我添了一横。嘻嘻！"

七大巴子颠颠地来到派出所，贼眼咕咕地瞧瞧，进了办公室。先给民警敬烟，民警抬手把他的烟挡了回去，不吸。他觍着脸跟民警说："同志啊，俺跟四掌柜的闹着玩的，董四哥当真了，我在告示上添了一笔。我敢说，只要原来瓜田里没毒瓜，瓜田就没毒瓜。不信的话，任意摘个瓜我就敢吃！"

民警喊过来董四古，七大巴子一看董四古进屋了，嘿嘿的马上赔笑脸，一口一个四哥地喊。

七大巴子跟董四古承认错误："四哥，对不起、对不起，我是跟你开玩笑，闹着玩的，没想到俺四哥您当真事了。都是我的错。"

董四古说："老七，你说跟我闹着玩儿，我可信以为真，瓜田一片大个西瓜摆在那里，我看看哪个都像毒瓜，不敢摘瓜卖，如果吃瓜出了事，那就是大事，人命关天的事。我是犯罪！七掌柜的真有你的。"

五

董四古跟民警也说："我写个安民告示，就是吓唬吓唬晚上摘瓜小把戏罢了，谁敢用农药啊？！中毒出了人命，可不是闹着玩的。砸笆篱子一句话的事。"

派出所民警调解此事，批评七大巴子涂改告示，恶作剧，"这事若认真了，你要负法律责任。"七大巴子向董四古承认错误，赔礼道歉，接受批评，愿包赔董四古几天不敢摘瓜的损失若干元。"四哥您说多少钱，我包赔您。"

经民警跟董四古来到另一个房间合计。董四古跟民警说，这几天没摘瓜，熟过劲的瓜，烂掉的瓜损失，少说也有三千元。民警从中调解，说和董四古，"老七是你们庄乡，在一个村上碰头磕脑的，低头不见抬头见，今后还是弟兄们，别叫七大巴子赔付三千了，恐怕他也拿不出来。你大大的肚子挺着，吃点亏，不是常说，吃亏是福吗？"

董四古说了："民警同志，我这个福可来之不易，损失三千元得来的呀。"民警听了觉得四古说话不好听，此话不保养人，还是有情绪，就继续开导董四古："四古，知道'以德报怨'吗？我给你举个例子，远的不说，就说那一年桥子武村的事。"

"桥子武村会计跟某户村民不和睦，原因不详，这户村民欲报复会计。想来想去，出了孬法。一晚上这户村民弟兄五个，都拿镰出动了，来到村东北地里，接近邻村了。这儿是村会计的棉花地，棉花生长正猛，一米多高了，开始显蕾，有的棉桃已成型，丰收在望。弟兄五人大干半小时，把会计的三亩棉花削完。村会计早晨去棉田发现被毁，到派出所报案，所里出动来到现场。那年我刚从省警察学校毕业分配到县公安局，局里把我分到咱镇派出所，我记住了处理破坏青苗一案的全过程。看着乱倒一地的棉花棵子，真是扎心地疼，抓住犯罪嫌疑人，一定绳之以法。派出所不给撑腰，村干部怎么做工作？从棉田回来村里，村支部召开全村十八至四十五岁的男劳力会议，让全村的适龄人站一队。所长是老公安了，经验丰富，他一句话不说，就站在村民对面，面对面一个个地审视，他犀利的眼睛像透视机样，钻到他们心里去。所长只看得村民心发慌、发毛，没事的人胆小的人脸色红了。所长发话了：'不要害怕，我不会冤枉好人，但是绝不会漏掉一个坏人！'作案分子此时已吓哆嗦了。所长不知道他哥儿几个名字，就用手一指，你、你、你……出来！其他人可以散了。所长安排我们随村主任到这户村民家勘查。果然有嫌疑，窗台上晒着几双鞋，鞋帮上染着绿叶子的绿色，镰头上也有新鲜的绿色。更可疑的是，在堂屋里大桌子上有一大筢算子（高粱秆制作的筐子）水饺。一家人包饺子吃庆祝胜利的时候，听到大喇叭喊，派出所来了，吓得吃不下去了。在农家有四五个大小伙子壮劳力，肚子能吃得很，是剩不下水饺的。所长一审，他们就夹不住尿了，交代了作案经过。按当年破坏青苗，可判主谋，其他随从至少押拘留所批评教育，然后赔偿经济损失。所长征求村会计意见，村会计表现得大仁大义，不想继续结怨，对这家人不起诉，不让赔付损失，所长批评教育就可以了。在一个村上住，千年的邻居万年的庄乡，低头不见抬头见，和为贵，再放他一马。他家会感恩戴德的，村会计做对了，现在他们关系缓和得还行。"

董四古听民警一席话，拨乱反正，思想有了转变，茅塞顿开："好，听您的，学习桥子武村会计的做法，吃点亏不结怨。"民警说董四古："行，四古是明白人，以德报怨，退一步海阔天空嘛。对其批评教育，使其提高认识，大事化小，小事化了，达到和谐共处的目的。"董四古点头，说："同意民警同志的处理意见。"

民警回来办公室，再跟七大巴子谈话。民警一进屋七大巴子就忽地站起来了。他态度诚恳地承认错误："不应该在瓜田告示上随意涂改，给四哥造成重大损失，我决心痛改前非，包赔经济损失，您看着办，您说包多少就包多少。"民警同志说："老七，我不会打哭一个引笑一个，你们是庄乡，以后还得过日子哩。老七，看在你认错态度较好，从轻处罚。这些天耽误人家摘瓜，损失少说也有五千，经所里研究调解处理，罚你赔付董四古两千，你同意吗？"七大巴子说："同意所里的意见赔两千，就两千，咱再下力气挣呗。"

民警佯装去跟董四古商量，一会儿回来跟七大巴子对码子。"老七，人家董四古不赖，我张嘴跟他说，让七掌柜的拿一千吧，你们都是庄乡，又是同行。"董四古略一寻思，说："一千就一千"。

七大巴子高兴得合不拢嘴，感谢民警，谢谢！谢谢！随即掏出一千元交民警手里。"还是您当面递给四掌柜的钱合适，我给他会不好意思。"

民警把董四古也喊到办公室来，他写好的"任意涂改摘瓜告示"一案调解意见书，叫董四古、七大巴子看书面材料。甲乙双方签字，都同意民警调解意见。乙方赔付甲方一千元。

董四古表态，同意派出所的调解意见，"但老七给的一千元赔付费，我不要。一个村上的乡里乡亲的钱接不起来，事只要说开就行了。"

民警夸赞董四古是讲文明树新风的好村民："搞乡村振兴，建设新农村，老七你得向你四古哥好好学习！"民警批评七大巴子，他频频点头，说："我一定改过，我一定改正。俺向四古哥好好学习，咱都振兴建设新农村。"

董四古大仁大义、高风亮节的表现又感动了七大巴子一家伙。

七大巴子一个劲儿地说："谢谢四古哥、谢谢四古哥，您心大量宽！真是，心宽一寸，路宽一丈。"

"感谢民警同志。这样吧，中午到长海饭店坐坐，我请客，弄几个菜喝点，也算表示我改错的诚意，看看我的实际行动哇。中不中看行动嘛！"

董四古说："不用、不用，咱没外人，老七，不用花钱破费。"

七大巴子说董四古："四古哥你要是中午不去喝点，那就说明你还是生我的气!"

董四古说:"我不生气了,话说开就没事了,咱弟兄们还是一行伙的好弟兄。"

七大巴子说:"四古哥既然你不生我的气了,中午就参加。你若不参加,那这顿饭还有意义吗?你是主题。"

董四古一看七大巴子是诚意,再抻着不去也不好了,也就应下来,"好,中午去喝点。"四古说,"咱喊上派出所调解的民警。"

七大巴子说:"好,喊上民警,四哥您喊俺四嫂子也来吧。"董四古说,你四嫂子不上桌。

老七喊民警参加,人家首先表示感谢,说:"只要你俩摈弃前嫌,和好了,比请我吃饭好百倍。我工作时间不外出吃饭,有纪律,你们玩吧。"

中午走进长海饭店,门口上边挂着红底白字横幅:建设新农村本店打八折。七大巴子弄了一桌,请董四古、三扒瞎、村主任、村治保委员喝点。村主任虽然到场,但不喝酒,说:"我工作时间不饮酒,你们喝吧,我只吃个工作餐,事只要撂下,和好了比啥都好。"

七大巴子一脸疑惑,说:"人家城里干部怕纪委,咱村上怕什么?"

"咋,老七,别拿村长不当干部!"

七大巴子一惊,知道说错话,迅速弥补:"那是、那是,村长是干部,村长、书记一肩挑。"

原载《时代文学》2024 年第 2 期

过 麦

一

一说过麦吓得腿肚子哆嗦。那是打心里害怕过麦引起的身体反应，也可能是神经性的。都犯怵过麦，害怕过麦，过麦累死人！过麦是人间炼狱，绝不是危言耸听，农村还有比过麦再厉害的活吗？没了。农村什么活都能商量、研究、讨论一下，唯独过麦没商量，说过就过。你不过行吗？你行动不迅速，稍一迟缓，仅仅比别人晚了一天，甚至仅晚了一晌，上午平静得没刮风，下午突然，就是突然。

老天爷的风可是以迅雷不及掩耳、摧枯拉朽之势来到你面前，来证实自己的至高无上。一丁点儿报告人间的预兆也没有，突然暴怒的吼声，风猛然来袭，抄起枯枝败叶卷上天空，尖锐的呼啸一下子惊散了我们要过麦的心情。那个下午，狂风不宣而战，浓黑的阴云突然天马奔腾，占领了天空，在村庄、麦田奔跑、冲击、践踏、撕扯，说来就来了，一场大风把麦子摇了（就是麦粒掉地上），或者下一场暴风雨把麦子扑倒，匍匐在地。呼呼的狂风怪叫，像巨人的大手一挥把头沉的麦子"唰"的一下子推倒了，麦子编笆（盖房子用芦苇编笆铺房顶）的样子都躺平。这种躺平的麦子顶难割，人要蹲着一把把地先把麦子立起来，再饿着割，累人不说，速度慢五倍以上。这样还不是最坏的结局，最倒霉就是，风雨交加连带冰雹倾下来，鸡蛋大、乒乓球般、枣样的冰雹从天而降，惨了！把树枝砸断，小树砸折，把麦子砸平，麦粒儿砸掉，弄得颗粒无收。农民一年的成果毁于一旦，砸倒的树木，和它们的残缺肢体随处可见，呈现着影视剧中地震或战争之后的惨状狼藉。与此同时，田野里巨大的哭泣声涌来，隐约而真切，农人站在自己的麦田前捶胸号啕，他们哭喊的声音凄厉而无奈，令人心颤。看在眼里，疼在心上，农人只有蹲在地头"哇哇"痛哭的份儿，叫天天不应，喊地地不灵。

　　这种过麦的惨景我亲历过两次。第一次是父亲领着我去地里，看到被砸的麦子失声痛哭，我随父亲莫名地哭起来。第二次是1979年我们公社党委书记，在全公社"抗灾自救动员誓师大会"上，在全公社全体脱产半脱产干部、社直部门负责人、大小队干部和县革委副主任面前，讲着讲着话，实在讲不下去了，痛哭起来！父亲哭是心疼麦子，赵书记哭也是心疼粮食、心疼社员、心疼社员的日子。没粮食吃，全公社四万多人咋过啊！他这个"人头"怎么当啊！

　　农村号称：争秋夺麦！这四个字重如千钧！这四个字是农村过麦、过秋的真实的写照。麦子是夺来的，不是慢悠悠地割来的，一个"夺"字，内涵颇丰，看看，厉害吧！

　　季风是鲁西大地的画师，把6月初的麦子画成一抹金黄。夜来南风起，小麦覆陇黄。早晨，人们三三两两地去大田，站在地头，看一望无际的麦田。父亲披着褂子，站在地头，拽一把麦子，查看麦粒儿，合手美美地搓把麦子，吹去麦糠皮，看看手心里的麦粒成色，抓起蜡黄的麦粒丢嘴里嚼嚼，感觉麦粒的硬度、黏度，研判还需几天过麦开镰。

　　别人开始过麦了，你晚不得一步，一步跟不上，步步跟不上。"三夏"大忙，包括夏收、夏种、夏管，一环扣一环，环环相扣，步步紧跟。咱们的老祖宗研究历法，制定的二十四节气之"芒种"麦收，也不知当年科技、文化那么落后，怎么计算、倒腾出来的节气。节气真是应时，你不忙行吗？别人都忙起来了，你敢不忙吗？

过麦的前奏是赶集采买过麦一应工具。镇政府大街逢集的场面热烈、欢实、隆重，卖东西的、买东西的，基本都戴着草帽，天热了，赶集也出汗。大集上人山人海、摩肩接踵，人头攒动，三里长街一眼望不到头。买卖人的叫卖声，买东西的还价声，还有促销放"噔噔"的迪斯科音乐声，混编成农集交响乐。琴声敲打着天空，含混的歌词在口腔里流浪。卖老鼠药的老板都不声嘶力竭地，不费劲八叉地"嗷嗷"叫喊了，他录制下来流行歌曲，轮番播放。男女老少在街上转悠，嘈杂的声音像开锅一样。整个集市上空乌烟瘴气、尘土飞扬。源源不断的赶集人走在四外八乡通往镇政府大集的路上，拉地排车的、骑自行车的、步行的，也有开小"三马"的，熙熙攘攘的人们拥上集来。乡亲们开始采购过麦的必需品。

二

父亲过麦前精神抖擞地赶集，吃过早饭，羊肚毛巾包上头，全国劳模昔阳县大寨大队党支部书记陈永贵式的毛巾。拉着地排车往街上去，父亲边走边构思今年丰收的麦子，怎样尽快收回家，遇上庄乡说话也舍不得停住脚步。这是过麦前倒数第二个集，他今天要把过麦的使用家什，杈把、扫帚、扬场锨买全。他先到供销社五金门市部买镰头，挑刀刃快的，他用大拇指在刀刃上挂挂，试探镰头的钢火怎样，挑拣一番。买了镰头再到地摊，找攇镰的师傅攇镰，攇镰的师傅在大街的边上或角落里，用四根竹竿挑块白布，扎个遮阳棚子，他坐在马扎上招揽生意，也给顾客预备马扎坐。攇镰师傅给攇镰的提供镰把，父亲在单摆的一溜儿镰把里挑拣，找了根枣木的。师傅先在镰把头上用手拉钻钻俩眼儿，然后把镰头用特制的大号铆钉给攇上。父亲拿过镰来一掂量，做了个割麦子的动作，父亲对这把镰满意。父亲拉地排车赶集的阵容很罕见，几乎是第一次，以前赶集买东西，也就是一件两件的，扛着就中。

卖过麦农具的在街东头，各种木杈、铁杈、木锨、耧耙、新扫帚等立在墙上供顾客挑选。父亲在这儿买了三股杈，还买了杆原生态的四股杈。四股杈很少有原木生长的，大都是木匠做的。木锨两把、扫帚两把，满满当当几乎买来一车子。父亲把新家什放西屋里，检查一遍，都有了，不缺什么了，有的甚至是两件。今年的麦子长得好，大丰产肯定的，工具必须壮而且齐全。

父亲曾说过句话，是关于粮食的辩证语：丰产和丰收是两回事。天意很铭心，"人定胜天"是句高喊的口号，是理论上的表达，操作实践起来颇悬殊。

傍晚，父亲沿台阶慢慢下到房后河里，把河里泡透的麦秸秆儿捞上来，放在石头上控水。他晚上坐在小凳子上，开始拧麦腰子。父亲推下饭碗就开始忙活，他手有劲，拧的麦腰子干净、结实，捆麦个子肯定好使。一晚上父亲拧十几根麦腰子。往年用过的麦腰子在房梁上掖着，把它们挑下来，父亲都一一检查，只要两头没坏，还可以重复使用，关键是捆麦子前在水里泡透，捆麦个子不断。

东方刚露出鱼肚白，布谷鸟在窝里睁开眼，互相喊醒，伸伸翅膀准备起飞。晨飞的布谷鸟给大地题词，布谷鸟语："光棍多处。"它边飞边一番一番地叫，围着村庄一圈圈唱，喊醒沉睡的农家。父亲听见鸟叫就起来了。早起的父亲在院子里磨镰，在磨刀石上洒水，一推一拉有节奏地往复，磨刀石流下来红红的铁锈水。父亲把我们用的镰都磨得"飞快"。父亲有鼓点的磨镰声，吸引了路过的九叔。九叔听见我家磨镰声，就猜到是父亲高兴地磨镰。九叔要看看父亲磨镰，他从大路上过来了，走进我家门，就喊我父亲："大哥，磨镰哈！"

父亲抬头看是九叔来了，停住磨镰，说："九弟，磨磨镰，做准备啊。你起来啦，也够早的。"

九叔嗯了一声，说："大哥，我去地里看看麦子去。"

随手拿过父亲磨的镰，大拇指在刃上挂挂，感觉感觉，夸父亲："大哥你磨的镰，快得很，可以剃头。"

父亲笑笑，也不烦九叔表扬，他老弟兄俩是聊得来的哥们儿。九叔有啥事好找我父亲商量，有好事也好给我父亲分享。比如九叔的老山羊一胎生了仨小羊羔儿，并且全是小母羊儿，他第一个先来告诉父亲喜讯，母羊比公羊值钱，大约贵一倍，这是大好事呀。他老哥俩儿一聊就是一晚上，有说不完的话题。

"把式把式全在家什嘛！要想割得快，镰必须快！"九叔说，吃着父亲给他支烟走了。

虽然生产队解散了，看起来一盘散沙，但遇大事还需要操心人出面张罗，操心人一声令下，人立马集中起来。下午，老队长行使权力，他站当街高岗儿上，两手卷喇叭状，仰起脖子，大声喊："大伙儿注意啦，下午咱泼场，男女劳力人人都去，女劳力担筲，男劳力泼场。"

他喊了两遍。招呼全队的"社员"（公社时期的名称）担水泼场。吃了午饭，撂下饭碗，父亲第一个出来家门集合，还是一贯的率先垂范，父亲曾担任生产队副队长。由于办事公道、善解纷难、劳动积极、热爱集体等优点，当选为生产队副队长。父亲说："副队长是领着大家干活的，权力是有的，那就是干活。而且干活要带头，专拣重活、脏活、累活干，吃苦往前。如果懒惰、好沾光，挖粪坑你不先挽腿、脱鞋，下到粪坑去，光站在粪坑沿上看着社员下到粪坑里挖，就没人选你这个好吃懒做的懒汉当队长了。我这个队长，其实是干活的队长。"不大会儿，每家每户的男女劳力都拿权带扫帚担筲出门集合。大家欢天喜地地集合一起。

上午有老队长指挥套两犋牲口耙场。他是有觉悟的人，首先牵出自己刚买来的大黑牛，和别人的牛插犋，拉耙、拉耢把场耙松软，然后牲口拉石磙把场的坷垃轧碎、轧平，然后牲口拉耢把场耢得更平土更碎，甚至在耢后边拴上带树叶的树枝子。

三

唯有泼场还有点大集体的味道。联产承包责任制已好几年了，家家户户自由放单鞭，都各自为政，撸起袖子加油干，没黑没白，没早没晚，你追我赶，总怕日子落在别人后边。时间是最宝贵的了，难得全队的人们集合起来见面。欢欢喜喜的流行歌曲哼哼着、革命歌曲唱着，人欢马叫，对生产队的味道生产出"集体记忆"。

男爷们儿掏出烟来，互相品尝烟的味道，你递给我一支，我扔给你一支，打火机"啪"火苗蹿出来烟点着了。再弄烟叶、裁纸条卷烟的没有了，孬好都抽几元的香烟。

女劳力带针线活的也基本绝迹了。女人互相夸奖：玉玲穿的衣服好哇，高档啊，漂亮啊；嫂子夸兄弟媳妇谁谁谁利索呀，兄弟媳妇美得闭不死嘴儿；兄弟媳妇夸小姑儿长得好看呀，小姑儿害羞得满脸飞霞；还有某人家的大闺女谁谁谁快跟那儿的小伙儿去相亲啦；等等。咱大伙到时候等吃喜糖啊！人们都在发家致富奔小康路上甩开膀子大干苦干加巧干，唯恐步子小了慢了掉队，平常没时间闲聊，难得一聚，都开心地说笑。唯有泼场这一场戏，解体后的生产队人们难得集合，气氛欢快高亢有滋味，谈兴正浓。听见水"哗哗"响了，一会儿抽水机的水流到场边儿挖好的若干坑子里，"抓紧担水！"老队长一声令下，女人们挽起裤腿，纷纷开始担水，一担水上肩，颤悠悠地快步送到场里，男劳力接过筲来泼到地上。水坑边一会儿就弄得泥泞起来，女人们有的就干脆脱袜子脱鞋，光脚丫。

二歪是生产队活跃分子，伸手接筲，他的小眼睛却骨碌碌转，专看年轻女人的小腿儿肚、小脚丫。他盯着三嫂子的脚丫看了又看，三嫂子刚担水来，放到二歪脚下。二歪夸奖说："三嫂子儿，你不光长得好看，小脚丫也漂亮。"

全场人们一片笑声，三嫂子脸腾地红了，说二歪："二儿，是吗？我叫你漂亮！"

提起筲水泼到二歪身上，弄得二歪浑身上下落汤鸡似的。二歪也不恼，龇牙一笑："就是受看嘛！"

全场又一次"哈哈"大笑起来。此时有些许牛产队集体劳动的味道。难怪二歪夸三嫂子，三嫂子的小脚丫的确好看，不光长得白，而且五个脚趾从老大依次斜着排列到小脚趾，整整齐齐，脚指甲白得露出里边的粉红色，像透明的贝壳趴在那里。三嫂子是全菜瓜刘村的美人，她身材高、长得白、模样俊，眼睛都会说话，而且是种田能手。

干涸的场很能喝水，像无底洞一样，一筲水泼下去"嗞"的一下子就吸进去了，三筲两筲的水泼下去，能后退一步。一下午紧张得连跑带颠，比学赶帮的热烈场景再现，累得个个汗把流水。太阳落山，把场泼完，人们叽叽嘎嘎地散去。女人洗洗脚，穿上鞋，回家做饭，男人们多数往地里看麦子去了，研判一下麦子熟没熟。

第二天清晨天蒙蒙亮，老队长喊早，生产队时期敲钟，现在一声喊，人们都自觉地带工具来啦。他指挥人们拿杈叉麦秸"杠场"，破开原生产队的麦秸垛，人人拿杈叉麦秸，在场里铺撒好一层十几厘米厚的麦秸，等牛拉石磙轧场。社员们分了生产队的牛，喂牛的户，把自己的牛牵出来，套好，牛拉石磙一圈圈转悠，转几圈轧好了，然后把麦秸敛起来，清出场外，扫干净，场就杠完了，晒一晌，可以拉麦子来打场了。

唯有老队长还去办一件大事，他喊上几人去他家拉来两口大缸，场的东西两头各放一口缸，并灌满水。缸边放一只筲，也装满水。还是大集体的规矩，场间防火重如泰山！当年场间防火若没装满水的缸和筲，要接受严厉的批评！

这一切折腾人的劳动，统统是演奏过麦序曲或者说序幕，还算轻松，像机器刚发动，慢慢怠速预热似的。只有当你手握镰把，拉开架势割麦子，过麦的大幕才拉开，音乐、锣鼓响起，那才是真正的过麦。

早饭，母亲就提高了质量，让我们吃白馒头、喝小米粥，炒西葫芦，拌三丝，还有咸鸡蛋、白水鸡蛋上桌，让我们多吃点，好有劲割麦子。原先过麦母亲按人数上咸鸡蛋、白水鸡蛋，这次不限数，随便吃。农村改革开放以来，联产承包责任制，释放了农民巨大能量，干活真出力，庄稼也真丰收。家家粮满囤、油满缸、鸡蛋满坛子。种棉花发财，我不敢说父亲票子满腰，但母亲腌的咸鸡蛋满油。苦日子、穷日子过来的母亲腌鸡蛋是查个数的，现在终于不数个了，满坛儿为准。母亲腌的咸鸡蛋有水平，磕开，黄油儿亮晶晶地流出来，我赶紧伸舌头把油舔了，真香啊！

四

上午开镰，考验人的时刻马上到，我随父亲步行到窑上（是这块地的名字）。这个废弃的砖窑遗址，据说是四百年前李家祖先流落到此地，看这儿是块风水宝地，就定居下来，为盖房搭屋修建的砖窑。父亲朝麦地深情地望一眼，滚滚麦浪，好像金黄的麦粒入怀。风一停，麦田像案板（鲁西夸麦子长势好的用词）一样，父亲的高兴无以言表。他挥舞起刚攥的枣木新镰，阳光普照大地，镰头银光闪闪。

父亲下腰打头镰，"唰唰"地割过去，把麦子放左侧，不散，父亲会别把，干净利索麦子不散。我随后站父亲右侧，开割第一把麦子。我怕麦芒扎手，戴上了手套，割了一段，感觉越戴手套麦芒越扎得厉害，因为麦芒扎在手套上了，我索性把手套扔掉。父亲伸镰把麦子往怀里一揽、手一抓、一大把，镰下去往后用力一拉，麦子割下来，麦茬很矮。父亲割麦子骑马蹲裆式，姿势正确，割麦的方法对，所以进度快，质量高。我落在了后边，下腰割了小半趟腰就开始疼。因为腰疼，一会儿一直腰，进度就慢了。这块地长，父亲割了一遭，就是一亩麦子。我割了半亩多，累得割一会儿就喝水，喝水的时候可以直直腰，一桶水喝去大半，怪了，也没解手的意思。汗水却"哗哗"地淌出来了，褂子开始后背先湿湿，随后膀子、前胸、袖子，整个褂子除下摆，像水洗的全湿透，裤腰以下湿透，连牛皮腰带也湿透半拉。

快正午的太阳发威，白得耀眼，眼是不敢看电焊光似的太阳，太阳把白花花的热浪浇下来，人像下火一般，连烤加蒸，脸热得滚烫，汗水流干了，没了。褂子被晒得析出盐渍，地图样的硬邦邦。额头上结出盐渍，我曾弄下点儿尝尝，咸丝丝的。毛巾也不敢擦脸了，擦下就疼。这时还不能下晌，只能站着歇歇，稍微喘口气，要紧紧，再加把劲，把这块地割完，下午抓紧捆完，把麦子拉出去，运到场里垛起来，才基本算收了。

平时缺乏锻炼，猛一下子干活适应不好，才割了一晌麦子，就跟不上趟了。我累得实在没一点劲了，腰疼胳膊酸一腚坐到麦樔子上歇歇，不愿意起来。父亲带头又下到麦地插镰割起来。我腰疼得不敢猛一直，要慢慢地几秒钟缓缓地直起来，喘喘气。用镰把砸砸腰，缓解缓解，再狠狠心割起来，终于把这块地割完了。我下到地北头小河沟里洗洗脸，河水清澈透底，小鱼儿尾随着头鱼，自由自在地游泳，此时的小鱼儿多幸福哇。我有点羡慕鱼了。撩几把水洗洗手脸，真凉快清爽，眼睛也睁开了。

母亲和小孩妈提前回家做饭，她们已送饭来了，把馒头、菜、汤放在树荫下的塑料布上。

父亲说："不能喂顶槽（牛卸了套，马上喂，称作喂顶槽），歇歇再吃饭。"

中午饭是来不及回家吃的，来回走两趟耽误时间，在田间也可以稍微休息会儿。

母亲说："那就歇歇啊，喘喘气再吃，反正饭也不凉。"

母亲已是病号，她是带病劳动，农村过麦没一个闲人，把所有劳动力都挖掘出来。母亲患帕金森综合征。这病就怕累，怕情绪波动，过了年儿，父亲跟母亲找莲芝姑去看病，吃着临西县医院大夫的药，基本控制住了病情。可是一过麦，事多，她再不干累活，也一会儿不闲着，吃药基本不顶事了。

母亲做的午饭虽丰盛，炒蒜薹、油条凉拌黄瓜、白馍馍、咸鸡蛋，甚至开瓶啤酒。但只想喝碗啤酒，咽得顺溜，吃口馍馍嚼来嚼去光在嘴里滚蛋儿，咽不下去。

母亲说："儿啊，吃吧，强吃，吃吃就开胃了，肚里没饭咋来劲啊！今儿天夕要捆完、运完、垛好。"母亲吃着午饭就下达了下午的任务。

吃饭也是任务！我觉得吃馍馍像咽药的样，在嘴里滚来滚去，总算吃过了午饭，也就是凑吃饭的时间休息休息。午觉象征性地躺在树荫下，脱球鞋一对，头枕着球鞋，躺下闭闭眼儿。母亲说我躺下就打呼噜，一会儿我就鼾声如雷了。

母亲休息一会儿，就喊上小女儿："走，妮儿，咱先早去敛麦子，捆着，让他们来了，有麦个子拉。"

母亲和小女儿顶着骄阳烈日，拉着在坑里泡的麦腰子去了。父亲喊起我来下地捆麦子，运麦子，是下午三点。这是过麦的天，一天中最热的时间，大约有四十多摄氏度的样子，我的双眼角长出黄黄的眼屎。过麦马上要接受最严峻的考验：敛麦子。我把褂子袖口系上，抱麦樱子，麦芒那还扎得胳膊血晕。小女儿拉麦腰子，抽空也敛麦子。我捆麦个子，腿跪在麦樱子上双手抓住麦腰子下狠劲，才捆得结实。当捆够车拉的了，我就和内侄去拉麦个子，自己装车，自己拦车，自己拉出地去，再自己拉两里路运到场里。

父亲和立山弟在场里负责垛垛，我找了个不碍事的场边地儿，垛麦垛。

这年我是全队第一家割麦子。猛一看麦子熟了，可以割了，但是仔细的老农看着此时割稍早一点儿，我就打这点可怜的时间差，提前一天，或者提前一晌，实际上也不减产。书本上说此时小麦蜡熟期，割麦子还增产。还有一样，就是，你等麦子熟得正合适的时候，家家都过麦，男女老少人人都下地割麦子，一个人当两个人使，你找谁来帮忙？到那时就没人可找了，没人放下自己的麦子不割，来给你割。

父亲戴草帽，站在垛上，立山在垛下边，用杆上等好杈，负责叉起麦个子，猛劲举起来，扔到父亲脚下，父亲抓住麦个子把麦垛排整齐。我和先增每人拉一辆地排车，拉来麦子卸到垛底下，方便立山叉。卸完麦子就赶紧回，再装车。

塑料桶的水，又喝完一桶，一下午也没小解，液体都从汗里出来了。我膀子上搭着湿毛巾擦汗，此时湿毛巾已干得梆梆硬了，不敢用毛巾擦汗，干脆甩胳膊用袖子擦。回到地里，装车仍自己装，麦个子单摆着，一车装十几个。拦上绳，可一走，麦个子晃荡，绳就松了。把五亩地麦个子拉到场里，也是考验人的坚定意志。我双手驾辕，伸脖子瞪眼，膀子搭襻，用尽全身的力气，脚用死劲抓地，拉一车麦子爬坡。爬坡最怕歪车，歪了车，自己走不了，还挡住后边运麦子车队，家家户户都过麦，都往场里运麦子。还好，谢天谢地，我没歪车、没散车，庆幸。

下坡省劲，我身子往后挺，拖着车，可是前边一辆地排车麦子歪歪了，恐怕要歪车。那车停住，拉车的是二哥，我也停住，他举杈推车上麦个子，把麦个子往里推推，看着不歪歪啦。可是他走了没多远，一车麦个子彻底歪了，散一地，挡在路中央。他唉声叹气地骂车歪了！我放下车，赶紧过去帮忙，把散麦子捆起来，可是麦腰子干了，捆不成了。二哥看后边一串拉麦子车队站住。他怕挡路，把麦子往一边推，腾出路来，叫我们过去。我亲眼看着二哥眼里含泪，欲哭的脸。不能给二哥帮忙，我心里难过极了：是啊，我一地的麦子等着，我还要回去拉麦子。只说："二哥，您慢慢装，少掉些麦子。"

二哥苦瓜着脸说："你去忙吧，一地的麦子等着你哩。"

我拉车子进场，父亲和弟弟还是忙着垛垛，立山举杈，叉住麦个往垛上扔，他要举全身之力毫无保留地用劲，把他累坏了。下午有几人来帮忙，孩子他舅、舅妈、内侄、内侄女。五亩地的麦子要他们捆完，我、大哥、内侄三辆地排车拉，到最后累得我，数数地里的麦个，每人再拉一车，还有不少，感觉实在运不完了。我看三弟套小驴车，前后车挡板也在运麦子，装得多。我请三弟帮忙，最后他的运完，来帮我拉一车。

我说："三儿，你拉完后，还要帮我拉一车，我实在没力气拉了。"

三弟说："行！大哥没问题，我的完了就帮你拉一车。"

三弟的驴拉车是搞运输的，长尾巴大地排车，前后车挡，装得多，大约一车相当我两车。我一车拉十几个麦个，车上不上人，用绳煞紧，但走不多远，车绳就晃悠松了，好在一路平坦，谢天谢地，一下午运麦子，没散车没歪车。

立山弟在下边往垛上扔麦子，刚割的麦个含水量大，有三十多斤，一下午扔麦个累得他浑身出汗，快没劲了，已累得达到了极限。

立山弟跟叔叔过，叔叔是老矿工，弟在矿上招了工，在肥城国庄矿工作。感觉跳出农门，不错啦。5月人倍忙，弟家来帮助过麦。弟弟还是亲情，从农村走出去，没忘本，没忘初心。孝顺爹娘的弟弟，说："帮咱大大咱娘，帮恁干点，减轻点儿你们的劳动。"

最后他实在往垛上扔不动了，他说："哥哥，我没一点劲了，努得光放屁。"我还哈哈大笑。

弟弟说："哪怕有两个白水鸡蛋我吃了，也能再扔。"

可是累的人们忘了"加钢"的安排。最后三弟的驴车拉来一大车，麦垛也高起来，弟弟实在没劲往垛上扔了，就偎在了大垛下边，在大垛南边凑合个子垛。父亲垛垛也不轻省，毕竟上了年纪，估计累得连最后苫垛的劲也没有了。我看父亲在垛上疲惫的样子，一下午没休息一会儿，肯定累得够呛，说："大，别苫垛了，您太累了，下来吧，夜里还有雨吗？"最终放弃了苫垛。当年的天气预报也瞎胡闹，广播站的天气预报员很想说实话，可说不准，也就没人相信了。人人累得疲惫不堪也没注意天气预报的了。

那天大干苦干一下午，十个人，收到场里五亩麦子。

五

我们一干人马，到家九点多了，洗洗脸喝口水，稍事休息。喝点酒，白的啤的随意，晚饭质量也差不了，但食欲不振，吃不下去，饭后，送走亲戚，简单洗洗就睡了。困得我立马睡着了，打的呼噜山响。夜半睡梦中，"吧嗒吧嗒"的雨声，房檐滴答雨滴，砸得夹道里易拉罐响亮的"当当"声，惊醒了我们。我努力直起疼痛的身子，说："哎呀！坏啦！麦垛没苫。"我实在是没劲起床去场里苫垛。孩子他妈老梁一贯以吃苦耐劳敢打硬仗一不怕苦二不怕累一生艰辛著称，干农活勇往直前，冲锋陷阵，打头阵的她那晚也投降了，说："天明了再去苫吧，雨还紧下吗？"给自己找个不起来苫垛的理由。

早晨实在不愿起，可麦垛没苫，雨淋着麦子。当我努力起来，站在屋门口，抬头看天，天空阴得很匀，像口黑锅扣着大地。那雨淅淅沥沥地、慢腾腾地下得很认真。我们鲁西有"早晨下雨一天晴、夜里下雨到天明"的谚语，可是夜里下的雨，天明了也不停。我披上雨衣，往场里去，村路泥泞沾两脚泥。我到场里一看，麦垛淋得湿漉漉的，雨没停的意思，不苫垛会更糟。我先把苫子扔到垛上，爬上麦垛，下着雨一圈圈苫上垛。昨下午偎在大垛边的小子垛儿，几乎是一摊麦个子，淋透了，也简单苫上。

早饭后雨也不停，有一下而不可收的样子，哩哩啦啦慢条斯理地下起来。

人们夸老天爷爷会下雨。按常理，割了麦子下雨那太好了，那是好老天爷爷，麦茬地种玉米，及时雨。非常好的老天爷，上供磕头求不来的雨。雨是好雨，是万金难买的雨，是天上往人间撒钱的雨！真的！这场雨要省多少劳力？不用拉机器浇水，还省柴油、省多少钱。可是当老天爷的雨才坚持下了一天两夜，我们就慌神了。

下雨就不是下银元了，如同下刀子，雨滴似刀，刀刀割在俺农人的心上。

第二天还是淅淅沥沥地下，抬头看，天空阴沉沉，云彩厚薄摊得非常匀，没一点裂缝的地方，没给农人留一丝晴天的希望，心里开始祷告：老天爷别下啦，行了。可以种棒子了，您老人家现在住点儿，还是好老天爷爷，过麦过麦，还没大过哩，地里大部分麦子没割。但是雨的耐心耐力摧垮了我们脆弱的期待。

第三天人们还是披上雨衣、塑料布走到麦田或者场院看自己的麦子。割倒麦子的户看着躺地里的麦楂子淋透了，羡慕没割倒；麦子站在地里的，也羡慕把麦子捆起来的；麦子捆起来的没运出的羡慕运出地垛好垛的。

第四天和老少爷们儿见了面，都唉声叹气，抱怨老天："这是干啥啊老天爷爷，快睁开眼吧！"脚踩进地陷下去了，土地的含水量饱和，老天不是下雨了您是在下刀子，剐庄稼人的心！没割麦子的户沾沾自喜的脸色突变！麦子站着的也发芽儿了！老天在这会儿是公平的了。地里站着没割的麦子，割倒躺在地里的麦子，割倒捆起来麦个的，全都生了麦芽儿！我们的心彻底撒气。当快中午的时候，天空撕开点缝儿，老天露了点脸儿。眼看太阳露出来了，人们的心里一震，看见一丝希望。可是老天很快又闭上了眼。

七天七夜的雨下得人们，站不是，坐不是，躺不下，睡不着，走里走外地转悠，像在炼狱里煎熬，如坐针毡，像在热锅的蚂蚁，非亲历者没这种感受。

六

第八天雨停了，刮起西北风，云彩松散分手，懒洋洋地散去，老天终于睁开了眼。太阳露出来，人们也没特别高兴，人人心情沉重，心糟透了，麦子都发芽儿了，这生芽的麦子怎么吃啊。这是重大灾情，不可抗力的天灾。才过了一小半的麦还得过呀！我们再杠场，场里撒上干麦秸，套牛拉石磙轧场，清扫干净后，再晾场、晒场。然后摊麦子打场。我打头一场麦子，因为我麦子割得早，大部分没遭雨淋。

早晨就去场里拉垛，把麦个子均匀地分散到场里，然后解开麦腰子，然后抖开麦个子。过麦没好活就在这里。然后抖场，就是把麦个子抖开，抖得越匀越乱乎越好轧场，轧的场也好。抖场最累胳膊，累得酸疼。太阳晒个把小时然后开始一遍遍地翻场、抖场。我把权叉下去，用力抬起麦子抖动着，再翻个个，随后的人一个个的同样的劳动。翻场加抖场越是太阳毒越不停歇，这时晒的麦子越干，拖拉机也越好轧场。抖场也是考验人的活，一场麦子太阳晒得储存了热能，人站在场里，上晒下蒸，那个热可想而知。太阳下晒得胳膊通红，双眼生满眼屎。这是我的极限标志，再热就中暑。拖拉机带着石磙在麦场里转圈儿轧场，拖拉机是按号排的，张三李四王五地挨着来。眼看轧麦子的最佳时间都排满了，我为没拖拉机犯愁。

忽然大叔开着手扶拖拉机来了，拖拉机安着收割机。他是带着收割机割麦子。

我大声一喊："大叔，往哪儿割去？"

他摘挡，下来车，跟我说："有几户喊我来割。"

俺俩说了几句话，说话间我说："这不为没拖拉机轧场犯愁哩，排号要等到下午五六点，那时太阳也不大毒了，晒好的麦子会返潮，恐怕轧不好了。"

大叔知道了我为没拖拉机轧场作难，说："爷们儿，那还不好办呀！那咱也轧啊！我把收割机卸下，挂石磙。"

我说："你不是给人家去割麦子吗？"

大叔说："他们的晚割会儿，把场轧了再去，你的场摊着哩。一会儿就轧好。"

大叔这句话让我感动。说什么啊？什么都不用说，说什么都苍白无力，此时无声是最真诚的感谢。

二话没说，大叔把车开到场西边树荫里，他扳子钳子拆卸收割机，用多半个小时！把车头上安装的收割机卸下来，安收割机也挺费劲，收割机的升降，靠拖拉机后边的油压升降机联动，两根金属长臂接到收割机上，挺复杂的一套机械装置。大叔把收割机拆卸妥当，再去拉石磙，拖拉机后边安装好石磙，拖拉机"突突"地开到我场里来。小女儿、父亲他们欢呼了一下，都高兴地看大叔转圈轧麦子。大叔真是及时雨，不然今天轧不好麦子。按号排要半下午开轧，起场就晚了，麦粒扬不出去，要倒出场去，不能耽误明天下一户轧场，这是队里的规矩。

这让我想起那年也是过麦，我汗流满面地挥镰割麦，当割了一半，遇上四队的收割机路过此地，跟人家司机手说好话，麻烦人家给帮帮忙，人家司机手也是善良人，经不起我几句好话，把车开到地里，给我割倒那一半，省大劲了。可就是麦子晒了一地。当年还是小型收割机，不会脱粒，割倒的麦子歪到一侧，那我们也觉得享福了，不用弯腰撅腚地一把把地割了。可是往场里运麦子犯了愁，如果捆麦个子，三个劳力，还需一晌时间；再装车拉出去，垛到场里，还需一晌。这样里外里就是一天的时间。我想整个省劲省事的，那年也是请大叔帮忙，我给大叔说了此事，大叔没犹豫，立马派他俩儿子开拖拉机带大拖斗来了，给我运散麦子。那年小弟才八岁，小弟开拖拉机，坐到驾驶座上几乎露不出头来。大弟弟在车斗里踩麦子装车，我和孩她妈每人一杆权，又散麦子扔到车斗装车。忙活一上午，下午扫零尾运完，到天黑给大叔送拖拉机才知道，今天是他父亲——大爷爷的周年忌日。后悔，不该请大叔帮忙。咋不知道这个大事呢？也没送纸。反正也是因为过麦忙，估计知道的不多。每每我想到这里，大叔帮忙过麦的人情大啦！请大叔吃烧鸡喝酒都不为过，可惜两位小兄弟，从早忙到天黑连我的酒都没喝，仅仅吃点饭，就开拖拉机走了。

大叔给我的场轧了两遍，把麦子翻过来又轧了一遍。这就叫"头遍场"。麦粒基本轧下来了，再打"二遍场"也没多少麦粒了。大叔把车开出场去，在树荫里卸下石磙。我帮助大叔重新安装好收割机，他说："爷们儿你们起场吧，我走了。"大叔发动着车，给别人割麦子去了。

我赶紧抖场，把轧的麦秸抖动几下，麦粒落下，剩下麦秸。然后起场，敛着麦秸集中到场边垛麦秸垛，等头遍场轧完，再轧二遍，那剩的麦粒就很少。垛麦秸垛更是技术活，麦秸滑溜溜，父亲站在垛正中间，周边都用权扔麦秸，最后把碎麦秸弄到顶上，苫上苫子。起场也要抓紧，所以说过麦的活没慢的，统统都是抓紧。堆起来如果有风好抓紧扬场。用推耙、耧耙堆麦粒，扫帚扫，集中到场中间，风来了扬场。我轧的麦子是没挨雨淋的麦子，色好，蜡黄色的甚至透明。挨淋的麦子都生芽了，叫芽麦。磨面也算白，就是蒸馒头面发不开，光黏糊糊的。

我大垛顶挨雨淋的和子垛雨淋的麦子，要另起一行，抽空专门轧芽麦。

"爷们儿，给我留点麦子，当麦种。"

我当场应允："好的，没问题。"

兄弟爷们在场里就定下了口头约定。

堆好了麦粒，该扬场了，风却没大劲儿了，老天爷把风门关了。有风咱连喘口气的时间都没有，那放下扫帚就把木锨抓手里啦。我象征性地撮下麦子往天空撒去，又原位落下来，飘一头麦糠。没风！其实我们都累得不愿意走路了。没风正好回家吃晚饭，有风可能连饭也吃不成，要抓紧扬场。

七

回家洗把脸吃饭，虽肚子饿，但不愿吃，累得手拿筷子没劲。我吃着吃着饭闭眼困着了，"吧嗒、哗啦"筷子馒头掉地上了。我睁开眼，拾起筷子、馒头，没吃多少晚饭就睡了。

睡梦中被惊醒，孩他妈起来了，喊上小女儿她俩往场里去了。肯定是扬场去了，如果早晨麦子扬不出来，要挪场，就是要把麦粒运出场去，给下一户腾场，人家轧场。挪场也是折腾人的活，基本是无用功。我睁睁眼，努力挣扎着起来，往场里走去，路上陆续碰到赶活的弟兄、爷们儿们。

晴朗的天空，星星眨眼，挂在西天的月牙，这幅夜景是美妙的，我疲惫的身心毫无感觉，若在平常会生发出诗人般的语言赞美。老天的恶气出了，久阴就会久晴，今后会有一段时间的好天。

我走到场里，父亲已经扬起来，孩他妈用新扫帚掠场，就是把没轧好掉下来的整麦头、半拉麦头、麦余子掠出去。过麦的场是不夜场，时时刻刻，整夜每个时间段都有赶活的人。这说明父亲他们半夜前没睡成觉，还不是一会儿看看天，一会儿看看起风了吗。东方，天蒙蒙亮了，大约三点的样子，老天爷爷又一次把风门关了。老天爷真有水平，说没风一丝也不给了，扬场被迫停下来。父亲仰脸看天，叹气：一场麦子都不叫扬完。麦子扬得里一半外一半，我躺在麦粒上闭闭眼，睡会儿，等早晨看起不起风。我睡梦中被夸奖麦子的爷们儿喊醒。

"起床了，麦子少了两口袋，你不知道！光睡觉。"

我笑了："哈哈，少吧，就两口袋，谁吃不是吃啊。"

红红的太阳出来了，火球一般，太阳一露头就发威，热得人早晨也出汗。阳光一照蜡黄的麦粒透亮，籽粒饱满。四哥抓手里，掂掂，沉甸甸的，一咬"嘎嘣"响。

"兄弟，换你点麦种，我的生芽了。"

"好的，四哥。"留麦种、换麦种的在场里就约定了。没风了，剩下半拉麦粒没扬出来，要挪场，挪场也是累人的活。

"好事总不能让你一人摊上吧？哈哈哈！"

四哥一边夸麦子好，一边开玩笑。

我说："那是，老天爷是公平的，也得让我费点劲。"

把麦粒装车子一趟趟运到场边儿，不碍事的地儿，给别人把场腾出来。再等轧场的户把麦粒堆起来扬场时，咱再把麦粒运回来扬。这不是倒腾人吗？没办法的事。

晚上吃饭时起西北风了，哎呀，老天爷爷真会起风，我们放下碗筷，往场里跑去，真是跑着去的，争分夺秒嘛！跑到场里，别人都扬起来了。我抓起木锨扬起来，父亲挥舞大扫帚掠麦余子。别人扬场刮过来麦糠，落得一头一脸，也顾不了那么多了。怕眯眼就闭上眼，只要往天空扔麦子就行，大干一个多小时把场扬完。再把麦粒装袋子，然后装车。现在虽然扬完了场，站一站，休息片刻，但还不能回家，要把扬出来的麦糠用花包兜起来，一趟趟地运到场边，堆好，这麦糠是喂牛的上好草料。一个场扬了三次，才扬完，也创了扬场次数纪录。然后是装麦粒儿。撮簸箕也是累活，弯腰撅腚地用力。一堆麦粒装四十几袋子，把袋袋麦粒装地排车再一趟趟运回家来，晚上十点半了，还没吃饭，我累得已瘫软，浑身散架，坐下就不愿意动。但心里是欣慰的，总算打下麦粒来了，收到家来。再找时间轧雨淋的芽麦，至此今年的麦，过得暂告一段落。

下一个节目，是十天后了，交爱国粮。生产小组会计已通知到户：拿着通知单，直接去镇粮油管理所交麦子。

母亲为交爱国粮纠结，不知该怎么应答，问父亲："爱国粮怎么交？"

我和母亲期望地，眼巴巴地看着父亲决断。

父亲眼睛看着南墙，心一横，咬牙说："二百七十斤，交好的！"

原载《山东文学》2024 年 11 月号

过 秋

一

过秋跟过麦没法比，过麦似跑百米，过秋马拉松，拼的是时间耐力。过秋可以今天过，也可以明天收，如有事情，再晚个三天两天，也没大损失（不过也有意外）。这就是过秋的优越，甚至过秋有娶媳妇的，说明过秋心情舒畅，还有精力去爱。过麦可没心娶媳妇，也不敢娶媳妇，如果要硬娶，恐怕村上也没人帮忙，所以没时间娶媳妇，媳妇在那儿闲着也不能娶，没时间去爱。过秋的日子，哩哩啦啦俩月，有一年麦秸还没合垛，劈的高粱叶就进场了。秋追上来了，大约白露就算过秋了。谚语：白露早，寒露迟，秋分种麦正适时。当年地薄，白露就有种小麦的。还有农谚，白露耩沙，寒露耩洼。

"白露打枣割谷子。"老天爷怪得很，不打枣它不下雨：打枣哩，需要晴天，它下雨。有时还连阴，怎么晒枣哇，屋里堆着会酱爆，天晴再晒也不中了。变质枣坏味，只能低价卖给"枣场"。"枣场"里把枣煮熟，再熏成乌枣，卖高价。谷子对雨不那么怕，割的谷子运到场里垛成垛，苫上苫子，不怕雨淋。

空气里弥漫着庄稼成熟的气息，绿皮微黄大棒子的清香，裂出来歪歪着吸引人；地瓜拱窝甜味裸露着肚皮朝外散发；大豆串串胖荚，快撑爆了；狼尾巴似的谷穗儿弯腰思索什么；棉田像落了雪，白得耀眼；棉花地夹带的芝麻，也快黄荚。芝麻寓意，形容我们的幸福生活，芝麻开花节节高。

队长派我跟四叔、三歪晚上护坡，看医院南边高粱，防丢秋。母亲叫带上厚被子，有露水冷。高粱长得好高，开始晒红米，高高举起一片火把，煞是喜人，丰收定了。

说是去看高粱，其实是造舆论，家南地里高粱有人看，别去偷。一般偷庄稼都是本村社员，外面的不敢偷。看高粱的舆论造出去了，本村也没人偷。

三歪对晚上护秋有点儿小情绪，不愿意晚上看坡。

关键是前段时间修路，"拐来"的媳妇过得正有滋有味地黏糊，实在舍不得小媳妇热被窝。家里放着漂亮的小媳妇闲着，三歪扛着被窝卷儿往地里睡去，多没劲！再者三歪不挂着家里的吗？

三歪迟迟疑疑地不愿意离家，小媳妇眼睛里含水量超标了。我建议三歪，你走时把门锁上不就得了。三歪说，你这点子不行。我说，你试试嘛，征求三嫂子意见，看她愿意不愿意叫锁门。如果愿意被锁，和不愿意被锁表情是不一样的。三歪媳妇对三歪的意见不屑一顾，说，老三，你愿锁就锁，不锁拉倒，无所谓！三歪就采取了间隔式管理法，门有时锁有时不锁。

我们第一次上岗，扛着被子来到医院附近，四叔以领导人的口气布置睡觉问题。他对俺俩说，咱在医院门诊大厅睡，谁起夜，就到墙边往南看看就行，在高粱地头睡，夜里露水大得很，能把被子打湿。我们说，四叔俺听您的，您说咋睡咱咋睡。四叔就高兴，觉得我们好领导。四叔当领导，有尚方宝剑。临出发他问队长，俺三人看坡谁负责？队长说，老四你负责。四叔在大队民兵连是正排级干部，民兵正排长。四叔目前正在紧锣密鼓地相媳妇。他媳妇倒是经常相，结果回回散。他对三歪采取非正常手段弄个媳妇，表现的是营级风度，不屑一顾。

一天晚上，下着毛毛雨，我们刚在医院门诊大厅安排好铺，睡下，听着拉地排车急匆匆的脚步声，和"快喊大夫！快喊大夫！"怪腔怪调急咧咧的喊声。

我跟四叔、三歪起来，原来是同学荣占玉媳妇难产，从家拉到公社卫生院。他媳妇在地排车上"哎哟哎哟"地叫唤。

助产士小张被喊来，小张大夫（我们都这样称呼她）掀开被子看荣占玉老婆的肚子，听诊器听听。小张是昌潍医专毕业，响应毛主席把医疗卫生工作的重点放到农村去的号召，来到公社卫生院。我们都曾是学生，好沟通，是熟悉彼此情况的。我问，张大夫怎样啊？她说，咱院里条件有限，处理不了大问题，她需转上级医院。

我跟荣占玉说，听张大夫的，抓紧打电话联系救护车。当年公社别说汽车了，连手扶拖拉机也没有。电话通了，专医院的救护车已开来。张大夫说，救护车虽然来啦，但车只能到许庙，因为油漆路刚铺到许庙。从公社到许庙十里路才轧好三合土，不让跑车，何况还下着雨。那会儿修路的土过筛子过箩，认真得很，不准行人车辆通行。看来必须抬担架。

张大夫说，恁几位帮帮忙吧。小张弄来担架，把产妇抬到担架上，四叔、三歪此时已摩拳擦掌了。张大夫背上药箱随担架，不时用手电照照产妇。那晚老天也发难，我们刚出医院雨下得比毛毛雨大了，抬着担架一路小跑，人命关天，两条命啊，我们仅用四十分钟就跑到许庙，救护车已打开后门，迅速把产妇抬上车，车立马关门，朝南疾驰而去。张大夫和我们回来，夸俺们助人为乐。荣占玉是同学，就是不是同学也会伸出援手。回来把湿衣服脱下，晾到大厅栏杆上。

我问四叔，还用往南边看看去吗？

四叔说，不用看，偷风不偷雨。

你说啥？四叔。

爷们儿，你这就不懂了吧？小偷下夜，雨天是不偷东西的，刮风的天偷东西。

我赞扬四叔知识面宽，懂的真多，四叔挺受用的模样。一夜无话。

二

队长安排全队社员收春玉米。早秋的玉米已麻花皮，先期是劈玉米叶，把叶子劈下来喂牛。一望无际的青纱帐，当太阳快落山时，我们劈叶子，斜着胳膊夹着玉米叶来到地头，好凉快啊！

抬头看初秋的天空透亮瓦蓝，地平线辽阔悠远。博大慈祥的鲁西大平原摇曳着、鼓荡着、喧哗着向我们袒露出丰满、迷人的秋色。谷子金灿灿、高粱红彤彤、棉花白生生、白菜绿莹莹。回身看郇杨沟水清澈透底，鱼儿追逐，翻出浪花儿，丰收的喜悦，人人脸儿红红的，几片白云掉进水里，醉成红艳艳的晚霞。

三歪和小媳妇劈玉米叶俩人挨着，怕别人乘了工作之便，没边的玉米地、高粱地，青纱帐里若藏起个人来，还不容易。

明天男劳力倒玉米，带板镢子。妇女掰棒子，带篮子。队长早早敲钟，父亲和男劳力集合差不多了，开始下地。来到玉米地，队长分活，每人倒八垄玉米，放一趟椟子。地干硬得很，一手抓玉米秸，一手抡板镢子，要用尽全身力气，抡起倒下，三下五下，才倒下一棵玉米。手里抓几棵玉米，板镢再敲打敲打玉米根上的土块，然后顺着一垄玉米放下，整齐，便于掰棒子。

早晨仅来几个妇女掰棒子，多数的女人在家做早饭。倒了大约一个钟头，队长喊，收工，回家吃饭。早饭后还是倒玉米，我跟四叔大干一天才倒完三分之一，磨得手心起了血泡。妇女掰棒子倒是能跟上速度。妇女掰棒子一棵一棵地掰，放一堆装车。

队长派三歪套大车拉玉米，老牛破大车，木轴木轮子，大车两头装花包包的玉米穗，车厢装散玉米，虽是老牛破大车，也把一天的劳动果实一趟趟运回场里，堆成长长的堆。粮食保管员搬来苫子，玉米堆苫上苫子，苫子防雨，由谷子的秸秆打成。

当晚就增加了看场力量，我和四叔也在看场队伍中，高粱收割，运到场里，我们就没再去医院睡觉。当晚带草席、被子，睡在场屋里啦。说是保卫，其实光睡觉。一夜记三个工分，挺划算的。小光棍儿、老光棍儿、困难户都愿意去看场。

玉米收了三天，场里三堆玉米穗，都苫上了苫子。晚上队长敲钟喊，社员们都去场里剥玉米，男女劳力、上年纪的、上学的娃娃都去剥，按剥得多少开工分，玉米皮留着队里喂牛。只见灯笼火把的社员们来到场里，都各自找地儿剥玉米，最后玉米穗过秤，按斤数开工分。晚上这就给塞玉米的人提供了方便。穿上大褂子，往腰里塞玉米穗，塞一圈十几穗玉米。走路大大方方还看不出来。

第二天晚上队长安排妇女队长检查，实际是翻，看有塞玉米的吗。妇女一看检查，赶紧把玉米从腰里拽出来，扔到堆上，腰带松了，重新系紧，干这事的主要是妇女。队长说，不检查，这一晚要丢多少玉米？妇女队长也笑了，这种事都是老娘儿们干的活。

三

棉花开得白花花。这是植棉组的高产田、试验田，六十亩棉田，除去夹带套种的芝麻、大豆，也有四十亩棉田。这是俺菜瓜刘村的银行，全指望这些棉花变钱呢。全村社员一年的花销就靠它了。

植棉组十人，七个姑娘，三个小媳妇，春芬是植棉组组长。从整地到播种、出苗、间苗、追肥、治虫、整枝打杈，到收获，就她们十人。另外还有公社革委的居大牙秘书。他因为长两颗长长的门牙，得此绰号。公社分来他帮包我们队，队长说，居秘书今后您除了领导我们之外，就专包植棉组吧。居大牙说，我咋是你的领导啊？是来配合你工作的，侧重植棉组行，光包这一样省心。队长说，居秘书您是领导错不了，别谦虚。他说帮包，还真帮助植棉组要来化肥、农药，让试验田吃了偏饭。植棉组人均管理四亩棉花，现到了收获季节——拾棉花。十朵金花扎着包袱，开在棉田里，煞是好看。居大牙夸奖说，咱十朵金花开满地，比电影《五朵金花》多一倍哩！

居大牙帮助拾棉花，有一搭无一搭，女青年都腰里扎包袱，居大牙不扎包袱，拾一把棉花就直起腰来，小眼睛东瞧西看，然后递给附近的女青年。女青年接过居大牙的棉花，塞到包里，对居大牙一个微笑，居大牙回个笑脸儿。女青年都愿意挨着居大牙拾棉花，因为最后过秤会多一些，工分自然要多记。

几天来，居大牙忙于搜寻。他思忖拾棉花是绝佳机会，往女人棉包塞棉花，不易发现搞地下活动。

棉花开得最好的那些日子，居大牙这事被治保主任发觉。一天晚上治保主任检查棉田，他听着里边有响动，这回碰上偷棉贼了。治保主任藏在棉棵子里，蹲守，等偷棉贼出来，抓个现行。

等了个把钟头，偷棉贼从棉田里露出头来，观察周边情况，发现没人，他俩才一前一后走出棉田。治保主任大喝一声：哪里去？！伸手抓住男的，哈哈，两口子来偷棉花，胆儿不小哇！跟我去大队部。把他俩吓坏了，跑已不可能。居大牙对治保主任悄悄说，我是居秘书！治保主任一愣，夜里看不清，还真不是冒充：你深更半夜地跑棉田来帮包啦？

治保主任问居秘书，那是谁？居大牙不说，光那、那、那地哼哼。治保主任急啦，说，走去大队部里说清楚吧。居大牙此时硬了一点儿，说，主任，我是公社的，咱低头不见抬头见，抬抬手让我过去，你以后说不定要用上我。居大牙一说这，治保主任的防线崩溃。居大牙掏出包烟塞治保主任兜里，又掏出十元钱，说，老哥你买瓶酒喝。

几天后公社里把居大牙召回，棉花已到收获期，暂时不用帮包植棉组了，回公社上班。治保主任没声张，他仅跟大队长说了居大牙不检点的影子。大队长跟公社主任说了居大牙不适宜再帮包植棉组，公社就召回了居大牙。此事治保主任办得有人情。

四

队长安排场园边树林子里开始盘锅，大土坯垒一圈锅灶，放上大号锅，烧水。旁边支大案板，打冬瓜皮，挖瓤，切碎块，推锅里煮，开锅了往锅里搅面糊。临出锅放盐放棉油，厨师一搅和，漂在汤上面。一家一户打一盆子冬瓜汤。“三秋大忙”秋种的序幕拉开，中午全队社员在场里吃饭，各家各户带干粮，笼上熥，集体喝冬瓜汤。这个阵势就呈现出紧张的状态，也是造舆论的一种形式。

我和四叔拉地排车，往玉米地运肥。在粪坑沿装肥，人欢马叫，上午运完一块地，后边紧跟着撒肥，下午手扶拖拉机开始犁地。下午我们朝另外一块地运肥，走到犁地的地方站下，稍事休息，看拖拉机犁地。拖拉机本身带的起降犁坏了，现拉个单轮单铧犁，社员手扶犁把，跟随拖拉机。我真不敢恭维扶犁的社员，犁的地七扭八弯，拖拉机一侧的轮子走犁沟，歪歪着行走。

扶犁的是三歪，我说，三歪犁的地也不直。三歪说，跟拖拉机不好犁，不信你犁犁看。我说，犁犁就犁犁，我一趟把所有的弯儿取直，你信不信？我首先审量地里的标志物，要三点一线，绝对能犁直。拖拉机开动，我扶犁把，眼盯着犁托和前轮儿跟标志物在一条直线上，犁过去一条线，没弯儿：你顺着我犁的犁沟犁吧，笔直。三歪、拖拉机手看我扶犁犁的地服了。扶犁就是眼力问题，咱不是吹。

土地平整好，在播种小麦前，要打畦子。队长把全队的男劳力调来，打畦子。畦子埂要直，就是这个直，难坏了队长，他开始用玉米秸三点一线地比画，看玉米秸三棵也在一条线上。队长手抓铁锨柄，冲着玉米秸冲条直线，然后往直线上培土。可是他就是冲不直，有弯儿。

我抓住铁锨柄头儿，盯准前边的玉米秸，屏住呼吸，一口气跑到玉米秸，累得气喘吁吁，回头看，冲的线笔直。队长过来看，哈，真直。

他伸大拇指，表扬，说，真有你的，你还呼呼跑着冲，我们慢慢地冲，没你冲得直，你是什么技术哇？

我其实没什么技术，就是眼睛死死盯着前边玉米秸，屏住呼吸，别缓劲，一气呵成。三百米啊，在暄土里跑，虽然累点儿，但是冲的线直。

队长说，爷们儿，咱商量个事，我看这样吧，你别培土了，你专干冲线一事，行吗？

我说，叔，跟您爷们儿还用商量啊？您说了就是圣旨，没问题，就是比干别的活累得慌。

队长说，爷们儿，累点儿，给你加工分，一天加五个工分，给你十五分。

我还能说什么啊？工分都给增加了。

我就专门跑畦子线，真的是跑线。我不跑，慢慢地冲，虽然喘气匀溜，但也冲不直。说到底还是眼力的问题。眼力、眼力，就是有眼力。

那年我自己跑的畦子埂，条条笔直，播种小麦的三腿耧，耩得漂亮啊！麦子出土了，碧绿的垄垄麦苗笔直，顶着点点露珠，阳光普照，亮晶晶的煞是好看。

在秋种的关键时候，公社召开秋种现场会。参会人员，路过此地，公社主任骑着自行车看麦苗看直眼了，下来车子，夸奖，这地耩得真棒啊！随后的全公社大小队干部、管区负责人、公社有关部门负责人，包括居大牙秘书在内浩浩荡荡几百人的自行车队，都下来车子观看出土的麦苗，比现场会还热闹。我队的小麦播种质量全公社出了名。

五

公社秋种现场会后，为了加快播种进度，请拖拉机来帮忙。队长找公社居大牙秘书帮忙跟主任说说，居秘书是很开面的，还帮助联系拖拉机站，拖拉机请来了。

队长奖励我冲畦田埂有功，为此他受到公社主任的表扬，很是高兴，安排我跟拖拉机站耧。队长说，拖拉机犁地，你跟拖拉机站耧吧，吃饭跟拖拉机手一块吃。这上上等的美差第一次降临我身上。我说，谢谢叔，我站耧去。

站耧虽然跟拖拉机手吃一锅饭，但是很辛苦的活。我提前做好防土准备，毛巾包头，脖子围围脖，戴棉口罩，戴风镜。我提前顺好耧，站上去，跟随犁跑起来。"东方红-54"链轨车，速度不慢。拖拉机过去，暴土扬场，尘土好像专门包围站耧人，一响下来真正的土人。全身除去眼睛里没多少土，其他地方全是土。浑头抹脸的土，摘掉毛巾、解开围脖，抖土。摘下口罩、风镜，脸洗三遍，还不干净，喝口水漱漱口，吐掉，再漱再吐，还土腥味。

拖拉机手换班，我被另一个站耧人替换，跟随拖拉机手回村吃饭。来到队长家，厨师一爷早做好了饭，炒白菜、煎豆腐，还有盘老咸菜。一筐子高馍馍（手工搓的长长馍馍），面条刚下锅。香味四溢，直钻鼻子，这种味道只有路过供销社饭店，才能闻到的香味，马上要亲自品尝，吃下肚去了。多好的饭菜啊，只有过年过节，才能吃顿好饭食的我早已摩拳擦掌，挽袖子等拖拉机手入座，就开家伙。我是陪吃饭的，有自知之明，不能狼吞虎咽，要有人样，可多吃馍馍少夹菜。白面条给拖拉机手盛上来，我自己端碗去盛面条。根根顺溜的面条游在汤碗里，漂着葱花油沫，散发着甜丝丝香喷喷的气息。这种面条，也只有感冒发烧，没食欲，才能吃到母亲给做的病号面。站耧也有夜班，随拖拉机走，苦是苦些，但吃得好，顿顿改善，一天记十五个工分。这若不是队长开恩，多少人觊觎这等美差，是捞不上的。想来想去，平衡了心态。

夜里两点，我刚换班，犁了一遭，拖拉机突然熄火，停下不走啦。司机下车检查，我过来给司机打手电，他也没怎么拆卸部件，感觉问题不一般，一时半会儿修不好，说，回家吧。我回牛棚睡觉（牛棚是队里的大院子，除了喂牛，还有若干粮食、农具仓库，办公处及接待上级来人的闲房子）。你回家抱床被子来，在驾驶室睡，给看车。我们一起回村，他去了牛棚大院。我回家抱被子来，在驾驶室睡觉，秋夜定了还是很冷的，虽然被子裹得紧，但还是冻得打寒战。

我懊恼极了，没福气，好生活才刚刚开始，拖拉机一坏，还能去吃拖拉机饭吗？虽不累，但晚上在拖拉机上受冻的罪真不好受。早晨我低垂着头，不，耷拉着头，扛着被子回家，动作缓慢得像一场修行，时间在我的脚板与土路的接触之间，仿佛被无限拉长了，一堆堆收割的玉米秸被风吹得呼啦啦响，等待我这位倒霉人的经过，和行人打招呼是简单的问候。我连续地默念，真倒霉、真倒霉！我抬脚落步脚掌接触坚硬的大地。我踽踽独行回到家，放下被子，洗脸准备吃早饭，这时形势发生了重大转折，向好的方向急转直上！

站耪的另一个伙伴，来我家喊我，走哇爷们儿。

我问，干啥去？等我吃了饭再去。

同伙儿嘻嘻笑了，说，走，吃饭去呀！咱还跟拖拉机一块吃。

我跟伙伴儿出来家门，问，是真的吗？别让人家笑话咱没吃过饭。

他说，是真的，队长叫我来喊你的。

我才放心往队长家走去。队长想得周到，我们在地里看拖拉机，没做什么工作，自觉应该在自己家吃饭，他派伙伴来喊我，虽没站耪，也去吃拖拉机饭。而且现在的饭菜水平没减，仍然炒得菜满醋满油，中午甚至还喝点小酒儿，当然我是不碰酒的，这点规矩咱懂。如果大吃海喝，端杯"嗞儿嗞儿"地灌，拿自己不当外人，弄得脸红脖子粗，队长会不悦，说不定会结束好饭的进程。在桌上，咱不光不喝酒，而且还抓酒壶给司机和队长斟酒。他们喝一盅我满一盅，这点眼色咱还是有的，司机、队长让我喝点儿，我一盅不动。他们则哈哈大笑……看来我为吃口香饭，显得卑微了，转念一想，队长是叔辈之人，理应敬上，况且拖拉机手是客人，应该礼貌待之。我不劳动，吃好饭、炒菜，还一天记一天半的工分，这一想我就坦然了。

我正云里雾里胡思乱想之际，拖拉机手大声说，老弟，咱喝一盅，把我从思绪中拽出来，一看队长叔和师傅都捏着酒盅，要我喝一盅。

我尴尬地笑笑，说，师傅我不会喝酒，您喝吧。

队长叔也附和，说，爷们儿，师傅叫你喝一盅，就别推辞啦。

拖拉机手是中国七八十年代的高级公民，有工资，下乡犁地单位发补助，生产队犁地管饭，不收钱和粮票。这不是纯收入嘛！多好的工作呀。吃香喝辣，优越感倍儿足，看他那一脸流氓无产者似的笑意。笑我不敢喝酒！我想，你别挓挲，别张狂，别忘乎所以，不知多少年后我能管住拖拉机手的。现实很悲哀，至今过去几十年了，我仍然管不住拖拉机手。还一悲哀，喝酒训练几十年啦，酒量始终没得到提高，还是一盅的量。当年我喝了一盅，浑脸蒙红布样，但咱器宇轩昂地走出厨房……一爷看着我离去的背影，心里点赞，这小子还有骨头哩。

拖拉机修了五天，我们跟拖拉机手吃了五天好饭。

那次酒后，我跟队长提出，叔，俺不跟拖拉机手一桌吃了，我跟老一爷在锅台上吃，反正一样的饭，都是高馍馍，在哪儿吃不一样。队长叔批准了我的请求，好的，反正你酒量不行，在下边吃也行。

这中间还过了个八月节，饭食是好上加好。队长跟司机手喝酒，一爷给他们炒了几个肉菜，炸了花生米，酒喝得热烈，司机手喝高了，脚蹬着桌子枨，猜拳行令。俺吃的猪肉大包子，一兜肉，那个香呀顺嘴流油，没法形容，吃几个忘记了，咱没喝酒。不喝酒享福哇，光吃肉包子。

善良的老一爷看人都走了，说我，给恁母亲捎两个吧。我说，老爷爷不啦，俺家也包了猪肉包子，不捎了。如果给母亲捎俩包子，我虽然孝敬了母亲，可是此事不好，数量不多，但性质严重。那次看问题还是比较深刻的。当然咱家的包子质量跟一爷的包子不好开比例。咱家包子是象征性的猪肉，一家人最多买一块钱的一斤半猪肉，分配到几十个包子里，少得可怜，但也是有猪肉味的包子呀。

六

我们家乡下雨大致分几种类型，有正大光明的，狂风裹挟着积雨云，从西北方马队般浩浩荡荡地奔涌而来，电闪雷鸣、雷闪鼓轮，向人间宣战，我要下大雨了、下暴雨了。也有雷声大震耳欲聋雨点儿小小的，也有速战速决疾风暴雨。

还有一种雨像做贼，偷偷摸摸、悄悄地、慢悠悠地洒向人间的连阴雨，号称"秋落落儿"。这种雨是很烦人的慢条斯理，瞎庄稼、漏房子、没吃的、缺烧的，弄得人人愁眉苦脸……

这年过秋连阴雨就是这样悄悄开始的。早晨飘着细雨，天阴得黑锅底似的，看样子蓄势待发，后劲十足，老天爷在天上储存了很多水。确实像父亲跟社员研判的样，早饭后开始逐渐加大，"啪啪"地响起来。

老天爷真好，地里需要水了，就下雨。秋种的墒情不足，小麦喜欢墒情好。有的地块需要浇水造墒，那么雨一下，就解决了墒情。社员个个心花怒放，夸奖老天爷会当。

老天爷是不好当的。也有不喜欢下雨的，就是场间的玉米堆，开满地的棉花也不喜欢下雨。棉花是没办法的事，淋了雨太阳再晒。场间粮食队长发愁了，虽然玉米堆苫着苦子，下小雨可抵挡一阵，像这样认真的大雨恐怕坚持不了几天。

雨下到第二天社员们就犯愁啦，厨房存的柴火不多，做饭快没烧的了。

雨下到第三天，绝大多数房子开始漏雨，土房子房顶泥的泥，经不住这样连续阴雨。甚至还有倒塌房子、歪墙的。母亲在屋里漏雨处放盆子接水。

第四天母亲发愁，做饭没烧的啦。父亲让我去供销社的支农站买点煤，拉地排车是走不动的，满大街都是水、泥。没有雨靴，我光着脚丫子，背粪篮子，戴草帽，披麻袋，踩着泥，蹚着水，脚丫子在泥水里痛苦地扭动，冒雨前行。

还好，支农站有值班的，我买四十斤煤，装了一篮子，过磅秤，滴滴答答的水从篮子里漏下来，人家是不除去水分的，怎么除水分啊？按多少水分除啊？咱理解人家的难处。全中国最难的、最没地位、就数社员了吧。我几乎水人儿一般地背着煤回到家，母亲看见我浑身泥汤的样子，心疼地说，我的儿嘞！

各屋里漏得普遍了，几乎没有不漏的房子。把所有的容器，盆盆罐罐都用上。夜里睡觉在炕上找一点干地方，坐着睡。

第五天早晨，队长敲钟"铛铛铛"的紧急风般的声响，吓我们一跳。他喊，都到场里分玉米、都去场里分玉米穗！他连续喊了三番儿。父亲母亲我三人拉地排车去场里分玉米穗。街路上满水，泥浆，拉地排车艰难地行走，轮胎沾一圈泥，变成加重轮胎。走到场里累一身汗，脸上汗水混合了雨水，流下来。

队里实在没办法了，五天雨已把玉米穗淋透，再不采取措施，会生芽子，就烂掉了，全队社员的口粮泡汤。没粮食吃什么？口粮是天大的事情。能去逃荒要饭吗？不能！

生产队请示大队分玉米穗，大队做不了主，请示公社，只有把雨淋的玉米穗分到社员家，才能保住粮食基本不坏。雨还在继续下，没停下的意思。居大牙秘书网开一面，帮助大队做了工作。公社批准大队的意见，暂分到社员家，家家户户晾开，能保些粮食。生产队就给社员分雨淋的玉米穗，留下标本，晒干一斤雨淋玉米穗出多少粮食，小队决定每人暂分一百斤穗，粮食数将来由会计折算。

当保管员卷玉米堆上苫子的时候，社员们看着苫子早已饱和地流水，苫子苫玉米穗简直就是一个笑话，像掩耳盗铃的寓言，玉米穗早和苫子同病相怜了。

会计掌秤，俩社员抬，用大扎篮过秤。我家分得六百斤玉米穗，口袋装满堵住车厢两头，中间装散的，我和父亲母亲三人奋力拼搏，推着、拉着泥车子前进了几十米，实在走不动，车子陷在泥里，泥轮胎粘着车厢，寸步难行。

请示队长借队里黄牛帮助，队长批准。父亲去牛棚牵来黄牛，牛套搭在黄牛背上。黄牛不知道有那么艰巨的任务等它去完成，它大摇大摆风清气正地走在水泥路上。黄牛是队里最有劲、干活最棒的霸主。来到车旁，父亲套上黄牛，套挂在车轴上，倒拉牛，我驾辕扶住车把，父亲牵住黄牛，"嘚驾！"吆喝着用劲啊，在泥里水里推着拉着地排车。地排车已成了泥车，我和父亲成了泥人，裤子湿半截，泥浆把鞋粘下来，干脆脱下鞋，光脚丫艰难痛苦地行走。

当走到街里车子重得黄牛也拉不动了，因为泥轮胎自动刹车，不转了。我们只得停下，找木棍儿把泥圈弄下来，才能走一段，这样连续弄了几次，才把玉米穗拉家来。玉米进家就是自己的口粮啦，我们一袋袋弄到屋里。

母亲父亲犯愁怎么晾啊，屋里凡是干点的地方都放上玉米穗，甚至给天爷爷上供的板上、锅台上都摆满了玉米穗。母亲一天不知多少遍地翻玉米，怕它生芽。谢天谢地，母亲的虔诚感动了玉米，它们绝大多数都是好玉米，可怜母亲，它们没发芽，只少数雨水泡的部分坏了。

第八天雨慢慢地停下来了，云层散去，裂开了天，太阳终于露脸了。阳光突然普照，还不大适应，人们也没高兴起来。因为阴雨的愁帽戴得太重了。

父亲说这是百年不遇的七天七夜"秋落落儿"，曾听老一辈人说过连阴雨，但都没这次厉害。七八天雨，可瞎东西了。地里挨淋的棉花品级极度下降，少卖三分之一的钱。地瓜没刨被水泡起来，甜味没了，脆梨样的，不面、不好吃。东北的豆子地虽腾出茬子来，但雨水早已淹了，尺把深的水。秋种无望。那儿是死坑子，水排不出去，等水渗下去，露出地来，种麦子不知等到啥时候。

当务之急是刨地瓜，地瓜是口粮，不是瓜菜可随便分。怎么办还是请示上级，批准了按垄分，几口人一垄，几口人半垄。队里留几米刨了地瓜做标本，计算斤数，五斤地瓜折一斤粮食。

我和母亲父亲去刨地瓜，分给你，刨多刨少是你自己的事了。地瓜基本泡在泥水里，地瓜秧快淹死了。首先割去地瓜秧子，用三齿镢刨，地瓜被泥紧紧地包着，只能用手抠，刨一晌，实际是抠一晌，弄两篮子地瓜，父亲担回来。路过水井，水井的水离地面不足一尺，蹲下即可洗地瓜，我们在井台把地瓜洗一遍，大致干净了。中午母亲安排吃地瓜，连煮加蒸，半天地瓜熟了，像吃萝卜一样，脆生生的，没甜味儿，根本不面。这是大水溜的原因，把地瓜的淀粉泡没了。再难吃也得吃呀，地瓜是口粮，在嘴里多嚼几遍，我皱着眉头硬咽下去。

七

雨后等了些天，地基本可以犁了，队长说，拖拉机别指望了，它是进不去地的，土的含水量超标，只能牛拉犁。犁完晾晒两天，再耙地，耢地，就出现坷垃，红土地性紧，好干活的时间就一两天。社员打畦子，咱的技术又一次发挥，秋种扫尾的尾巴长长地拖延。把腾出茬来的地都犁完，秋种任务完成大半，公社天天调度大队汇报秋种进度，我队有水淹地，迟迟完不成秋种任务。

眼看霜降节气过去，下一个节气就是立冬。立冬说明冬天开始啦，我队秋种还没完成。如果再耩不上麦子，地上了冻，那就干瞪眼了。

等东北豆子地的水退去，再犁地耩麦子。队长、队副几乎天天往东北地里跑，看水退去的情况。谢天谢地，水终于没了。但能犁地要等到啥时候？只有天知道，急得队长热锅蚂蚁样，在地头团团转。看着个别胆大的蛤蟆在地里转悠找小虫子吃，地里也有干死的小鱼小虾。拉犁耧儿大致还需晒三个好晴天，三天后行不行也得刺犁耧儿。

刺犁耧儿解放前就兴，地湿得没法犁，耩地就用犁耧儿。这是特制的耩麦子耧。正常耧的三根耧腿尖安装三个耩铧，犁耧儿是把耩铧卸掉，另安装刀子状的耩铧儿。到湿地里耩麦子，方便、省劲，耩过去，拉三趟沟儿，沟里落下麦粒，不用封土，五六天麦苗出来。

队长三天后集合社员，去东北地耩麦子，这是过秋的最后一仗，这场硬仗眼看打到初冬。

粮食保管拉来麦种，队副借来俩犁耧儿，加上我队的共三个犁耧。三个社员一个犁耧，一人扶耧，一人牵牛，一人撒种。十八个男女劳力，加上队长队副二十个劳力，牵来六头牛，这样两班倒，歇人不歇具，大干一天耩四十亩。

队副打头阵，他扶犁耧儿，首先率一组开始下地耩麦子。牛还不愿意踩湿泥，牵牛的社员，要一只手抬高，牵住牛鼻子往前领。三人都扒了鞋光脚丫，湿地有地方是泥地，很凉，硌脚。耩一遭回来弄得浑身泥点子。队长就差人去拉玉米秸，点着火，让回来的人快烤火，冻得脚受不了。到中午太阳晒得湿地温暖一点儿了，才不用烤火。

中午饭回家吃，来回需俩小时，恐怕耩不完，队长在社员的撺掇下决定中午管饭。中午饭都不回家了，紧紧把地耩完。粮食保管拉麦子去馍馍房换来热馍馍，随便吃，我吃了五个高馍馍就饱了，四叔、三歪每人吃八个还没觉着饱，队长不让吃了，怕撑坏了。

吃完接着干，队长扶耧下地去了。四叔、三歪掀开筥子吃起馍馍来。我劝四叔别吃了，别撑着。四叔说，爷们儿，我再吃仨没问题。三歪也说，没事。我说，还不如拿出来放到一边，拿回家吃。四叔说，那样，爷们儿叫偷啦！他俩不知吃了几个，打了饱嗝，吞咽困难才收手。

队长扶耧回来，大家都说中午干吃馍馍，怪渴。队长安排几个社员回家提暖瓶到茶馆买水来，大家轮流喝点水。嘱咐大家慢慢先喝一点儿，别猛喝，怕肚里馍馍遇水膨胀。四叔、三歪的确没敢喝多，仅仅喝两口，润润嗓子。

我们换班开始耩地，四叔、三歪、俺分别在三个犁耧儿，四叔一遭回来说肚子有点撑得慌，要求歇歇再干，换了别人。我看三歪的肚子也好不到哪去，结果再耩一遭回来，三歪也申请歇歇再干。他俩下午没怎么干活，在地头躺着，但肚子却越来越疼，最后坚持不住了，疼得"哎哟哎哟"地叫唤。队长以为他俩恶作剧，装孬偷懒。后来一看四叔头上冒汗，三歪也"哎哟哎哟"地叫唤，才感觉问题严重，出了人命，队长脱不了干系！

马上去医院，安排队副去会计处拿钱，其余人抓紧把地耩完。

队副问，拿多少？

队长说，最少要拿二十块。

我们几人把四叔、三歪架到地排车上，拉起来往医院跑。医院在镇子西南角，离东北地仅两公里。路过公社，队长叫我快去公社打电话，别等去医院打了，救护车能早来一会儿。我火急火燎地找居大牙秘书要电话，请救护车火速来，有吃多东西的。他们跑到医院赶紧去急诊，队长背着四叔，另一位背着三歪。大夫掀开四叔、三歪的裤子，看鼓胀的肚子，肚皮发亮了。大夫询问吃的啥，队长说吃的馍馍，干吃的，吃多啦。大夫说，情况不妙，咱医院条件太差，转专医院吧，赶紧打电话要救护车。我说刚才在公社打电话了，车已出发。

　　救护车很快来到，现在公路修好了，早从许庙修到公社。我们抬四叔、三歪上救护车。恰这时张大夫看见了这一幕，她一惊，这不是前些天雨夜抬担架送产妇、助人为乐的俩社员吗，要尽力抢救。

　　我说，张大夫，是他俩。

（一省级文学刊物留用）

幸福鸡

　　生产队集体劳动时管饭，俗称吃大锅饭（通常生产队有某项劳动啊或者需要抓紧时间完成啊，在场里地里盘个大锅熬冬瓜汤，全队的社员带碗集体吃饭，能紧出个把小时多干活）。农村日子还没打彻底翻身仗，还应属于较困难时期。但农村吃饭不成问题了，粗粮玉米饼子、窝窝的可吃饱。只是细米白面的大白馍馍还是人们向往的好东西，只有等过年才可吃几个。过春节不光小孩子盼，就连我们大人也盼过年，尝尝白馍馍，吃顿水饺，甚至吃几个上供的油炸丸子。在这里我说个亲身经历的事。

　　年终生产队决分，我家分了一斤棉油，用瓶子装回家来。这一瓶子棉油在厨房过了一年，到过春节，要炸供，供香老天爷爷和列祖列宗。一斤油倒锅里只占一个锅底儿，连丸子也淹没不了，咋炸呀？也就是象征性地过过油吧。想想我们的一斤油过了一年还是一斤油，三百六十天就这样没沾油腥儿。人一年没吃过一点点油，是什么概念？亲身经历者才有感觉。土地联产承包责任制以来，农村吃的喝的管够，油用瓶子装不下了，家家用大水缸盛油，几十斤上百斤的棉油。现在生活早就小康了，油多得又不敢吃，脑血管子、心血管子怕甘油三酯高，胆固醇高，血压高。遵医嘱，生活规律，低脂、低盐、低糖，多吃新鲜蔬菜，生活要清淡一些，大鸡大鱼大肉不敢放开肚皮海吃了。

过年好哇，可喝点破地瓜片去采购站换的"瓜干酒"，炒几个菜，平时舍不得放油，过年放几滴油，炒白菜，炒焖子啥的。年三十晚上，几个弟兄端起酒盅一仰脖子泼进去，套套近乎，吹吹牛皮，盼来年好收成，甚至规划一下未来！

"我这一辈子要干什么什么！先到棉厂干干。"

"俺白搭了，出不去，在农村要干一辈子。"

"我想千法设百计要爬出农村，再干就快累死了。"

"明年验兵我去参军，到部队好好干……"

几弟兄都展望一番美好前景，描绘描绘未来的蓝图。甚至喝醉两个前途无量的弟兄，哕得狼藉一片，才算喝酒。当然，无论你有多么年轻，有多么美丽的梦想，多么牛的追求，没有时代强力配合，一切都是零。时代的了不起就在于它不仅出英雄，也出机会。柳拧筋叔从小到大，到干伙计，再到结婚开烧鸡铺，就是眼前活生生的例子。

大年初一吃顿白菜馅的饺子，大白菜平时舍不得吃，要拿到集上卖钱。甚至吃点可怜的猪肉，解解馋。大鸡、大鱼、大肉、大盘子盛肉不敢想。

一进腊月门，零星"噼啪"的鞭炮炸响，小孩把一挂炮拆开，一个一个地放，一次最多放俩炮，这是大人的规定。就这依稀的鞭炮声，传递了快要过年的信息，把人们带进年味里。

人们等来五天一个集。当年"一打三反"办公室狠狠打击投机倒把的资本主义活动，一切不利于社会主义革命、社会主义建设的破坏活动一律严打。规定五天只逢一次集，不像现在农村周边十几华里总有逢集的村庄，人们赶集很方便。

通往镇上的路上，熙熙攘攘地三个一伙，五个一群儿。人们穿着棉裤棉袄棉鞋，几乎是清一色的黑衣服，步履匆匆地去赶集。

卖白菜的，偶尔有个把卖反季节蔬菜西红柿、黄瓜的；牵着羊赶着猪赶集卖的；牵着牛马驴骡赶集卖；老太太抱着鸡去卖；还有卖猪肉、卖羊肉的、卖下水的。集上布市、成衣市是女人最多的地方，给孩子买件新衣裳，过年了给孩子扯块布做件新棉袄啥的。

初一过去，眨眼初六到了。那天阳光明媚，太阳晒得人暖洋洋，正是串亲戚拜年的最佳时间。一般串比较重要的亲戚、比较重要的朋友或者有比较重要的事要商量汇报的，大都凑正月初六这天中午来。一位下东北的亲戚来我家拜年，这位亲戚好多年没来我家啦。他在生活困难时期去关外了。他临走时曾跟父亲来商量过，不走不行，不走就饿坏个儿的，更别说寻媳妇了，那个嘛连想也不敢想，主要是生活下来最重要。父亲也帮不了什么，同意他下关外。倒几次火车终于到了黑龙江，投奔牡丹江的亲戚，又到了林口县落户。农业社地多，容得下几个人吃饭。他用自己吃苦耐劳的精神，赢得了生产队队长的同意，成了那儿的社员，挣工分吃饭。外来户虽受三分气，但他说，庄稼人有的是力气，力气今天用了，睡一夜第二天又长出来了。他热爱集体、热爱劳动、服从领导、勤勤恳恳、任劳任怨，脏活累活抢着干，从不会耍奸使滑，为人厚道实在，几年评先进树模范，他上榜五好社员。站稳了脚跟，日子过好了，这不回老家探亲，来看看父亲，感谢当年对他的支持。带来他专门给父亲买的点心，最主要是在镇上还买了只柳拧筋烧鸡。买只烧鸡要花两元多钱，这可是大礼！

柳拧筋烧鸡是张大褂子村的特产，几百年的传统工艺，烧鸡深棕色，严格说叫熏鸡。鸡盘腿抬头，浑身亮光闪闪，味道鲜美，熏得有股特殊的香味，就连鸡爪子也是越嚼越香。说到烧鸡全称"柳拧筋烧鸡"还有故事。柳拧筋姓柳，脾气特拧，拧得人心疼，外号就喊开了"柳拧筋"。柳叔小时候家穷但孝顺，从事过抓鸡的工作。他爹发现后把柳叔吊梁头上打，让其改邪归正，他表现得特坚强不屈，有丝地下工作者的味道。

"妈拉个巴子，偷鸡摸狗，不学好抓鸡。还抓鸡不？！"

"还抓。"

"我叫你抓！我叫你抓！……"

一鞭子下去，一道血印子。

"你改不改啊？！"

"改不了。"

柳拧筋他娘哭着教他："小儿，给你爹认个错，你说不抓了。"

他也哭了，说："娘，我不抓干什么去？！"

打那起落了拧筋头的绰号。

拧筋叔不吃窝边草，他下乡收破烂儿。他担着两个大筐，针头线脑、泥娃娃、泥哨儿换老太太屎娃子的破布衬、鞋底子。土色的丝线拴个铜蜻蜓，拉拉着，鸡一叼，蜻蜓的暗道机关把鸡嘴撑住，叫不出声来，拧筋叔抓住使劲一拧脖子，往翅膀下猛掖，或揣怀里或打包里。一天收入个三五只，进城去卖。拧筋叔利索被烧鸡店掌柜的相中，招他当店的伙计。拧筋叔被窝儿卷一打，当了烧鸡店的学徒。拧筋叔发挥机灵利索的特长，宰鸡、烫鸡、拔毛、开膛等一条龙，颇得掌柜的赏识。拧筋叔当好伙计干好本职工作就行了呗，可是活不累，他精力旺盛，业余时间兼谈恋爱。恋爱对象不是别人，是掌柜的如花似玉的大闺女。拧筋叔跟大闺女偷偷摸摸谈恋爱，三谈两谈把大闺女肚子谈大了。大肚子可不是一般化的问题，虽然烧鸡手艺还没真学，掌柜的也没教真本事，但顾不了这些了，他跟大闺女走吧！趁了个月黑头儿领着她撒丫子了。掌柜的是街上头面人、明白人，生米做成了熟饭，咋办啊，掌柜恨得咬牙，也没声张。秘密地请位哥们儿喝壶儿，托他当媒人，象征性地男方走动两趟，柳拧筋叔家定个日子，把拧筋婶儿娶过来，简单过了个事儿。此事画个句号。拧筋叔拐来个好媳妇的事实摆在那儿，乡间传得纷纷扬扬。拧筋叔跟婶儿过日子，那些事就洗手了。拧筋叔干吗忘不了吗，又想起做烧鸡的活。两口子一合计就开了张，可就是没老掌柜的烧鸡味。绝活都传男不传女，拧筋婶儿跟他一样不会弄。只能回娘家，娘家娘看见闺女女婿，带来的烟酒礼品重重的，放在桌子上，闺女诉说了做烧鸡不成功，味道差多了，卖不上去。丈母娘看闺女疼女婿，闺女一抹泪儿，丈母娘受不了啦："你老了指望谁？儿不孝顺的多啦！难道干巴炕上吗，咱还得指望闺女。以后你年纪大了，把法儿给闺女吧。"晚上两人上床躺一头，枕头风一吹，老掌柜的心眼儿活动了，他想也是："闺女他们在乡下开店，咱在城里，不妨碍买卖。"老掌柜就把做烧鸡的绝法告诉了闺女。那就等于传给了拧筋叔。绝活到了拧筋叔手里，就大展宏图了。从那"柳拧筋烧鸡"牌子打出去，在方圆几十里叫响，来个贵客、重要的场合没个柳拧筋烧鸡上桌，那没面子。平常镇上机关里、区部里、供销社、卫生院、粮油所、工商、税务、银行等十二点之前就来买烧鸡。社员一般吃不起烧鸡，一是没钱买，二是舍不得。柳拧筋烧鸡年啊节的买了送礼，供不应求。

亲戚买来的烧鸡新鲜，刚出炉，红紫，黑得发亮，香味冲，放到屋里没一分钟香味就串满了。包括里间屋、整个堂屋处处弥漫着钻鼻子的烧鸡香。我们闻着烧鸡味很是享受。如果吃到嘴里那会多幸福啊？亲戚这份拜年礼是不错的。

父亲批评亲戚："兄弟，你不该花钱买烧鸡，这么贵的东西，这是工作人享用的，不是咱庄稼人吃的！咱庄稼人咋能吃起这？！再说了你的日子又不很宽裕。"

亲戚说："大哥，这不算什么，我走这么多年，没来看看你，要只烧鸡还多吗？"

"多了、多了。"

父亲还是说这。就是在农村这种吃的东西卖出去了，也是不能退的，若能退给烧鸡铺，父亲就让亲戚退回去。

下东北，日子不难过得达到了极限，有一点点法，谁背井离乡，拉家带口地外走？亲戚制止了父亲母亲准备午饭。母亲准备炒几个农家菜，让亲戚喝点儿，过年哩，吃顿饭。

他说："您别准备饭，我还有几个亲戚，姑姑三家，姨姨四家，还有几家，要今天串串，一天两天串不完，时间紧任务重。这次就不吃饭了，咱说会儿话，我就走。"

父亲母亲怎样劝，都没成功，亲戚要走。

我想，亲戚不吃午饭的原因可能是，怕父亲把烧鸡撕了喝酒吃掉，他会觉得买烧鸡的意义失去大半。这只烧鸡应该在我家停留一点时间，由我父亲处置。再者，他真还去串另外的亲戚。

这只烧鸡父亲母亲没舍得吃，也没叫我们吃点解解馋，眼巴巴地看着父亲把烧鸡原封不动地包好，放到提篮里，冻着。虽然把烧鸡包好了，包烧鸡的纸完全被油洇得全是油了，但并没很影响烧鸡的香味窜出来，屋里仍然充满烧鸡香。第二天父亲安排我带上烧鸡，还有其他东西，背着筐子去我姥娘家拜年，把烧鸡送给姥娘吃。

去姥娘家的路我是轻车熟路了。出村往西南走，第一个节点是路过德王河大桥，当年看着是大桥，其实并不大，几十米长罢了。一个大的拱形桥洞，类似赵州桥的样子，做工跟赵州桥没法开比例，不是一个层次的工程。赵州桥的石块与石块接口像一条棉线儿，几乎看不出缝来，做工精细得令人咋舌。我走出家门二里地，休息一小会儿，把筐子放到桥两侧的矮墙上。微风徐来，把烧鸡香送到鼻子下。其实我背着筐子，烧鸡香始终在我后背转悠，想休息会儿的真实目的，就是对烧鸡放心不下，它香的诱惑太大了！我把盖筐子的擦脸手巾解开，小心翼翼地取出烧鸡，解开捆绑的纸绳，破开包烧鸡的油纸，美丽幸福的烧鸡全方位暴露在眼前。我鼻子凑上去，狠劲地抽鼻子，哇！真香啊！此时我的手稍微一动鸡肉就送到嘴里去了，可以享受一下美食，解解馋，打打馋虫。母亲的叮嘱响在耳边："在路上你别动烧鸡，可别偷吃。到了姥娘家，姥娘会让你吃的。记住啊！"我把烧鸡又包起来，放回筐子。背起筐子来继续走，过了丁庄、仁惠就快到姥娘家了。再休息一会儿吧，自己劝自己。来到一个朝南歪倒的大铁架子前，铁架子占地有几十平方米，顶端有一木板平台，说是石油勘探队安装的勘探石油的架子。因一场大风把它刮歪那儿，一直歪着有十几年，成了小孩玩耍的地方。母亲也嘱咐我别爬铁架子，防备摔着。放下筐子休息一会儿，看看铁架子，也觉得好玩，把娘的话忘了。铁架子还有七八米是直立的，就在那儿折了，铁架子有专门的梯子，我试着爬了一段，往远处一望，除了麦田就是白地，没什么稀罕东西，就慢慢下来。烧鸡香味又一次从筐子里窜出来，熏得我实在受不了啦，直钻鼻子。我小心翼翼地取出烧鸡，把包烧鸡的纸破开，鼻子凑上去，用劲闻了喷香的烧鸡。那诱惑太大了，假如姥娘也像母亲一样舍不得吃它，咋办？娘说姥娘会让我吃烧鸡的事如果泡汤，那可就惨了。我是不能提出来吃烧鸡的，那样就一点机会都没有了。机不可失时不再来，下决心吧，还犹豫什么，当断不断就有后患，不然再过十几分钟就完了，过了这个村就没这个店了。我狠狠心掐了点鸡翅膀尖儿……

走到姥娘家，我一进门楼就喊："姥娘，姥娘。"

姥娘听到喊声从堂屋出来，一看是我背着筐子进了家门。

姥娘心疼地问我："小儿，来啦，累坏了吧？"

我说："姥娘，我不累。"

姥娘在大桌子上，取下壶套，壶里水是热的，给我倒碗水，"渴了吧，小儿，喝水。"

我说："行，姥娘，还不大渴哩。"

姥娘把盖筐子的毛巾解开，我背去的馒头、枣花姥娘没说啥，破开我带去包烧鸡的油纸，烧鸡露出来，香味儿一会儿就窜满了。

姥娘生气地说："你娘买烧鸡干什么，咱庄稼人咋吃起这个了？"

我说："姥娘，不是俺娘买的烧鸡，是亲戚来拜年，给俺大买来的。俺大说，咱别吃了，给你姥娘吃去吧。"

姥娘审量了一会儿烧鸡，没舍得给我撕根腿吃，不出我所料，她老人家，又原封不动地把鸡包起来。姥娘也舍不得吃这只烧鸡。

午饭姥娘炖的白菜粉条，箅子上熥的馍馍、枣花、黏窝窝和一碗丸子、藕夹子，还有可怜的两片儿猪肉，全是过年的好东西。姥娘给我盛了一碗炖菜，菜上边蒙着四五个丸子、俩藕夹子，最上面盖着一片猪肉。虽然没让我吃烧鸡，但这饭食在俺那儿农村春节也是最好的，吃得我满头冒汗，非常好吃，舒坦得很。

这只烧鸡是幸运的，走了两家了都没舍得吃掉它。姥娘考虑问题全面，怕没让我尝尝烧鸡我娘知道了不高兴。

她把烧鸡的用途对我说了："小儿，咱不吃烧鸡了，明儿，叫你舅舅带上串亲戚去。"

我说："行，姥娘，我吃过烧鸡，不馋它。"

姥娘准备用烧鸡再去串亲戚。正月初八，姥娘派舅舅用烧鸡配点别的，点心啥的去串了亲戚。

亲戚们看见烧鸡，这么贵的好东西，都没舍得吃它，让孩子带上烧鸡添点东西也去串了亲戚。

这只烧鸡一个正月，在亲戚们之间串来串去，大亲戚套小亲戚，小亲戚套大亲戚，不知串了多少家门。

那年春天到二月二了，这是过年的最后一个节点了，所有春节的食品要在二月二这天打扫干净。母亲盛在瓦缸里的馒头、枣花、小花糕儿都长出了"绿点儿"，那就是发霉的标志，但是不会扔掉。母亲把"绿点儿"洗洗熥锅里大家都吃点。

又是一位多年不大来的亲戚突然来到我家拜年。俗话说"正月十五拜年晚半月了"，那么二月二拜年就晚一个多月了。父亲母亲的表情是由惊讶转换成高兴，也就用了一两秒钟的时间。只要来咱家就是看得起你啦。这位亲戚带来的东西里有只烧鸡。它的包装纸是报纸，它不是纸绳捆的，是棉线。我趁父亲和母亲说话研究午饭的内容时，检查了烧鸡翅膀。我不由自主地嘻嘻笑了，咱敢百分之一千地保证，初六那只可怜的烧鸡，正月初八从俺姥娘家再出发，辗转多地又来到俺家。

一个正月，这只烧鸡可享福了，做了长途旅游，串了这么多亲戚，没办法统计串的家数，按最保守的估计要串了近二十家。

它的回来，这叫我非常高兴，只是烧鸡面貌何止是不鲜亮，它乌漆灶光，少皮没毛的样子。鸡爪子少了一只，眼珠子掉了一个，鸡冠子没了，成了秃子，猛一看这烧鸡挺滑稽。我想，大半在烧鸡旅游途中，哪位如我之辈克制不住烧鸡香诱惑的小伙伴，尝尝吧！开斋了。

我告诉父母亲："娘，你来看，这只鸡又回来了。"

娘看了眼，认真地说："不会吧?"

我老实交代了那天犯错经过。去姥娘家时，被烧鸡的香味馋坏了，就掐了点翅膀尖儿，可是把小翅膀带下来了。我想法弄了小树枝儿棒插在一起。父亲母亲会心一笑，母亲闻闻烧鸡，还行，基本没很发霉的味。当年的冬天也冷，我们存放的枣卷、花糕、黏窝窝到二月二吃还行。今天中午就解决了它。

母亲把烧鸡拿走放锅里熥一熥。正好母亲在扎萝卜菜，就是煮萝卜片，二月二包萝卜馅的饺子。母亲把烧鸡熥到算子上，下边煮的白萝卜片，省得再另熥烧鸡了，怪麻烦的。

父亲跟亲戚要喝点酒啊，可是过年的那点儿酒早喝完了。父亲安排我去街上供销社副食部打半斤散酒。半斤散酒需三毛六分钱，母亲掏出烂乎乎的毛票和钢镚儿。打酒需瓶子呀，父亲的酒瓶被别人借去用了，没家什盛酒，父亲给我个破搪瓷缸子去打酒。一路飞奔至供销社，来到副食部，漂亮的女营业员给我打半斤酒，倒在搪瓷缸子里。我付了钱，端搪瓷缸走，酒漏了，滴出来。营业员又赶紧把酒倒回柈子里。我左顾右盼没盛酒的物件，束手无策，善良的女营业员说："我给你找个空瓶儿。"她到里间屋拿出个空酒瓶子，用漏子倒进酒瓶里，盖上盖儿。我连说："谢谢、谢谢您。"

她微笑着说："不用谢，举手之劳。"

我打酒回来一看，母亲还炒了醋熘白菜，蒸了个焖子，炒个豆芽，加上烧鸡，酒看还是蛮丰盛的。

我洗洗手，挽挽袖子，摩拳擦掌地早早坐到大桌子外边位上，我终于等来了吃烧鸡的幸福时刻。我那刻肯定喜形于色，等着吃这只著名的烧鸡了。

父亲用筷子根本夹不下来肉，烧鸡已风干得梆梆硬。虽然已加热还是弄不动。他说："我下手啦。"连拧加拽弄下根鸡腿来递给亲戚，亲戚谦让夹给我父亲。父亲挡了回去，然后给我拽下来一只。撕是撕不动了，烧鸡已干硬得没了水汽。

母亲把菜一样样上到桌上，就站在旁边看我们跟亲戚喝酒吃菜，母亲还是老规矩，从来不上桌。

我把酒给父亲、亲戚及我的酒盅倒上酒。父亲提议:"兄弟,咱喝一个。"

亲戚响应:"干,哥哥。"

他和父亲都举起酒盅干了一个。我再满上酒。

我兴高采烈地啃下第一口烧鸡腿,仔细品了品滋味,感觉味道不对,硬着头皮咽下去,看着父亲,看了眼亲戚,说:"大,咋烧鸡白萝卜味啊,熏鸡咋成萝卜鸡啦?!"

父亲一瞪眼,白了我一下,不信,说:"不可能,还有那事啊,烧鸡咋还能白萝卜味呢?!"

他信心满满地拧下个翅膀,那么一尝,说:"真是萝卜味。哎呀你娘不懂的,烧鸡跟萝卜不能在一个锅里加热。这样萝卜味就钻到烧鸡里啦。"

父亲验证了我的说法。

亲戚说:"不碍事的,哥哥,萝卜味就萝卜味,吃就行。"

父亲唉声叹了口气,说:"凑合着吃吧,还有啥法。"

此时母亲心情最难过了,虽然亲戚说没关系,不在乎啥味。她感觉多没面子啊,好心好意地熥熥烧鸡,却熥成了萝卜味的鸡,有心里话说不出口。造成萝卜鸡的局面是没想到的,我不懂熥鸡还那么多事呀,再说咱也从没吃过烧鸡!穷了算啥?有钱的话,马上去街上买只新烧鸡。

娘怕父亲着急说她,像做了错事的孩子,躲往里间屋去。

父子同校

一

儿子学习还可以，数理化名列前茅，语文他主要是作文抓分，总的来说在班里属前几名。20 世纪 80 年代末考高中、考中专要预选，就是在中考前，全县的应届毕业生统一命题，在各自学校先考一家伙。全县集中阅卷，考试成绩出来，划定统一分数线，考多少分以上的学生才能参加中考。儿子所在的乡镇中学应届考生百分之七八十的不能参加中考。考得不好，你没预选上，连参加考试的资格都没有。庆幸，儿子预选上了，能参加考试。当年农家子弟考学是唯一出路。

父亲意思是，叫儿子考中专，如果考上，非农业户口，粮食关系一转，上学吃饭啥的不花钱，国家补贴。学三年毕业，国家分配工作，师范毕业分配小学教师，卫校毕业至少乡镇卫生院，医生或者护士，农校毕业，乡镇农技站技术员。工资挣上了，有了铁饭碗，解决了个人前途，寻个媳妇也好寻，还减轻了家庭负担，一举两得。儿子犯了病，表面上听父亲说的这些，不露声色，其实内心有小九九：考高中。没听父亲话，不考师范、农校，一门心思考高中然后上大学。

父亲是从全局考虑的，儿子考中专，最实惠。考上高中，学杂费、吃喝费、住宿费都要自己掏，家里负担太重。他下边还有上小学的弟弟、妹妹，花费也不小，够父母受的。接到县第一中学高中录取通知书，全家也没高兴起来。儿子在小屋里不敢出来，怕父亲发脾气。弟弟妹妹都喜欢，哥哥考上高中了，为他们带了个好头。父亲光一支一支地抽烟，坐在堂屋上手圈椅里，眼直直地看屋顶，光一声一声地"唉——"叹气。

母亲拾掇饭碗、抹桌子的动作轻轻的，不敢弄出声响，生怕动静引爆父亲。父亲压制了怒火，面对了现实。其实儿子犯的错，是自己的套改版，当年咱要听父亲的话，考中专也改写人生了，现在快退休了，不至于在农村苦苦挣扎，熬日月。

去县城上高中，不比在村上走读，开学带被褥、生活用具、换洗衣服、鞋袜等；要交学杂费、生活费六百多块。农家只有粮食可变钱，父亲留足口粮、种子，卖了一车粮食，凑学杂费。而卖了粮食，口粮少了就吃不饱。吃不饱，人就没劲，而农业劳动最需要的就是力气。没劲强干，干来干去人就会落毛病，会生病，农民可病不起。谁得病都可以，可千万别叫农民得病。农民得了真病，吃不起药，住院治疗费天价，拿不出，基本上就是等死。

好在父亲身体好，农活样样在行，没干不了的。但儿子读高中这样里外花费一年不少钱。这是闹着玩的？农民，日不进分文，拿什么供高中生？就凭我这五亩地，累死也没门。

高中入学母亲给儿子做了新衣服，开学哩穿得太差，叫孩子没面子，毕竟成大小伙子了。父亲借来电三轮，装上书、被褥、脸盆、衣服、鞋袜等，送他到县一中。一中今非昔比，鸟枪换炮了，建了气派的大门、敞亮的教学楼、华丽的报告厅、上档次的实验楼。还有偌大的图书馆、操场，占了几十亩地吧？哎呀！母校变大了，母校长高了。父亲送儿子报到，安排住宿、教室，他围着母校转一圈，看看母校翻天覆地的巨变。父亲没去看老师，自己混成这样没脸去。父亲给儿子留下点可怜的生活费，儿子伸手接过来，装兜里。

父亲对他说："吃饭吃好吃饱，别受屈。"儿子点头。父亲接着嘱咐儿子："注意，上学咱只能比学习，不能比吃穿！要比考试分儿多少！"

儿子点头称是："我记住了，大。我跟同学不比吃穿，只比考试。"

儿子推着三轮送父亲出校门。父亲在前面走，看着父亲还不算大的年纪，一生劳顿微驼的脊背，踽踽独行的样子，儿子离开父母外出求学，孤独感一阵子袭来，眼里噙满泪水。父亲没说话，在想什么？

校门口那大片车哟：送孩子入学的，掌权的爹、当官的爹、大老板爹、小工头爹、农民爹、工人爹、做生意的爹，什么爹都有。也有形象出众的妈、一般情况的妈，工人妈、农民妈，大概是送女儿入学。来送孩子的家长，开什么样车的也有，好的宝马、奔驰，差的桑塔纳、现代小客货……也有"小三马"，也有三轮车，有学生穿绫罗绸缎，名牌衣裤，皮鞋手表。儿子穿的虽不是土布衣裤，但算最差的了。父亲思忖我这农民爹，当然也是最差的爹了。

二

那年你爷爷送我入学，也是县一中。当年我跟你犯一样的错误，没听爹的话，没考中专，非考高中想着上大学的美梦。"文化大革命"一开始，高校停止招生，美梦破灭。在一中闹革命三四年，回家接受贫下中农再教育。我后悔一辈子！知道吗，一辈子！人家考师范、卫校、农校啥的，"文化大革命"没结束，就毕业，都分配了工作。人家一入学就农转非，吃国粮了，家里不拿钱，国家基本全包了。分配工作，工资三十六块五。

儿啊，你爹没本事咋办呀，虽然咱开三轮车来的，显得寒酸，但你现在比我当年入学强百倍了。你的被褥都是你娘扯的新布，絮的新瓤子，号称"三表新"。还有暖瓶、新搪瓷盆、碗筷、牙缸子、牙刷、牙膏、香皂、肥皂、新毛巾、洗衣粉等。你是不用带粮食入学的，你们粮票都不用了。你们交钱就吃饭，大白馍馍，雪白的米饭，真是白得像雪一样耀眼。顿顿有炒菜，有的学生还嫌饭食不好！有剩下白馒头的，剩白米饭的，我说他们是享福烧的！烧包！我上学那时这饭食连老师校长都吃不上。我的生活费是一块五，我一说生活费，现在的小年轻说，你们生活不错哇。我纠正他的表情，我是一个月一块五，每天五分钱。他惊讶地瞪圆了眼睛。一天三顿饭，五分钱的菜金我也交不起。伙房供应早晚各一分钱的咸萝卜，中午三分钱一碗菜汤我喝不起。我就不看别的同学吃饭，我把一月的菜金压缩到五毛钱，每周花一毛二买一斤酱菜厂的咸萝卜，用小刀一块块儿切到罐头瓶儿里，每顿饭定量只准吃一块咸萝卜，按计划，五毛钱的咸萝卜能吃一个月。地瓜面窝窝主食，少量的玉米窝窝，偶尔考试哩改善一下，吃个馍馍像过节。刷牙买五分钱一盒的牙粉，把牙刷蘸水后再蘸牙粉，然后刷牙，一般不大起沫儿（年轻人没见过牙粉这玩意儿），或者去"委托商店"买一毛一只的绿花皮的过期牙膏。这已经是很奢侈了，同样节约着用，每次挤到牙刷毛上半段儿，虽是过期的牙膏，比牙粉味道好多了，有冲击力，感觉口腔清爽。一管儿能用两个多月。你爷爷推着独轮车送我来一中报到，我拉车走五十多里路，脚底打泡了，走一步疼一下。现在的年轻人多数没见过独轮车，不知是什么样子，你可以到《新华字典》里看看插图，也可以去民俗博物馆现场参观独轮车。最原始的独轮车轮子也是木头做的，用若干块弧形木头拼接而成。车轴也是木质的。推车人双手握车把，把车襻搭肩上推着走，车轴虽然抹了油，还是发出"吱扭吱扭"笨重的哀鸣。独轮车一边装被褥和书，一边装地瓜片、玉米、饭碗、瓦盆儿。瓦盆儿是什么？是农村土窑烧制的土陶制品，直径大约三十五厘米，母亲花两毛五买的，瓦盆儿用小米汁浸泡刷洗一遍，瓦盆吸收了小米汁就不大渗水。瓦盆儿就是我的脸盆子。现在市面上没卖瓦盆儿的了。看看瓦盆儿只能去民俗博物馆现场参观了。土陶制品瓦盆儿易碎，不能磕碰，碎了烂了我就没地方洗脸、洗衣服了。上学三年半，是"打砸抢"、不上课、游行示威、辩论、武斗，我爱惜的瓦盆竟然没烂，没磕没碰，这一斑可见我为瓦盆儿付出的心血。我天天洗脸洗衣用它，伴我三年半。临毕业了把瓦盆儿留在了宿舍，让下一届新生接管。你爷爷、奶奶当年也说我，在校不能比吃穿，只准比学习。在学校我真没在乎过吃穿，一身粗布衣，但你奶奶一针针一线线地纳得针脚跟缝纫机扎的样，粗布衣，西式做法，熬去你奶奶多少个夜晚，白天她要参加劳动。在一中住校就不能带菜窝窝吃，父母再一次勒紧腰带，省出地瓜片和几斤玉米带学校来，让我吃不掺菜的干粮。吃地瓜面窝窝我也不能放开肚皮吃。三年半几乎每月或半月回趟家，我们同学结伴而行，次次步行五十里地，借同学的自行车也很困难，班里车子少得可怜。回家更舍不得坐汽车，一个车票七毛，穷学生哪里弄七毛钱去？三年半没大念成书，喊口号，复课闹革命，基本光写大字报。我听你奶奶的话，"不能在学校里胡啰啰！"她老人家的话翻译过来就是在学校里不能跟女生好，不准谈恋爱。我从来没单线儿联络过女生，不是我不喜欢漂亮女生，也不是没有漂亮女生喜欢咱，是我牢记你奶奶的话，不敢胡啰啰。我如果越了雷池，肯定影响学习。说起来我学习还行，中上游。天天基本把时间用起来，在课堂聚精会神听老师讲，下来所有的练习题全做一遍。星期天泡在图书室里，一手拿着黑窝窝，一手翻看图书。但是高考取消了，"文革"中，大学梦基本破灭。

三

我们念书三年半，快毕业了，班级里开始召三五好友照毕业照。不知道什么原因（我真的糊里糊涂，没跟哪位闹矛盾，也没闹不团结，看来是几个年龄大我四五岁的班干部关系有问题，分裂了，各自拉一伙人）班里分了两派，两派各自照毕业合影，都是二十几人，倒是统一地佩戴毛主席像章，手握毛主席语录本，五六个女生跟班级左指导员和工人阶级宣传队一叫什么英的女队员坐前排，合影。没记得召开毕业典礼，窝窝囊囊的小被窝卷一打，背着回家，开始参加农业生产。生产队的日常劳动并不太累，生产队队长也没因为咱是洋学生，身子骨弱就照顾派轻省活。跟社员一样劳动，主要是深翻地，搞夜战，挖沟修渠累人。繁重的体力劳动，每年有俩月的徭役般的挖河、筑堤、出夫任务，抽空了身体。挖河是最累人的活，有歌谣为证：打坯泥房活见阎王，不信往河上！挖河去德州南边的漳卫新河，这是平地新开河，号称"国河"。就是水利部组织施工的河，各省市水利厅具体组织施工，各地市水利局施工人员就上工地了，县水利局的人员组成团部到第一线。这类河大都有真事，要求工程质量严格，弄不得虚，造不得假。社员们都害怕挖国河。公社施工营的号手，凌晨三点吹起床号，"嗒嗒嘀、嗒嗒嘀"的号声把困得迷迷糊糊的民工叫醒，闭着眼就上了工地，挖土、拉土，干一天，晚上九点收工。吃点饭就十点了，一天睡几个钟头。从霜降节气那天坐解放牌大货车拉去的，干到大雪节气后收工，五十多天。最后在冰碴子里挖子河，拉一车泥外加俩帮助拉的"钩子工"，爬上河崖，再拉车子泥走八十米，然后爬大堤，还是俩"钩子工"帮助拉上大堤，这时累得腿就酸了，再一个人在木板铺的道上拉着车走到堤外倒土。大堤是河泥筑的，像水豆腐样，哆哆嗦嗦得连水加泥一起晃悠，不走木板道，寸步难行。天天累得不愿意吃饭，夸张地说，几乎累死河上。我累病了，发烧，吃了药躺在小屋里地铺上，不能出工。多亏房东大嫂好心，给我擀面，煮了大碗面条端来，漂着葱段油花，喝嘴里真香啊！这是我喝过最好喝的面条儿。就是从漳卫新河回来，我下决心走出农村。当民师、参军、招工轮不到咱，出身中农的比不过贫下农出身的学生。大学招生兴起推荐风，有了一丝希望，工农兵大学生公社革命委员会推荐。有次机会招工，县环卫处卫生队在公社招俩挖厕所的担筲工，我勇敢地报了名，挖茅子也不挖河！挖茅子虽臭但累不死人。我去"县知青办"找院中大叔商量，去县卫生队可以吗？结果被大叔拦下了："不能去卫生队，挖茅子你给我丢人哩！回家等着去，等机会。"机会是有的，看你的表现。如今五十几，胡子拉碴，岁月的沧桑雕刻得满脸沟壑纵横，成了不折不扣的老头儿。唯把希望寄托在儿子身上，你可好好念书哇，儿啊。

四

为了供儿子上高中，在责任田里，仅靠脸朝黄土背朝天，汗珠子摔八瓣地死干不行了。拼死累活在大田里照应一年庄稼，犁地、耙地、播种、管理、浇水、追肥、喷药治虫、收割、晾晒、脱粒等，秋后算账，盈利了了。靠卖粮食的几个钱儿，供高中生读书门也没有。父亲开始寻找出路，听说城里建大楼，用农民工。找熟人跟随工头进城打工，在建筑工地当小工，干泥水活。工地上睁开眼一天，洇砖抓水管子滋砖，一摞摞的砖要洇透，然后搬砖运砖，往架板上扔砖，推小车运沙子来掺好水泥调匀，加水和水泥，一天泥里水里劳动十几个小时。挣百十块血汗钱，如果工头按时发工资还好，不算白出力，有回报。摊上不要脸的工头，坏良心的工头，黑心工头，晚上看着民工都睡着了，卷起工资跑了，民工找谁哭去呀？父亲毕竟五十多岁的人，老胳膊老腿，浑身除去骨头架子，就剩老肉皮当啷着，不经折腾了。干一天晚上累得饭都不愿吃，躺下浑身胳膊、腿、腰疼，在麻木的疼痛中睡去。睡梦中又喊早起床，吃口饭上工地，天天往复，月月、年年地拼命劳作，挣来浸满汗水甚至血水的工钱，供儿子读书。

父亲在儿子读书的县城打工。他给老板请假一小时，抽这点空儿坐公交车来一中看看读书的儿子，他给儿子送饭钱。一中不愧是全县最高学府，高楼大厦气派啊，父亲再次感受母校的变化，以往的寒酸穷样子一去不复返了。父亲的头发长些了，布满灰尘，没有光泽，脏兮兮的，盖住了上衣领子，像杂草乱蓬蓬地挓挲着，父亲早该理理发了。他穿着真正解放了的解放鞋，大脚趾露出半拉，穿着一身所谓的工装，被水泥、白灰、油漆、涂料、油渍包围，这些染料像给父亲素描，不！雕塑！是雕塑成不折不扣的劳动者！！美术馆不是有幅著名的《劳动者》油画吗？那就是父亲的写照！比相机拍得生动、传神、有力。

五

下课了，儿子被传出来，接见劳动者父亲。他出来教室，穿过操场、花坛，远远地看见父亲邋遢的形象，心里有丝紧张，小小的虚荣心作怪，绕着圈接近父亲，把父亲领到偏僻无人处。他把父亲递给他充满汗水甚至血水的票子接过来。没问问爹干活累不累，说句"别舍不得吃肉菜"，哪怕不是发自内心的，说句假话也宽宽父亲的心啊！父亲失望地看着他，反倒说："别舍不得，吃好吃饱，正长个哩，学习又紧。"那次儿子看着爹的样子不高兴了，说："爹，您再别往学校来了，穿这么脏，这么破，也不理理发跟犯人样，给俺丢人！"

父亲闻听此言难受得心疼，说："我累得没劲去理发！下了班就不愿意动弹，更没劲洗衣服。"扭脸走人。

父亲蹒跚地离开学校：我的憨儿嘞，若不是你这个丢人的爹、若不是你这个破破烂烂的爹，若不是你这个不理发犯人样的憨爹，下苦力挣点血汗钱儿，你拿什么读高中？

儿子还算争气，起早睡晚冷桌子热板凳，刻苦学习，苦读寒窗三载，农家穷子弟竟考上了山大中文系。在村上是第一个大学生，大喜事，但父亲还是高兴不起来，为交学费犯愁吃不下饭。父亲想来想去，卖粮食不值钱。他蹲在牛棚里抽烟，他摸摸牛脸，牛眼瞪着看他，黄牛不知道主人今天咋啦，这么亲昵。父亲眼含热泪，狠狠心，赶集卖了耕田的心爱的黄牛。黄牛被人家牵走，也哭了，牛眼瞪着父亲，说："你咋这么狠心啊？我没死没活地给你卖命，不要我了！"父亲也哭了，说："我是一点办法没有，你走吧。"买主拽着黄牛走，父亲扭脸不敢瞧一眼。庄乡邻居们给送钱来，凑凑，叫儿子读大学去。儿子上大学是坐汽车去的。儿子在校刻苦学习，他把别人打乒乓球的时间，唱歌跳舞的时间，把别人跟恋人逛大街逛商场的时间，把跟女同学看电影的时间，看歌舞团的时间都利用起来，学习，做习题。还是老办法，把课本上的习题甭管做过的和没做过的，统统做一遍，付出了就有回报，考试成绩拔尖。他热爱班集体，帮助同学学习，热爱劳动，植树造林、绿化校园、打扫卫生的活从不缺席，学校推选学生会干部，儿子当选校学生会副主席，他积极向党组织靠拢，写了入党申请书。经组织考察，学校往家来村上外调，乡镇党委签意见，大三入了党，考上了省委组织部选调生。

六

儿子大学毕业，分配到镇政府任副镇长。这是老父亲没想到的，也是村上没想到的。咱家出了个当官的工作人儿，老祖宗坟地冒青烟了。

儿子去镇政府上任，老父亲嘱咐他：“到单位工作靠领导和同志。你给我记住，还要吃两样东西。”儿子一脸问号。“一是吃苦，二是吃亏，不能给咱家丢脸。”

儿子说：“爹，我记住了，好好干，这两样我都能吃，不给您丢脸。”

儿子干工作吃苦耐劳，勤勤恳恳、兢兢业业、任劳任怨、服从领导、团结同志，虚心学习，在政府分工，农林水，很快适应了农村工作。秋后农田水利基本建设，他挂帅，身先士卒，一是吃住在工地，首先保证工作时间，不当走读生。二是深入基层，下到村一级工地，带头参加劳动。在他的率领下，各级带队的干部都下去了。村民们夸他：才来的这个小镇长还真行哩！工程提前完成。受到镇党委、县委表扬。站稳了脚跟，稳住了阵脚，在镇政府班子会议上有些许话语权。后来镇党委、镇政府调整分工，他又分管农村改电改厕，都是难度大的硬性工作。他仍然是扎实的工作作风，深入到村到户实地查看，和管理区及村干部座谈，了解工作的难度，然后选班子强的俩村搞试点，全镇的村干部去参观，思想问题解决了，路线方针确定了，干部就是决定的因素。压实责任，分配指标，千斤重担众人挑。全镇改电、改厕顺利完成，验收合格。他分管的工作独立完成，从没让领导擦屁股。镇长、镇党委书记私下说他，是棵好苗子！

他拼搏十年，在干部群众中威信高，呼声大，换届选举，当选镇党委书记。前来祝贺的同学、同事、下属、亲戚朋友络绎不绝。父亲也成了老太爷，人们见面高看好几眼，心里感觉受用，但求他，跟儿子说说情办事的来了。他一般都给儿子挡了驾，告诫儿子："要谦虚谨慎、戒骄戒躁，不能忘乎所以，知道吗？书记是在刀尖上跳舞！全镇六万七千双眼睛看着你哩。"儿子也知道：职务高了，担子重了，责任大了。工作上对县委负责，下对得起百姓，在上级党委领导下，紧紧依靠一班人带领全镇人民努力实干，精准扶贫，早日在奔小康路上成为领头羊。他心里明白这些，起步的几年他也是这样干的，各项工作在全县名列前茅。农村产业结构调整、乡镇企业发展、招商引资力度、小城镇建设、两个文明建设、村级两委建设、党组织建设、城乡环卫一体化建设、殡葬改革等。

正当他向前大踏步迈进的日子里，大家对他也看好的日子里，领导也寄予厚望的日子里，他放松了政治学习，腐败思想滋生蔓延，从收小礼送几瓶酒，两条烟，到送个卡，再到送票子，办大事的老板招标请书记说话，到城里大酒店坐坐，喝酒，绝不是前几年的"一瓶酒一头牛了，一桌菜一米楼了"。看着提两盒茶叶进家，"新茶上市，请您尝尝"，其实在茶叶盒里放着十万元。把放之四海而皆准的理论，拿过来对照现实，绝对是毛主席五六十年前告诫全党的话，要防止"懒、馋、贪、变"。他已不是刚参加工作初入政府时，身先士卒不怕脏不怕累，同吃同住同劳动了，一般的小酒馆儿不去吃，要去几星级的大酒店，前呼后拥。蜕化变质，到贪污受贿，最后倒台，只几年的时间。上上下下大家对他非常惋惜。

　　他从双规就吓得父母亲吃不下饭，娘跟菩萨奶奶上香磕头祷告，求儿平安无事。一直到他进去，老父亲大病一场住医院里，假如儿子不倒台在任上，会是什么情况，车水马龙，排队挨个不夸张吧。此时没几个提着包去医院看老太爷的啦。那不是看老太爷，那是看书记。粉皮儿薄，葱皮儿薄，没人的眼皮儿薄！世态炎凉，面对现实吧，父亲憋在家里不愿意出门。感觉在村上没脸见人，回忆起儿子当镇长、书记的荣光，那种满醋满油的氛围……他悄悄地起五更出村，怕碰见人，去监狱看儿子。

七

　　阳春三月，阳光明媚，和煦的春风拂面，杨柳依依，桃花飘飞。老爹的心情却是凉凉的寒气缠绕。想起往日儿子回家坐轿车，带好酒好烟，给庄乡爷们儿递根烟也是"大中华"，人们露出羡慕的眼光，夸儿子有本事，没忘家乡父老，说咱是老太爷赇等着享福吧。给我过生日去城里大酒店，人是鞍前马后，前呼后拥，我说他有那必要吗？儿子说我劳累操心一辈子了，该享受享受了。吃香的喝辣的，满醋满油。儿啊，爹给你带去火腿肠方便面，怕你吃不饱。儿呀，高墙、电网里边的桃花开了吗？里边肯定没有这么温暖、宜人的春天。

　　父亲战战兢兢地来到监狱探视处，说了来探视儿子，报上姓名，填表，验明身份。探视可以，但这些食品及东西不让带。

　　父亲心里突然寒寒的，看儿子空手没点东西算啥？后悔不知道监狱的规矩，若早知道，何不掖到衣服里边点。别求告了，这事肯定没商量，监狱规定是铁律，是对在押人员负责哩，你带来的东西无论多好，营养多丰富，假如出了事故谁负责？

父亲进第一道铁门。随着"咣当"一声巨响，吓一哆嗦。他回头看，里外两重天，不寒而栗，心里猛地一紧，有种关到铁笼子的感觉。又一窗口拦住他："请交身份证。"普通话甜甜的好听，父亲扭头，铁栏里一个漂亮的女警官说。他掏出身份证，女警官给一张探视的排序，7 号窗口。

随着铁门"咔嚓"一响，父亲过了第二道关。

第三关才把父亲关到见面的玻璃房子外边。玻璃房是房里套房，在这高房子里边又建的玻璃房子。好大啊，河里没鱼市上看！里边男的女的老的少的，满满的，全是探监的家属、亲友。

玻璃房里边是在押人员和陪伴的狱警。引导员把他带到 7 号。儿子穿着蓝条子花的监服，剃了光头。他已等在里边，狱警守着。出乎父亲预料，儿子竟白白胖胖，比双规时脸面好看。

父亲眼里蓄满了泪，隔着玻璃墙，他俩都拿起了电话听筒，对讲。

"儿啊！"

"爸爸，您来了。"儿子哭腔的。

"生活咋样？"

"生活不错，基本全是细粮。从审查起计算时间，快半年了。"

父亲说他："你啊，工作好好表现，争取减二年。"

"爸爸，我会积极地劳动。"

父亲思前想后，自己是否多少有点儿责任？

听说儿子还有点别的事儿，虽然那种事没法说，但他们在大酒店喝酒的场景历历在目。当时曾给儿子指出来，你哪弄这么多钱喝酒、打麻将？儿子一笑了之。如果自己或发动大家都不去吃喝，他会收敛吗？如果都给他施加压力，情况会好些的。

"别挂着家里，你娘身体挺好的。"

"我对不住爹娘，对不起党的培养。"

儿子露出一丝苦笑，眼里云雾状的水汽打旋，没克制住淌了下来。

儿子看眼爹，"唰啦"掉了泪。

他又问："爹，你咋穿这么好的西装?"

老父亲看看自己穿着不太合体的西装，不好意思地说："我借的，怕你嫌我穿得破，给你丢人!"

原载《泉州文学》2023 年第 1 期

捎罐子蜜

早晨一上班，我喊小刘到办公室，安排他去城里时给文化局局长捎罐子蜜。虽说捎，只是好听罢啦，其实是送。叫小刘跑一趟，去送一罐子蜜，五斤。

酝酿了好几年，不是酝酿应是瞎传、乱传，突然，就是突然，不知是谁走漏了风声，是省文化厅传出来的特大喜讯：公社文化站要转干啦。霹雳一声春雷响，震晕了农民文化站站长。我揉揉眼睛，定定神，掐掐胳膊，疼！是在现实生活中，不是做白日梦。

如果转了干，就成了国家干部，跟公社脱产干部一样，可以穿四个兜褂子，抽空可以穿穿皮鞋，跟他们基本平起平坐，不再看人的白眼，不再去挖河筑堤出工，不再每月交九元钱买工分，不再去生产队场院里分粮食，从此吃上粮本的米面。当然了，农业户口已转成非农业户口，此文化站站长非彼文化站站长，转干可以说端上了铁饭碗，旱涝保收。这等鲤鱼跳龙门，一步登天的好事，真的要来了吗？有点李勇奇的白口味道。公社文化站长，名不孬，单位不错，干部似的，其实是临时工，但比在生产队当社员强百倍了。我从公社社员，进公社大门，成了"大门

214

里"的人，这期间在生产队劳动，受累遭罪不堪回首，包括找人托朋友说情，包括身上带包烟，鬼鬼祟祟地藏在房角的黑影里，等书记散会说说情况。把我从河沟子的烂泥里拽出来，爬上岸，然后一步一步干到公社里。

我高中毕业回乡务农，接受再教育，出大力流大汗。农村繁重得徭役般的劳动，磨钝了思想，浑浊了双眼。农业活累死人不说，我作为回乡知青，思想觉悟还高一些，干活不惜力气，身有十分劲不使九分九。但还是被队长瞧不起，队长喜欢力大无穷的，放到哪儿都行的，少吃草多拉粪，憨驴子一样独犁独耙的社员。庄稼活不用学，人家咋着咱咋着，我看看就会。我从小念书，身体瓢，没大力气，虽一样劳动，活不少干。但队长不欣赏，队长那份儿白眼难以下咽。所以下决心跳出农门成了我的奋斗目标。

当民师、招工不行，工农兵大学生兴推荐，这条路堵死了。当兵也不叫去，出身中农的，比不过贫下农子女。参军争得很激烈，一个大队才俩指标，那些虽然没文化，但出身好、身体棒的贫下中农都争破头。大队干部的子女也想去，农村青年都想出去混混，在部队好好干，入上党，退伍回来招个工，跳出农门，或者当个队干部，当个民兵排长，哪怕当个记工员，也比纯社员强。我虽然高中毕业，当年算知识分子，大队缺个民办教师，想去当民办教师合情合理吧，但不让当，安排农民协会主任家那位，把"茄子念成加子"漂亮的女儿当了民办教师。高中生不用，用小学文化但漂亮的"加子"。哪怕出去当临时工，只要离开生产队，不挖河筑堤就行。一年初冬，我上河了，去德州挖漳卫新河。那是"国河"，调节黄河水，水利部组织的工程，各有关省市水利厅具体组织施工，地区水利局都靠上去，县里公社里的施工人员住到河滩里，时间抓得特紧，我差点累死在德州。去

215

德州那天是霜降，回来是大雪后的节气了。各施工营，凌晨三点吹号上工，晚上九点收工，吃了饭十点。一夜睡几个小时啊？开工半月了我没见过房东。晚上收工进家，不用喊门，房东的院子没门楼，就一豁口，大嫂大哥已休息，凌晨我起来上工，大哥大嫂还在梦乡。我们张庄五个人住在德州南郊七夕大队，俺的房东哥嫂像过去支前，给我们腾出厨房屋，让我们四人住，比住工地强多了。德州哥嫂是好人，我生病了，曾给我煮面条喝。挖河五十多天，把铁锨磨下去两厘米，衣服都磨烂了，褂子上膀子是烂的，裤子俩膝盖是烂的，头发挼挲着寸把长，像乞丐，但没累死就万幸了。我们累死累活地在引黄河水工地上干活，家里竟传，说我们招工了！走出农门了！真是天大的笑话。

也就是这次德州挖河的历练，这么艰苦劳累几乎累死，我都撑过来了，估计什么样的农活都能对付了。就是这次挖漳卫新河回来，我决心跳出农门，再这样在农村干活真的要累死了。

二

我托人找门路，孩子姥姥给公社干部张平哥看孩子，姥姥待孩子知冷知热，舍不得孩子哭一声，整天抱在怀里，搂在腿上。这么实在的人，让张平大哥感动，关系愈加好起来。我就跟家人商量，找找张平大哥，让他操心找个工作，挣钱多少不在乎，只要出去生产队就行。我跟大哥说："干什么活都行，挖茅子都行，挖茅子累不死人，挖河能累死人。"

张平哥看我决心大，就说："找工作不是一句话，等机会，慢慢碰吧，再说，我是一般干部，不当家。我要找书记、主任。"

我表态："哥，我在队里好好干，等机会。"我回来，按部就班地出工劳动，等大哥的消息。

世上的事就是玄妙，有些话是不该说的，那句话叫我一句中的。我找张平哥时间过去几个月，正在我等待的难耐时刻，孩子姥姥捎来口信叫我去公社找大哥。

下午收工我草草吃了晚饭，到村小卖部，买盒一毛七的"险峰"牌香烟带上，走进公社里。来到公社大院第二排房子，过门洞右拐第一个房间，只见张平大哥在罩子灯下读报，我敲门进去。我喊声："大哥。"

张平大哥抬头一看是我，就招呼："来，坐下坐下。"

我掏出烟来，破开敬张平大哥烟，然后放到桌子上。大哥说："我不吸烟，把烟装起来。"

我说："不，大哥，来个人啥的吸呀。"

张平大哥说话啦："关于你找工作的事，我始终装在心里，早已给管招工的领导说了，介绍了你的基本情况，高中生，热爱无线电，在学校里学安装半导体收音机，还好写东西，等等。领导也感觉不错，叫我等机会。迟迟等不来机会。昨天领导给我说了个招工机会，只是没有好工作，而且名誉不好听。我也感觉名声差些，不太合适，是这样，那啥，县卫生队给公社两个指标，你愿意去吗？"说完，张平大哥看着我的脸色变化。

我没怎么思考，当即说："大哥，啥名誉不好听，我去。挖茅子也不挖河，挖茅子，累不死人。"

我的决心日月可鉴，我说的话是板上钉了钉子，是掏心见肠的，从嗓子眼以下冒出来的。

张平大哥面露微笑，说："你去了卫生队也担不了筲，上不了一线，你高中生有文化，知识分子，很快就提起来。"

"大哥，别说提起来，担筲就出去农村了，不挖河就行。"

"这样吧，给你两天考虑时间，没变化的话，就来填表。"

"好的，大哥，谢谢您！"

临走张平大哥抓起桌子上的烟塞给我。我兴高采烈地出了公社大院，劲抖抖地走回家。回到家，跟父母说了张平大哥说的卫生队招工事宜，听听父母的意见。母亲喜欢，高兴啊，说卫生队好哇，干净卫生。父亲纠正母亲的话说，你不知道，卫生队其实光一个名，工作起来是不卫生的，就是城里挖茅子担筲的队伍。挖厕所还卫生吗？一说这母亲脸寒寒的啦。说，哟，是这样啊？城里人的茅子比咱这茅子味多了。我说，娘我不怕臭，臭戴口罩，臭也熏不死人，担筲也累不死人。挖河能把人累死，我决心挖茅子也不挖河！最后我父亲说，这样吧，你进城问问你大叔，听听对你去卫生队的意见，同意你去还是不同意你去。我说，行，我进城去问大叔。大叔还不是主要听咱的意见吗？咱愿意去，人家还阻拦吗？父亲说，你大叔在县里工作，经的多，知道的事也多，问问他总有好处。

　　大叔刚从部队转业，在部队干得不错，入了党，获五好战士奖励。退伍分配到县商业部门工作，很快被抽调到县委知识青年办公室工作，后来又到落实政策办公室，临时住在百货大楼南边的两排平房，一间屋。第二天，我借了车子，骑车子跑六十里路，到县城，找到大楼南边商业公司宿舍，问了门卫，大叔住后排中间五门，见了大叔。大叔那间屋，一张床一张桌一把椅子，一条板凳，大叔给我倒碗水。我坐到板凳上边喝水边跟大叔说话。我把张平大哥说的招工，去县卫生队的事说了："想听听您的意见。"大叔没怎么考虑就直接否了，去卫生队不行，你给我丢人哩！挖茅子多丢人啊，大叔说，不过张平大哥能给你要个卫生队指标也不错了，他不是公社领导，要找书记、主任，求人家给个名额，那些去工厂企业的指标给不了，商粮供（商业局、粮食局、供销社）招工指标也给不了他。那也要感谢人家，要个指标不容易。回去好好劳动，听队长的话，等着去吧，等机会，说不定还有好工作哩。

三

过了年，春天，张平大哥给我又找了个去公社广播站的差事。

这主要是因为我会安装半导体收音机，懂些无线电常识。我在学校跟物理老师学的安装收音机，从一只三极管开始学，到两个管儿再三个管儿，最后安装了，我那台四管推挽式半导体收音机，带回家来，天天开开收音机听上级的声音，听革命歌曲，在大队里出了风头。很多人羡慕我。另外，我还有短暂的开生产队柴油机的经历。虽然开柴油机仅仅三年，但我在我们公社驻地，县工具厂的外修车间成了柴油机大师，订阅了农业机械部主办的杂志《农业机械资料》。我去外修车间玩儿，实际是悄悄地学习维修技术，所以我开的柴油机省油故障少，号称"两少司机手"，柴油用得少，出故障少。我平常摸索的节油办法、柴油机喷油嘴回油、供油时间的调整等，我整理写下来，投到北京《农业机械资料》编辑部，被采用了两次。高兴得我心扑腾扑腾地跳，久久不能平静。我拿着杂志曾到公社让张平大哥看。大哥看了我发表的小革新、小修造点滴文章，表扬我，不错，鼓励我，好好干。

公社广播站需要啊，高中生、会无线电基础、会开柴油机，且有柴油机维修文章发表，在全公社是绝无仅有的，我几乎是全面手了。公社广播站的那台柴油机还不老，好发动，点好火纸媒拧到缸盖（缸头）上，手摇发动机启动，当转数达到顶点时，打下减压，柴油机就"突突"地发动起来。我满能胜任。公社广播站是不错的单位，有站长和俩技术员，另外五个管理区有广播网长，网长是需要爬杆子的，维护线路，穿上铁脚扣，抱住杆子爬上爬下，负责管区内的广播线路畅通。公社广播站受县广播局和公社党委双重领导，业务上受县广播站的指导。风不打头雨不打脸的工作，挺体面的活。

广播站在公社大院西边胡同，有五间红瓦房，一间屋安装12马力195型单缸卧式柴油机，莱阳动力机械厂出产的，性能很好，广受欢迎。这台柴油机是发电的，跟它配套的是发电机，当柴油机发动起来挂上皮带，带动发电机发电，供给广播放大机用。广播放大机跟现在的冰箱大小差不多，立在那儿，开机后看着有四五层电子管点亮，一负荷，电子管一闪一闪的灯泡晃眼，转播县广播站的节目，然后通过若干电线杆架着电线，输送到全公社六十个大队，家家户户的小喇叭都听县广播站的节目。小喇叭很可爱，它只需接一根从电线杆上顺下来的电线，另一根线插入地下，就可以听到县广播站转播的上级广播电台的节目。县广播站一天三次播音，公社广播放大站就转播三次，跟县广播站播音是同步的。特别是县广播站的自办节目，是各单位和各公社的新闻报道员写的稿件，一天播三次，县广播站播音员念稿件，某个单位或某公社某大队社员某某某来稿。早晨六点半播音，中午十二点播音开始，晚上六点开播，冬夏的播音时间有变化。只要县广播站播音，公社广播放大站就转播，公社广播放大站不自办节目。公社广播放大站，晚上九点半以后，县广播站节目转播完了，公社偶尔广播一下开会的通知，要求各大队书记明天早八点到剧院开会。广播站技术员调好麦克风，公社秘书或通信员念两遍通知。有一次一个大队书记来公社广播站要求广播一下寻驴启事。他大队五队的黑叫驴跑丢了，找不着，求广播站帮助下。站长开恩，节目播完，说下面广播寻驴启事。技术员没切断公社机关线路，公社书记和全公社社员都听到了找叫驴事宜，成了笑话。站长挨批评：广播站这是喉舌知道吗？！喉舌！之后公社广播站再没犯类似错误。

张平大哥捎信儿，把我喊到公社里。往公社走着就寻思，可能大哥给找着单位了，心情好起来，他肯定给公社主任说了不少好话。我还是晚上去的公社，进张平大哥办公室，仍然是在罩子灯下看报纸，写东西。说：坐下，喝水不？我说，大哥我不喝水。张平大哥说，我跟公社领导再次说了你的两个特长，若加上写东西发表，这个特长更厉害，那就是三个方面的特长。正巧公社广播站要增加人，我就推荐了你。公社革委研究同意你去广播站上班，给你大队说了，叫通知你去广播站报到。你就好好劳动，别给外人说，保密，等大队的通知吧。哥肯定看出我脸上流露出的羞涩、感激的表情，谢谢大哥、谢谢大哥。我的出头之日快到了，我急忙转回家来，告诉好消息。我跟爹娘、家属说了张平大哥找公社领导，给广播站推荐我去上班，全家高兴得晚上都"阳光明媚"。在农村生产队劳动，突然被抽调到广播站上班，不亚于考上大学。

我在等大队的通知，心情愉悦，看啥啥好看，劳动也不觉累，但也伴随着期盼、等待、焦虑，一天、两天过去了，大队没通知我去广播站。那天我扛口袋玉米，去大队机井房磨面，当我扛着口袋走在田间的小路上，五六十斤玉米压在身上也感觉不出沉。

我走在鲁西大平原上，满眼皆呈麦色。绿油油的麦苗，水灵灵湿漉漉的麦穗滚落晶莹的露珠儿，温馨的风吹过，荡起碧绿柔美波浪，一浪一浪往前悄悄爱抚过去，回头又挺起身子重新迎接春风的洗礼。瓦蓝瓦蓝的天空怀抱里，游过来几片白云，这不是蓝蓝的天上白云飘吗？心情美，眼里的一切都好看、舒心。

我肩扛口袋迈进机井房，还没放下粮食，没来得及给司机手打招呼哩。社员来磨面，大都高看一眼司机手，会吸烟的社员给司机手敬支烟，是怕磨面质量出问题。这次反而是司机手先说话了，张口就说，广播站的老客来了！我心里一惊，一句这把我打蒙了！哎呀，他们怎么知道了？大队散布了消息。我没处理这种突发事件的经验，血一下子涌到头上，脸红到脖子，不知怎样接司机手的话，停留两秒后，我脸上开放出比哭还难看的笑，是硬挤出来的"笑"，说，你开什么玩笑？我不懂。司机手怪怪地笑说，别保密了，俺都知道了，你马上要去广播站上班了。我说，俺还不知道哩，瞎传，没影的事。司机手继续说，不是瞎传，是里边的人说的。我说，甭管里边外边，反正俺不知道。磨面的时候我心里七上八下，翻江倒海，这事八成要黄。我扛着面子回家来，脚下走得不利索，踩着个下雨冲的小坑儿，几乎摔倒。为什么不按公社说的，按程序不通知俺？我真不懂，应该去见见大队，甭管大队放不放人。我回家来，放下面，给父母、我孩子妈一说司机手说的经过，他们也都觉出问题的严重性。大队没通知咱，反倒宣传了出去，唯独咱不知道，现在恐怕全大队人人皆知了。

　　果然，等三天了都没通知我。人家那个挎着盒子枪、横行乡里的派出所所长，培育得几乎文盲的儿子去广播站上班了。指标被人顶替！当我知道这个消息的时候，气得眼发黑，差点晕倒。天空忽然一下子黑暗下来！没了一丝阳光。我的眼发黑，看不清路，立刻就哭了，眼泪"唰"地下来。怎么会这样？被人顶替。派出所所长的家属、孩子农业户口，当年他耀武扬威地找大队，把家属和一窝孩子的户口，落在我们大队里，吃生产队的粮食，烧生产队的柴草。我农民的儿子，论什么也干不过派出所所长啊！广播站招工不考试、不看看文化程度，不考查，不看技术特长，只随口一说，当然被派出所所长儿子顶替。我掉泪，被人欺负，暗无天日呀，蒙头睡了两天，没出工，队长也没喊我上工。父亲母亲孩子妈劝我，想开些。我想什么时候是出头之日呀？把人摁在烂泥里出不去。叫你干什么，你得干什么，没有丝毫讨价还价的权利。你想出去生产队，不再受窝囊气，不再被剥削压迫不行，你跳出农门，那谁干活啊？

四

转年冬天，12月，天寒地冻，社员挖大河回来，公社里又组织了农田基本建设，挖郁杨沟。郁杨沟是排灌沟，雨大淹了，它排水，把雨水排到德王河，德王河再流到马颊河，马颊河并黄河流入大海。天旱了，抗旱浇水，郁杨沟从王铺节制闸引来黄河水，生产队安柴油机水泵抽黄河水灌溉。浇小麦、浇春白地用黄河水发暖，备播，都开足马力，昼夜不停地抽水。

那些年响应毛主席两个题词的号召，第一，一定要根治海河！第二，要把黄河的事情办好。农业粮食生产从过"黄河"到跨"长江"，社员生产生活有了较大改善。

郁杨沟开宽两米加深一米，增加黄河水流量。可是土冻得梆梆硬，石头一般，铁锹掘不动，铁镐捣下去崩块土，那时全公社施工，各队都带来洋镐、杠子，用来撬动大冻块。我们住在大婶子娘家的西屋里，有睡炕的睡床的，我和年轻人打地铺，铺上麦秸睡在上边也不错，比挖地窝子住工地暖和多了。挖土、装车、拉车，天虽冷，但干起来穿不住棉袄。一天下来累得要命，收工饭都不愿意吃。

我又一次等来了机会。公社文艺宣传队刘队长找到郁杨沟工地，他在人群里找着生产队队长，递给队长支烟，生产队队长把烟吃在嘴里，掏火柴划火点着，狠狠地吸到肚里一口，憋了一会儿，吐出来。刘队长跟队长说，大哥，找你有点事，是这样，公社革委调××到宣传队工作。一听说调人，生产队队长的脸拉下来了，说，不行，他走了河谁挖？宣传队刘队长掏出介绍信，叫生产队队长看，信纸最上边印一行字：敬祝伟大领袖毛主席万寿无疆。下边抬头是，大队革委会：经公社革委研究决定，调你大队社员××到公社毛泽东思想文艺宣传队工作。请接通知后，通知本人，明天上午到林场队部报到。大红印章，公社革命委员会政治工作组，1970年12月20日。生产队队长也够行的，眼一挤，说，这是给大队写的信，我没权放人。你得找大队。刘队长考虑也是，虽然我跟生产队队长熟悉，但也不该直接找。刘队长第一次找队里碰壁，我必须回村里找大队。我已知道刘队长来河工地要我，二人在河堤背风处说了会儿话。我告知刘队长，目前挖河正在攻坚阶段，生产队更不同意放人，虽然到宣传队演节目排样板戏也是记工分，但是也算跳出半个农门，不用到大田里劳动了，不用挖河了，风不打头雨不打脸在屋里，在剧院演出，也是农村知识青年的向往之地。宣传队的基地设在公社林场，一百多亩的林场还可以种些庄稼，收了粮食补贴宣传队员。刘队长跟我商量，双方都找找，接受上次去广播站没去成的教训，我让父亲找找大队，然后刘队长再带着介绍信找大队。

父亲知道了刘队长上河工地要人碰壁，考虑要找大队主任。父亲一生老实巴交的社员，但吃一堑长一智，为了不叫儿子挖河，为了儿子出去农村，晚饭后，父亲怀里揣上输液瓶子装着从供销社采购站用地瓜片换来的价值七毛二一斤的瓜干酒，往主任家走去。父亲良民，而且腿是不缺钙的，但是他为了儿子，还是"跪"在了主任门前。后来刘队长找大队要我，就比较顺利了，大队主任是明白人，善良人，说，虽然生产队离不开劳力，但是公社革委要人我能不放吗？我敢不听公社革委的吗？基本上很明白的一个基层干部。我给队长说，放人！那生产队队长也没通知我去宣传队，我去见了大队主任，主任说，你去宣传队吧，我给你队长说。我随着说感谢主任，出了他家门。

我要去公社宣传队了，宣传队男女青年正是生长的节气，是故事会。我换上洗的衣服，带一把铁锹，去村北公社林场报到。生产队每天给记十个工分，公社也不让贡献了宣传队队员的大队吃亏，有挖河任务了，公社负责给"刨河号"，就是你大队需上河几人，公社就不让你大队上全员，刨去几人。

五

林场是公社宣传队基地，从村北走二里就到。有四间土房子，一间做厨房，三间住宿。掩映在绿树林涛之中，空气之清新、氧气之充足、环境之优美、声音之清净、冬暖夏凉，真乃学习训练之优选。每每公社黎干事来视察宣传队，都发自内心地感慨，除去生活差点儿，这儿真是居住的好地方。房前几畦子菜地，小葱、菠菜、芫荽、莴苣，一架辘轳浇水，青菜水灵灵地滴水。房后一架丝瓜一架豆角，都爬满架子，丝瓜豆角滴里嘟噜挂秧头，那种绿菜清香飘绕在空气里，你不深呼吸都不行。一派宜人宜居的田园牧歌景象。这个情景我再熟悉不过了，我队的地跟林场紧临，劳动间隙常到林场喝水休息。

宣传队男女二十九人，有三分之一是公社驻地村的队员，其他队是公社周边大队的文艺青年。基本都是回乡知青，长得也文艺，男女队员都比较好看一小点儿，讨人喜欢的那种。宣传队一边劳动，一边排练节目，有临时宣传任务时，就停止劳动，全力以赴抓排练。吃饭是各自带来的干粮，离家远些的队员带面，由帮厨的负责蒸窝窝、贴饼子，一般都吃粗粮，林场有一位留守老大爷负责做饭。大家都穷得好好的，相安无事。劳动嘛就是给树苗除草，浇小麦玉米等。公社安排了政治宣传任务就自编自演紧跟形势的文艺节目，宣传鼓动。

我从河工地把被褥驮回家，一天没歇，就去了公社宣传队报到。新来乍到，我还在磨合期，没上演正式角色。不长时间，社员们从郇杨沟工地回来，马上又开始了挖坑泥运动，坑泥黑黑的做肥料上地。社员真是没一会儿闲的时候，挑完黄河挖小河儿，挖完小河儿挖坑泥。喊出来的口号：干到腊月二十九吃了饺子再动手！我已尝到干宣传队的甜头，不用下河、下坑劳作了，抽水机抽干坑，腊月里趁上冻，挖坑泥，人可受罪了，手冻得裂口子、流血。坑泥要俩人抬一筐，一步一步爬上坑沿来，比挖河也不轻。我们公社挖坑泥运动轰轰烈烈，各大队都热火朝天地大干。

县革委为了把挖坑泥运动再往纵深推进一步，决定在挖坑泥较好的公社召开现场会，全县各公社书记、主任，各管区都参加会议。公社政治工作组的宣传组黎干事早早来到林场，给宣传队刘队长布置任务，他拿着荆书记给刘队写的信，说，你看看吧，荆书记对节目提出要求。信上要求节目要突出毛泽东思想，一定要毛泽东思想挂帅！黎干事说，马上编排个挖坑泥的文艺节目，最好是表演唱。明天上午县革委生产指挥部挖坑泥现场会在咱公社召开，会前演出几个文艺节目，包括挖坑泥的表演唱。全县挖坑泥再掀新高潮！

编唱词的任务刘队交给我了，上午写完，下午由京胡小郭谱曲、演员背词。晚上排练，明天上午会前演出。时间紧任务重，我领了任务开始创作。我跟小郭商量唱词怎么写，小郭说，以前咱演过《四个老汉逛新村》，谱子我有现成的山东柳琴曲谱，稍加改动往里填词即可。你就琢磨词吧。反正是挖坑泥、抬坑泥、运坑泥，干劲冲天啊啥的，没人研究你的唱词怎样，关键是要热闹，把挖坑泥热火朝天的场景表现出来。遂说着唱词，小郭鬼鬼地问我，你知道黎干事来干什么吗？我回答，黎干事来安排编演挖坑泥的文艺节目啊！小郭的嘴一撇，说，拉倒吧，你真没看出来啊？那是幌子，其真实目的，我说了你不能往外说，你刚来宣传队看你挺实在。我说，小郭我准不往外说，我拿你当朋友。小郭挤挤眼儿说，黎干事是来看看《红灯记》里演惠莲的闫秀玲，嘻嘻，他俩正在好，或者是趁机告诉闫秀玲什么重要信息，递个纸条啥的。我不解，问他，黎干事咋挑了个次要人物，革命群众呀，铁梅多漂亮啊，要个有个，要模样有模样，唱得好，长得又好，宣传队的头牌大主演。小郭不屑一顾地说，你外行了吧？铁梅是名花有主了，知道不，对象是解放军战士，前几天探亲刚回部队，现在是工业学大庆、农业学大寨、全国学解放军，解放军在人民群众中的威望高得望不到影儿。黎干事若是来宣传队，没眼色乱抓挠，抓炸了炉子，就毁个儿的了！破坏军婚的罪名厉害，砸笆篱子的干活。其实闫秀玲长得也蛮好看，明睁大眼的，长得不赖，就是嗓子差点，她若也嗓子好，恐怕要争演铁梅。俩铁梅，县京剧团不是两个花旦抓了吗？你骂我×鞋，我骂你破×。闹翻了天，可热闹了，比唱戏好看。甚至惊动了县革委政治部宣传组的文化组副组长来调解。我夸奖小郭知道的真多，脑子装的事满满的，都溢出来了。小郭说，别讽刺我，要不我再不给你说了。我一笑说，我没讽刺你，是表扬你，脑子好使。小郭龇牙一笑完事儿，说，她比黎干事小。我疑惑地问，小郭你说的准不，跟真事似的。你不信是不，小郭说，以后有好故事不跟你说了。我讨好地说，小郭你思想别忽左忽右行不，以一种倾向掩盖另一种倾向。你不是说俺是你好朋友吗，其实我是愿意听听花边的。我俩研讨了一晌新闻，小郭最后说，你快写唱词吧。次要演员的私生活刘队抓得松，她在刘队那儿挂不上号。我说，胡闹哩，晚上要抓紧赶排节目。排完节目快十二点了，还去呀。那人家不回家了吗？小郭以专家的姿势，接待病人的样子，说，她肯定给家里捎信儿，晚上赶排节目明天演出，住同事那儿不回家了……

我编的唱词通顺，小郭配谱子，自拉自唱一遍，可以嘛！我给刘队汇报，说表演唱可以排啦。晚饭后开始排演山东柳琴表演唱《四个老汉挖坑泥》，导演吴二哥亲自上阵，挑了三个演员，他四人演《四个老汉挖坑泥》。唱词基本背过了，吴二哥表演挖坑泥的动作，四人的动作必须统一，要挖都挖，要甩泥都甩，若下蹲，四人都骑马蹲裆式下蹲，要摇头都摇头，若吹胡子瞪眼，都吹胡子瞪眼，吴二哥表演动作让他三个看，记住。每个动作都来自生活，吴二哥说，咱大部分都挖过坑泥，都会把泥从铁锨甩出去。但，每个动作都有夸张的成分，艺术高于生活嘛。小郭用京二胡充当高胡当头弦，宣传队买不起柳琴，用破三弦代替柳琴，再有二胡、笛子、大低音啥的，乐队挺乱乎，山东柳琴谱子乐队都会，串成串了，节目基本成型。夜里十二点了排练结束，小郭拉车子说回家拿大棉袄，刘队没阻拦。

老伙夫制作铁锨任务还没完成，他找四根一米长圆木棍儿，这好办，林场有，铁锨头用什么做？有人提议去公社武装部借备战挖战壕的短把小铁锨，被刘队否了，他一是怕借不出来军事用品，二是道具上舞台越假了越真。铁锨头用酒箱子，他叫老伙夫去供销社烟酒副食门市部要个酒箱子，再到文具部买瓶墨汁和一瓶白粉汁。把酒箱子硬袼褙剪下铁锨头大小，然后钉到木把上，铁锨头上部三分之二抹成黑色，下部抹成白色，挺漂亮的四把铁锨。

第二天宣传队员们都提前一小时到林场，开始化装。宣传队不像剧团剧院舞台后边化装室化装，而是在林场化好装再骑车子或走着去剧院，林场离剧院三华里，差不多十几分钟走到了，衣服到剧院再换。

剧院舞台上面挂好了红纸会标：全县挖坑泥运动再掀高潮现场会。下面连椅上已陆续来参会人员。京胡小郭喊我把后幕拉上，我俩就把宣传队那块高两米半的幕布拴到舞台两边的柱子上，幕布没缝制铁环穿到绳上，是直接在两角拴上的绳子。乐队安顿好了，黎干事过来问刘队，演出行了吗？开会前半小时二十分钟就行。我看着黎干事双眼布满血丝，红红的。他跟小郭一对红红的眼神。

报幕员报出，第一个节目革命现代京剧样板戏《红灯记》选段：铁梅唱腔"做人要做这样的人"。铁梅一上场，黎干事就瞪圆了双眼看了一下，扭过脸去看小郭操琴了。第二个节目河北梆子清唱《龙江颂》选段：江水英唱腔"望北京更使我增添力量"。小郭撂下京胡换板胡。这俩节目一完观众都爆出热烈掌声，下边坐的人，层次在那儿摆着哩，都是有水平的县直部门、公社领导同志。黎干事匆匆地过来跟刘队说，抓紧，下一个挖坑泥，马上要开会了！小郭放下板胡拿京二胡，报幕员报出，下一个节目，山东柳琴表演唱《四个老汉挖坑泥》，下面"哗"地起来掌声，这就是文艺节目紧跟形势的政治效应。掌声刚刚停歇，又响起来……原来是后面的幕布从中间"刺啦"一声扯到底儿了，我们想笑没笑出来，刘队愤怒地瞪视小郭，埋怨我们拴的绳子太紧了，早不扯晚不扯，全县开会时扯，引发了不该出的故事。

山东柳琴的音乐一起，四个老汉扛着铁锨，就唱着："哎、嗨、嗨、嗨，哎嗨哟，哎哎嗨哟，新年到笑呵呵，弹起柳琴唱起歌，四个老汉心欢喜，俺们一起挖坑泥。哎嗨哟，挖坑泥哎挖坑泥，毛泽东思想记心间，天寒地冻身也暖……"四个老汉统一着装古铜色的裤子褂子，黑布袋子扎腰，腰里别着旱烟袋，鼻孔卡上两撇黑胡子，白羊肚毛巾包头。他们快速地挖泥，夸张地甩泥，铁锨配合在手里，掘、挖、甩，统一步调，整齐划一。欢快的台步，清脆悦耳的柳琴唱腔，博得观众一阵阵掌声，剧院中央是参会人员席，周边满满的是村上男女社员来帮着看节目的，人声嘈杂，评论节目信口开河。挖坑泥节目快结束了，四老汉骑马蹲裆势面朝观众，头左右一摆一摆地依次朝边幕退去，此时，观众却大哗，年轻人"嗷嗷"叫，吹口哨。原来是最后一老汉的裤裆出了问题。前开门的裤子忘系扣，前门大开，露出里面的大红绒裤，调动了观众的审美情绪，全场哈哈大笑，有的笑出眼泪，热烈鼓掌叫好。这更加刺激了演员，调动了演员的情绪，他们表演动作、唱腔更加到位，特别是最后一老汉表演唱更出色，他不知道是自己裤裆的诱惑，以为观众是为他的演出喝彩哩……

六

普及样板戏，各行各业各单位都在演（或唱）革命京剧现代戏《沙家浜》《红灯记》《智取威虎山》等。公社宣传队当然不甘落后，排现代京剧样板戏《沙家浜》，刘队叫我扮演刁德一。刘队是从各个方面综合考虑的，一是文化程度；二是个头长得跟样板戏《沙家浜》各剧团里扮演差不多；三是自然条件，嗓子能把刁德一唱得高音上去。私下里刘队把我喊到机井屋里试唱过，我唱得不错。还有，主要原因是原"智斗"组的主要演员基本都走了，升学的、招工的、参军的等。下步宣传队重点排练《沙家浜》"智斗""转移"这两场的节选。刘副官、刁小三、沙四龙、沙奶奶和刁小三追夹小包袱的小女人。这个被追的女人就不好找人选，找了几个都不乐意饰演，感觉被刁小三追不好，好像有了啥事似的。刘队跟几个女演员做思想工作，这个角色总得有人扮演吧？最后做通《红灯记》里惠莲的工作。演就演，也不是坏人，也没干别的事，身正不怕影子歪！间秀玲在会上受到刘队表扬。阿庆嫂是没争议的，由扮铁梅的王丽芝扮演，胡传魁由曲艺演员老杨扮演，角色分好后，各自背词，练唱腔，然后合练、彩排、响排等。小郭忙起来了，凡是有唱腔的演员都找小郭学唱，练唱，跟京胡唱，累得他不轻，刘队就安排分期分批地找小郭练唱，跟京胡唱。

这天轮到我跟小郭练唱，他把我带到林场纵深梧桐林子处，这儿树密林深，叶大遮阴，很凉快，再往外就是麦田了，刘队检查工作也检查不到此处。小郭没教我刁德一唱腔，说，"适才听得司令讲""这个女人不寻常"你都唱烂了，唱腔很好了，不用学了。我说，咱也得唱唱啊，熟能生巧呀。小郭把京胡一放，说，唱什么，没不会的啦。哎，我给你说点真的，你知道不？B角铁梅，清春最近情绪不稳，你发现了吗，忽高忽低，据说被追了。你说她叫青春多好，又好写，又好听，还好记，清春，青字还非带个三点水？你若写青年的青，她还不同意。难道带个三点水就清白了？我反驳小郭，你管人家咋叫、咋写干什么，你这是、是、是驴撵耗子多管闲事！小郭不干了，说话粗口，操，你说我驴撵耗子，比狗撵耗子也进步不到哪里去。找挨揍啊？我笑了，小郭，我这不是开玩笑吗？难道我不知道狗撵耗子多管闲事啊。我是感觉把好朋友比喻成狗也心不忍。告诉我吧，清春被谁追了？小郭噘着嘴，说，我不知道被哪位追了。我说，小郭，你不告诉我，说明你还在生我的气。小郭站起来拍了拍屁股，说，我敢生参谋长的气呀，不用我说，你准知道。我在垄沟沿上，也站起来活动活动腿脚，说，我真不知道。小郭说，我也真不知道，可能是瞎传，或是（摇）谣言。摇摆不定的摇！我见状也不再追问小郭。你拉琴，咱唱一遍吧，我说。小郭白我一眼，说，你自己清唱就行，我听听哪儿不对，给你纠正。我说，守着京胡清唱没劲。小郭说，没劲就不唱。来，我领着你看看有劲的现场。我问小郭，啥有劲的现场？小郭说，别问了，走到就知道了。

　　还别说，这儿是好地，出来梧桐林就是麦田。麦子要抽穗了，麦浪滚滚，一浪更比一浪强。顺垄沟走出十几米，下来垄沟沿，进麦地。小郭在前我随后，到了。小郭站在麦垄里，指着那片儿扑倒的麦子，说，你看看这儿是什么？我还真感兴趣地查看一番，说，看不出是什么，我又不是派出所的，俺知道是什么，不敢妄下定义。小郭不高兴了，他原以为会调动我的荷尔蒙分泌，对此类东西会密接。我认为是小郭的恶作剧，开玩笑玩弄的所谓现场。小郭看我不顺着他的思想反应推进，感觉没意思，就提出，走啊，回场部。我二人一前一后顺垄沟走出碧绿的梧桐林，还没接近场部，就听着有"嘤嘤"的女孩子哭声传来，场部大约有点意思了。小郭觉着有好戏看，或者这一哭小麦倒伏的原因不查自结。我俩不由自主跑步前进，加快了速度。

　　今天做饭帮厨，轮到女生张莲芬，她不是主要演员，是跑龙套的群众，但长的模样也不错，蛮好看的，真的，宣传队的男女生，个个都一个是一个的，都是从各大队百里挑一，挑出来的优秀人才。是不是有人欺负人家了，留守人员老伙夫对她有冒犯吗？若那样更不能哭呀？哭，就是扩大宣传，还是黄花大闺女；哭就是憨，下一步怎么找婆家？我跟小郭愤怒地走进屋里，准备对老伙夫进行帮扶教育。一看张莲芬趴在桌子上哭，刘队、王丽芝、间秀玲、老伙夫正在耐心地劝她。

　　事情是这样的。张莲芬帮厨，工作得很好，无可挑剔，哭的原因很简单，是因为自己摇辘轳，操作时出点事儿。

　　他俩准备完午饭的菜什么的，添锅水，张莲芬出去弄水。在伙房西南侧有口水井，上边常年架着辘轳，专门提水用的，平常摇辘轳浇园，洗刷、做饭都用这个辘轳。辘轳的主杆栽在井口边，两根支架架着辘轳轴。辘轳穿在辘轳轴上，这个辘轳的摇把不是枣木的，而是铁家伙。辘轳绳缠在辘轳上，需用打水了，人就手扶辘轳把水斗放下井去，水斗自动歪倒装满水，人们再在上面摇辘轳，把水提上来。当水斗上来井口那一会儿，需要一只手抓住水斗大梁的手环，另只手反转辘轳，把水斗拉到井口边。就这关键的接水斗一下，是技术活，人的身子是前倾的，弯腰撅腚接水，其他的环节小心翼翼即可。问题就出在这里，可就在张莲芬谨慎的一手欲抓快上来井口的水斗手环，一手反转辘轳的关键时刻，张莲芬收腹提气，裤子突然褪了，"唰"一下子褪到脚脖。张莲芬没穿裤头，或根本就没裤头，撅着的大白腚暴露在白花花的阳光之下，那是非常耀眼的一幕。她第一反应是赶快去提裤子，就双手撒开了辘轳，而此时的辘轳水斗正在千钧一发的关键时刻，水斗带动辘轳反转着快速落下井去，反转的铁辘轳把一下打到张莲芬的额头，万幸啊！万幸！只擦伤点儿皮儿。若辘轳铁把打正了脑壳，巨大的水斗下降冲击力带动辘轳反转，脑袋就开瓢了。那就是人命的问题了。其实队员们都在各自忙自己的工作，在厨房附近这个小天地里，只有老伙夫他二人，别人没机会看见掉裤子那一幕。老伙夫当然看见了张莲芬撅着的胖白腚，老伙夫如果硬说没看见张莲芬掉裤子，也不现实。关键是老伙夫并不老，三十几岁，若老伙夫是七老八十的老人，张莲芬就不会这么伤心地哭了。小郭自言自语，莲芬要是穿着裤头就好了。困难时期，多数是没裤头穿的，当然莲芬这次事件，可能是早晨起床慌张忘记穿裤头了。阎秀玲带着张莲芬去附近村找大队赤脚医生把头伤包扎上。白绷带缠着额头，伤兵一样地回来。男队员就散开了，几个女队员围着她说话。张莲芬自此觉得很丢人，见面难为情，除了褪裤子，还一个就是里边没穿裤头也是感觉难为情的主要原因。感觉现在同志们跟她说话看裤子，眼睛像透视机样，看里面穿没穿裤头。从此，刘队规定女同志不准摇辘轳取水，用水一律由男同志操作，作为一条纪律规定下来。其实不怨老伙夫，是张莲芬工作积极，主动去摇辘轳弄水所致。

<h1 style="text-align:center">七</h1>

张莲芬掉裤子事件过去之后，好赖罢（茶余饭后人们说的话题）三天，宣传队的日子照样一天三顿饭，太阳东边升起西边落下，仨饱一个倒儿。节目照样排练，《沙家浜》选场节选照样排练。刘队加强了管理，他可能发现有学唱漂浮的，就逐个检查或抽查学唱认真与否。在"六一"节前，有次演出，刘队决定演《沙家浜》，把新队伍拉出来遛遛，在舞台上检验一下。任务下达后，演员们都各自准备服装道具。宣传队只有公社缝纫组给做的四身鬼子衣服，其他要自己找。我开始寻找适合刁德一穿的服装。我找三哥借军装，三哥退伍军人，从部队带回来一身军装，他都舍不得穿，光被村上年轻人相媳妇的借，串亲戚的也借去穿过。我找三嫂子借来三哥的军装，穿上可以。领章帽徽找不到，还是张莲芬从家里拿来她表哥退伍带回来的红领章，我请张莲芬用做鞋穿鞋带的扣眼装到领章上三个，一般晚上演出马马虎虎看不出来。我找愁爷借来老退伍军人的铜签子牛皮武装带。帽子咋办？还是开动脑筋想办法，找来院中老爷爷年轻时在南军或是北军当兵时的帽子，就让"忠义救国军"刁德一凑合着戴吧，反正农村演出，没挑毛病的。还有最关键的两样，一是道具，刁德一皮带上小盒子枪；二是刁德一穿的黑皮鞋。这两样难住我，黑皮鞋还好说，可找宣传组黎干事借，牛皮做的小盒子枪套往哪儿找去？我想了几天，打问了若干同志，都没那玩意儿。如果找不到小盒子枪套，弄把二十响的盒子枪别在皮带里，那样就大跌眼镜

了。如果演武工队或区小队长还可以，显得威武。刁德一参谋长腰里别盒子枪就不伦不类。我看过一个大队的宣传队演出《沙家浜》的"智斗"一场，刁德一就把盒子枪别在腰里，演成了笑话。农村社员都理解大队的节目，没条件，热闹是年下，哈哈一笑完事。我想起"凤凰"自行车座子下边，拴在车子横梁与斜下架子角里有个皮工具包，类似盒子枪皮套的样子。我知道剧院任经理家有辆"凤凰"，我就找到剧院经理家，说明用途。经理大力支持，说，行啊，咱演节目演样板戏，没问题你解下来吧。我把自行车工具盒从经理"凤凰"车解下来，带到林场，我亲自披挂上，看效果。一身军装扎上武装带，把"凤凰"车的工具皮盒儿固定到腰里，咋看也不像盒子枪套。不满意。扮刁小三的小伙子说，哥，你若嫌弃这玩意儿，就让我用吧。我说，如果我找到合适的东西，这个就转让。喜得刁小三眉开眼笑，谢谢哥，谢谢哥。我说，咱弟兄俩谁跟谁呀，还分那么清啊！一天我去街上买东西，遇上中学教代数的常老师了，忽然想起上几何或是上代数课，老师拿的仰角仪的外套颇似小盒子枪的外套。我给常老师说了要求，俺宣传队演《沙家浜》，让我扮刁德一，需借借您的黑皮鞋穿。常老师的黑皮鞋是轻易不穿的，进城穿上，擦鞋油打得贼亮，他们说老师谈对象时穿。俺还要借学校的仰角仪皮盒用用。常老师一口答应，你去学校找我就行。到正式演出，我装扮上还像那么回事，特别是小盒子枪皮盒儿增色颇大。再就是我用父亲的金光闪闪的烟盒，一摁，啪，就打开了，那是"智斗"里刁德一试探阿庆嫂，叫阿庆嫂抽烟时露一露的高级货。

宣传队演出京剧《沙家浜》那天，大队里的社员差不多全家出动，看宣传队的《沙家浜》。剧院任经理给宣传队点了两盏汽灯，挂在舞台上方，照得剧场雪亮。阿庆嫂的服装好找，大襟褂子、小围裙儿，在农家大都找得到，胡传魁服装和刁德一差不多，曲艺演员老杨说评书的底子，嗓音洪亮，特别是猛一看见阿庆嫂眼睛一亮，他嘿一声，"阿庆嫂"仨字是又惊又喜，在沙家浜又遇上熟人的喜悦洋溢在脸上。阿庆嫂的形象没的说，两眼像两盏灯，说话滴水不漏，对答如流。"哪阵风把您吹来了？"老杨瞎编了台词，"小买卖咋样，蛮红火？混得不错吧？""托您的福还算混得下去。哦，哈哈哈！"阿庆嫂从屋里拿烟出来，先敬刁德一一支，"参谋长，烟不好请抽一支。"阿庆嫂欲划火柴点烟，刁德一右手指一伸，做了拒绝状。戏在这里，阿庆嫂遂转过身来敬胡传魁抽烟，"胡司令，抽一支！"老杨也改编了对白，胡司令眉开眼笑地大声震慑刁德一，"好，抽一支"，接过阿庆嫂拽出的一支烟，吃在嘴上，等阿庆嫂点烟状。此时阿庆嫂手里拿着盒烟，再把火柴盒推开拿出根火柴棒，在火柴盒上划了两次都没着火。老杨伸着嘴等不耐烦了，冲阿庆嫂说，阿庆嫂你这把活不行啊！我自己来吧。说罢从阿庆嫂手里拿过来火柴，刺啦，一家伙着火了。观众情绪，嗷嗷叫，掌声欢呼声开锅一般。我父亲躲在角落里看戏，他说，在下边看戏，听观众评论说，刁德一还有点味儿。

　　我在宣传队演节目三四年，曾用我铿锵有力的歌声映照踌躇满志的岁月。大家基本相安无事，演跟形势的文艺节目，演样板戏选场、选段等。只是俩队长不和睦，尿不到一个壶里，不断地瞪眼，甚至吵架，让我们这些当兵的很为难。跟甲说话多，乙不高兴；跟乙聊得来，甲不理睬你，弄得我们左右为难。俩负责人闹矛盾，为什么呀？因为分配角色吗？刘队没大文化，一个破宣传队，一没职二没权，穷得刘队帽遮檐耷拉着，队长、队副还有啥矛盾可闹哇？两人轮番找公社宣传组黎干事、找宣传组组长告状，叫领导给评理。双方各自诉完，也没啥大事，没路线斗争方面的方向性问题，全鸡毛蒜皮豆腐渣油泥，没正事。两人互不相让，没瓢杆儿的。有一个好说话的也好办，这样吧，公社革委把刘队抽调出来，参加"农业学大寨工作队"，到落后大队帮助工作。这差事挺好，基本脱产了，还每月十五元补助，满醋满油地干工作。宣传队剩队副一人领导，排节目、劳动两不误，虽然没什么创新，但维护着没吵架的，宣传队碌碌无为平静了一年，没闹事的。

忽然形势有变，或是通过整顿班子，落后大队工作有起色，班子配好了。"农业学大寨工作队"要撤回、解散，各自回原单位，刘队归队。一个槽上不能拴俩叫驴，又踢又咬，他二人又开始了告状，搅得宣传队不得安宁。公社宣传组组长要解散宣传队。当得知形势严峻了，又找黎干事说尽量保留宣传队，虽经黎干事据理力争也无济于事。宣传队解散，刘队和队副及二十多名文艺青年一样回家转，参加农业生产劳动。猛一说散锅，还扑簌簌掉泪。在一个锅里抢勺子三四年，有好也有歹，人是感情动物，还真难分难舍。最终光剩下老伙夫一人，继续看场部。

八

我一家伙又跌入低谷，回家参加劳动了。我在林场（宣传队）有过开柴油机的经历，父亲又找队长，让我开柴油机了。这期间在队里开柴油机，刻苦钻研技术，我常去工具厂的外修车间，看师傅修柴油机，也看车间订的刊物，有小经验小方法发表在刊物上。我请示队长订了杂志。晚上在柴油灯下和家属共用一盏灯，写了柴油机革新的小稿子，照地址寄往杂志社。惊喜的是，在北京的《农业机械资料》杂志发表两篇技术革新文章。邮递员往剧院（全公社大小队干部及脱产干部在那儿开大会）送报刊信件，邮递员给大队书记转交我。这个大纸袋子上印着编辑部字样，被新闻干事发现了，问，您大队还有跟编辑部有联系的？大队书记就汇报了我。自此我被公社新闻干事招去公社写新闻报道，不脱产地工作。写新闻报道靠晚上和阴天下雨的时候，在公社集体会稿。随即被黎干事遇见了，夸我是宣传队的骨干，编写演唱材料，新闻干事也肯定了我的新闻写作成绩。我还创作了小戏曲《秋耕之夜》，骑车子送县文化馆让老师看。文化馆负责创作的辅导干部热情接待了我，看了看我写的小戏，肯定了成功的方面，鼓励我多写，有事多联系。还问我，你公社有文化站了吗？我感觉这重要信息太宝贵了。我跟老师说，老师，俺公社还没有文化站。你可以争取呀，上文化站。我说回去注意这事。文化馆创作辅导老师是好人。

机会来了，真是公社建文化站，需用一人。我还是去公社找张平大哥，叫他操心。张平大哥肯定帮忙的。春天的一个下午，公社负责政治工作的副书记把我和麻庄的一文艺青年召见了一下。开宗明义说公社建文化站，需用一人，你二人对文艺工作都热爱，也有特长，××能演样板戏，还写东西；麻庄青年会拉二胡，爱好音乐。都回去好好劳动，一颗红心两种准备，听公社党委通知。我还是回队里好好劳动，听话，积极，但等来的消息是麻庄大队的文艺青年小王往公社文化站上班了。这次我有了思想准备，感觉自己是陪衬，没抱多大希望。那肯定是人家麻庄青年工作做得好。但我也曾带盒"先锋桥"牌香烟往政工书记屋里去过，晚上我躲在公社大院屋角黑影里鬼鬼祟祟地等书记散会，跟他打探信息，送盒烟给他抽。副书记也没给我透露什么重要信息。

我还骑车子去县文化局，给社会文化科科长家送过东西，那不叫送礼，我也送不起礼。自行车驮六棵大白菜，车子还不好骑，颤颤悠悠来回晃荡。科长爱人挺有分寸地收下大白菜。第二

238

次去带两盒"黄金叶"烟，二斤饼干，科长不收，说，我这里净成条的烟！从表情看，嫌给的东西太差，你来打发要饭的吗？我心一横，扔下就出来了。不几天"毛主席五卷发行"，文化科科长和新华书店的店员或是店长，我不认识此人。他二人骑自行车六十里路来公社找宣传委员，联系发行"毛选五卷"任务，也不容易，恐怕没人管饭吃，他们回去到单位可领下乡补助，报销住宿费啥的。二人住到供销社旅馆里，我知道了，叫家属买一斤肉，包锅包子，晚上把热气腾腾的包子给他二人送到旅馆里。文化科科长一见我，毕竟之前有铺垫，激动了一下，新华书店店员说话啦，做事不要过分了。此话不大好听，我这是过分吗？给你送包子吃，你嫌我没送酒肉，我没有啊！买瓶酒买只烧鸡我没钱呀。不是东西。第三次给文化科科长送东西，我抓了个早字，我在抽水的机器上夜间换班下两点回家，吃点干粮，骑车子进城。这次给文化科科长买二斤馓子，这可是好东西，我连馓子包外，塞的一把馓子添头儿，也没舍得尝尝。夜间骑车子进城，到半路过镇铁厂里灯火通明，到县城边东方才放亮。进城，拐了两个弯，走小胡同，崖子上边是文化科科长家，我"当当当"敲门，文化科科长以为是城里的同志敲门，送礼的来了，很快开了门，一看是我，扫兴，他第一句话问，你城里有亲戚啊？我说，城里没亲戚，起早来的。义化科科长有一丝小感动。科长表现得挺廉洁，把馓子给我扔出门来。我没下腰拾，送给你了，就不要了，直接骑车子回家。往返骑车子五个小时，沮丧地回来。

麻庄文艺青年小王会拉二胡、吹唢呐，他没在公社上班，公社里没文化站的立锥之地，来到就安排他和另一位"扫盲干部"下大队包村去了。中间省杂技团招乐器演奏员或者是省艺术学校招生，他报名考上了，就离开文化站到省杂技团上班。至此公社文化站空出位子来。

深冬一天夜里，张平大哥敲我的窗户，说，兄弟，别起，我来告诉你，你去文化站定下来了，党委会刚散。别起了，我走了。张平大哥的喜悦之情比我还厉害。张平大哥深冬寒夜来送信儿敲窗之事，我一直牢记在心，感人至深，终生不忘。

公社负责政治工作的副书记叫我去他办公室见面，我想这次不会是俩人了吧？我敲门进去副书记屋，里面已有一青年坐在连椅上。坏了，还是二选一，恐怕又是白忙活。我心里紧张得都要跳出来了。听天由命吧。书记说话了，夸奖我俩在生产队劳动积极，服从领导，表现不错，公社建文化站、成立电影队，经研究，你到文化站工作，另一青年去电影队。我提溜的心才落下台来。你们按表上要求填写，表格抬头是"亦工亦农电影队人员申报表"，那种刻钢板蜡纸油印的表格。副书记安排我用复写纸一式画表两份，抬头改为"公社文化站人员申报表"，填好送副书记处。我立马到张平大哥办公室要了复写纸和信纸、尺子，画好表格，回家填写。

表格填写姓名、年龄、民族、政治面貌、家庭出身、文化程度、学习简历等，还有单位推荐意见、县文化局审批意见这些栏目。我填好表格去公社让张平大哥审看，然后送交负责政治工作的副书记办公室，他说公社党委签了意见就送县文化局审批，你安心在家等候。转眼到了1978年，春节前的那段时间通知我5号到县文化馆报到，我先到公社找到分管文教卫生的副书记报到，到荆书记屋里，先喊荆书记，然后自报家门，荆书记就让暂时在他办公室落脚。一位善良的领导人，待人和蔼可亲，不让人看见害怕。

九

至此我的人生掀开新的一页。到了去文化馆报到日，借了自行车就去了县文化馆，之前我去过，就在花园的西北部辟出一角之地，让文化馆建了几排平房，挂牌子：县文化馆。到了文化馆，是文化馆张馆长召集开的会，我们一批五个公社的文化站人员，四男一女，后来我们五人成了比学赶帮超的好朋友。张馆长一一认识了我们，让我们组织开展春节文艺活动，把农村文化生活活跃起来，要逐步达到社社有节目，队队有锣鼓。本着勤俭节约、因地制宜、量力而行的原则，不要上来就强制大队开展文娱活动。张馆长叫我们去会计处领工资，我们每人领了俩月的工资六十九元，工资归县财政拨款，说是一级一级从上边划拨过来的。这种工资有些许可靠性。县局规定，我们每月交生产队九元，队里给我三百工分。年终参加生产队决分，领粮食、柴草、瓜果蔬菜等。文化站人员属于农业人口，除了受公社党委、县文化局、文化馆领导，还要听大队的生产队队长的话，原说文化站受双重领导，其实够三重领导。

回家工资交给老婆，说，呀这么多钱啊！农家还没见过这么多钱，喜得眉开眼笑，有钱买肉了，过个好年。去集上花三十三元，买张枣木大桌子，把水泥板桌子撤去。

我给荆书记汇报县文化馆开会的精神，把张馆长安排开展文艺活动的要求给荆书记说了。荆书记说，这样吧，快过春节了，都很忙，文艺活动公社里不好组织了，你下去到各大队发动，找有基础的大队可以开展文艺活动，前吴大队有踩高跷的，张雪大队有"吹打"（唢呐）班子，去吧，能发动几个算几个，热闹是年下。公社里就不开会发动了。我领了荆书记的"圣旨"，就下去到村上找大队书记，看能否开展文艺活动。大队书记上来就跟我要钱，公社给多少钱啊，站长？大队书记不光张嘴要钱，还口头提拔我当文化站站长。我腼腆地说，书记，公社里没说给钱的事。我跟大队书记互相打一通哈哈，不错，还口头让让留我吃饭。我说，不啦，回去要写东西。回来我想，文娱活动时间短不好发动了，不要忘了发挥自己编写的特长呀，文艺活动处于低潮，节目没搞起来，但要在广播站大喇叭上有声。各公社春节前征兵工作刚结束，我到大队发现，民兵连在开展教育活动，鼓励那些没参军入伍的青年安心劳动。这不是好题材吗？我就写了篇小评论《当不上兵就在家好好当民兵》，六百多字，主要是说没当上兵别闹情绪，公社武装部及时靠上做工作，教育在队里好好干，当好民兵。县广播站大喇叭一天三次播音，某某公社文化站某某来稿，在全县扬名。我下村还发现农田里机井上的水泵没拆卸，如果水泵的水不放净，严寒会冻烂水泵，包括柴油机里的水也要放干净。我又写了篇农机小常识，冬季农机注意事项，县广播站也采用播发了。公社里大小官员都听到了，一把手也很高兴，荆书记也夸文化站选人选准了。这两篇稿子给张平大哥长了脸去，我是他推荐的人选。

一俊遮百丑。春节后全县文化站人员到县文化馆开会汇报当前一段时间的工作。我汇报写了几篇广播稿，虽然新闻不归文化站负责，但是做了公社党委的工作，也不白做，文化馆馆长也不批评。文化站跟公社党委处好关系，对今后开展文化活动大有好处，党委一支持文化工作，会上说一句顶文化站说一万句。各公社有汇报开展文艺活动，演出文艺节目的；有汇报搞了美术书法展览的；有说创作组开创作会，讨论稿件的；有说办摄影展览的，等等，反正大小孬好都没光板子。张馆长要求各公社都把文化活动搞起来，今后每月到一个公社开会，检查文化工作开展情况。看来光在会上汇报得天花乱坠不顶事了。

县文化馆会后我给荆书记汇报，荆书记让我再给宣传黎干事汇报一下。我抓住黎干事热爱文艺的心理，商量办宣传队，虽然解散四年了，但骨干还在公社里。黎干事进步了，现在是宣传委员了。要称呼黎宣委，进班子了。黎宣委同意我的意见，但现在不行，刚开始春耕大忙，小麦灌溉、春白地造墒等党委满脑子农业生产，提宣传队通不过，要等到秋后，种上麦子了，挖河的走了，没大事了，没压力了，再提宣传队成功率高。我觉得黎宣委说得很靠谱。就说，我现在抓写东西搞创作，再搞搞文艺人才调查，各大队文艺爱好者，分门别类，做好登记，到用人时候不忙乱。

我问黎宣委，今天晚上到我家坐坐有时间吗？黎宣委说，咱老弟兄们啦，这么些年了，还用那样啊？我说，咱老弟兄们才该坐坐哩，感谢您这些年来对我的帮助提携支持，早该喝点啦。黎宣委笑了，好好，就今晚去你家喝点儿，一言为定。我下班回家在供销社副食部买瓶"鱼台米酒"，街上买只"拧筋烧鸡"，买斤五香花生米，买肉铺的半个猪耳朵，老婆再炒个鸡蛋，四个菜满当当。晚上我俩开瓶喝点，我跟黎宣委提出来，说，我给一把手提要求，说了，文化站要间办公室，这是县文化局要求的最低标准。一把手说，你就是要间屋哎，等等吧。黎宣委喝得鼻子冒汗，他擦把汗，说，我再跟一把手吹吹风，抓紧落实下来。西边院，趁农机厂的工人宿舍搬走，腾出房子来，赶紧弄一间屋，没有间房子落脚，怎么写东西。晚上《新闻联播》完了，我送黎宣委回公社，走在街上，县广播站播出我的来稿《某某公社春耕生产掀高潮》。黎宣委很高兴，这就行，广播有声，把公社党委做的工作宣传出去了，党委领导听到也蛮高兴。但我虽点头，心里明白，我的本业是业余文艺创作，文化馆不提倡做中心，不能种了别人的地荒了自己的田。我有主意，在公社要听党委的，到了文化局就听文化局党组的、文化馆的，回到村上要听大队党支部的，谁的话都得听，听话都是听党话，跟党走，干吧，错不了。我心里说归说，对大、小队的安排执行起来会打折。

这次就来了真格的，我下班回来，家属苦瓜着脸说，队长来通知你去挖河。这次是黄河调水沉沙池清淤工程，工期一个月，后天集合出发。我一听，头就大啦。这说明，你别看不起小队，小队也能管住你。我先去公社找黎宣委，把小队叫上河的事汇报了。黎宣委说，胡闹哩，上河，工作咋办？我找何书记去，何副书记分管农林水，说，不能把文化站人员弄河上去，你先别安排上河的事，该上班的上班。黎宣委找何书记找到了水利站，何书记正跟水利站的同志研究怎样一次把人带齐，力争早完工。黎宣委跟何书记说明情况，我文化站人员队里通知去上河，这样不行啊。何副书记没表态，水利站站长说话了，黎宣委，估计是这样，队里也不是真叫上河，他在文化站工作怎么去挖河呀，是叫他出钱买河号（一个河号五十元，相当于我俩月工资）。黎宣委说水利站站长，您怎么不给他刨河号啊？水利站站长说，黎宣委，是这样，公社各口儿用的临时工都报上来，汇总后统一刨河号，咱宣传口才有这种用临时工的情况，你不知道，没报。这也是我们工作不细，出了差错，俺以后注意。黎宣委问水利站站长，那这次怎么处理？水利站站长说，黎宣委您叫他先处理了这次的费用，下次有挖河任务我想法给他找补回来，或者让他找找大队里，大队书记有法。黎宣委跟我说了这次挖河的情况，水利站忘了刨河号，明年来了挖河任务想法给你找补回来。我家属就把五十元钱交到小队里，队里就不催我上河了。我心里别扭，"临时工干不长，还得回家背口粮"的歌谣涌上心头，想彻底不挖河，摆脱生产队的束缚，必须转成非农业，吃国粮的脱产干部。这一奋斗目标又在我头顶召唤。走一步说一步吧，此事我感觉受了莫大的侮辱。我找大队书记去了。大队书记见了热情啊，倒水递烟。大队书记也看出我委屈来了。我说，上边有文件，不让随便抽调文化站人员从事别的工作，有这种情况的单位要立即纠正。大队书记说，有文件，那你怎么不早说啊？我对大队书记说，也不是县委、县政府的文件，是县文化局的文件，我觉得没大力度。大队书记是干政治的，有远见，他看我迟早要成点事，就说，县文化局的文件也是文件呀，生产队长、社员懂什么呀？我说是上级文件，我说管用就管用。我说"感谢书记、感谢书记"。大队书记安排我把县文化局"不要乱抽调文化站人员"的文件拿来，大队书记给生产队带河工的负责人写封信，强调不准抽调文化站人员从事别的工作，把我交的河号钱五十元敛起来，退给我。我带着大队书记写的信，来到治河工地。人山人海的战术早领教过了，像蚂蚁搬家似的拉地排车，伸脖子瞪眼往上拉土。我再熟悉不过。我找带工负责人，见了大队书记写的信，他已把五十元钱分掉了，我这又说话，把我交的钱敛起来。

至此挖河风波平息下来。我心里憋着一股气，转正！转干！

十

转干可不是一句话，不像喝凉水那么简单，多少人梦寐以求，没指标，转不了。那创造条件呀，平常暗加劲写东西，多写小说、散文，力争发表作品，奠定在文化站的根基。年终当选先进公社文化站。写完稿子就往外寄，几乎天天办公室一邮局，两点一线。寄稿件信封剪角即可，不贴邮票，后来贴三分钱的邮票。

初秋时节，我抽到城里，住在地区第二招待所搞曲艺创作，文化站五人一个大房间，十几个床位，原来地区农业学校教室做了招待所房间。我们在床上写，或坐几块砖在床头写。搞曲艺创作，文化馆老师简单辅导几句，就开写"山东快书""相声""山东琴书""天津快板"啥的。五个文化站人员都是有基础的，文化馆俩老师帮助搞创作。一周会稿一次，各自念自己的作品，互相提意见，再修改。星期六下午回家休息一天，我回到公社先开办公室门，门口有投递员送的报纸刊物和信件。信件主要是我的退稿信，千篇一律的行话：同志，感谢来稿，因编辑人手不够，恕不一一提出意见，欢迎您再寄新作。盖着椭圆或菱形蓝墨水的某某编辑部稿件处理专用章。这些大同小异的回信，我都能背过。多数是打印的，偶尔有手写的。这次推开门，报纸刊物信件朝里歪倒，我一件件拾起来。有一长条大信袋子，寄件单位是《青岛文艺》编辑部，青岛市信号山路 25 号。我感觉不像稿纸，是叠起来的杂志，我把青岛文艺大信封捂在心窝上，激动得久久不敢拆开。我怕是退稿。狠狠心拆开信封，果然《青岛文艺》1978 年第 5 期，我先看了目录，有我的稿子，真是发表了我的作品，一篇"寓言"类似小小说那种。我心情扑腾扑腾得赶紧送张大哥看，张大哥看了发表我作品的《青岛文艺》杂志也高兴。这时大哥拉开抽屉拿出一封信，让我看，寄件单位也是《青岛文艺》编辑部。抽出信来一看，是外调函。

×××公社党委：

　　您公社文化站，××同志，给我刊寄来一批稿件，经研究，我刊准备选用一篇。能否刊发该同志的来稿，请在 9 月 20 日前回函。

《青岛文艺》编辑部（印章）

1978 年 9 月 1 日

张大哥说，我接到来函，立马给《青岛文艺》编辑部回函，同意发该同志的作品。原来发表篇东西还搞外调。这是我的第一封外调函，也是最后一封。自此无论发表多少作品从没来外调的。这是我的处女作，我珍藏起来，近一年来的创作有了回报，见了成果，我对青岛市信号山路25号太熟悉了，每次寄稿子都要写上。我的一批稿子感动了《青岛文艺》编辑，他们是善良的好人，恻隐之心动了，大笔一写"同意刊用"，我的稿子就过审。我从心里感谢《青岛文艺》的编辑老师，我暗暗确定了搞文学创作的方向。我周一回地区二所曲艺创作组，把自行车搬到屋里，从提包拿出《青岛文艺》大信封，抽出《青岛文艺》杂志，"我在《青岛文艺》发了篇寓言体小小说。"让几位同事轮着看杂志，这篇稿子把曲艺创作班的几位同事震了，他们虽然夸奖，但脸色发紧，心里不好受，那种羡慕、嫉妒、点赞的心态全在脸上。我还把文化馆管创作的三位老师的椅子震得一歪歪。我这篇东西有些许冲击力，在文化馆像个小地震，产生点冲击波。我是新时期以来全县在文学刊物上发表稿子第一人。我文学创作跑到文化馆老师前面去了，这还了得，县文化馆老师没面子，咱怎么辅导人家？文化馆老师都暗暗加了马力。第二年文化馆老师就把我甩到后边了。

　　这年10月地区文化局在高唐县举办了地区文化馆站文艺骨干培训班，我和五位文化站人员及文化馆的几位老师参加了。我分到戏曲班，主要学习戏曲创作、表演、导演，还有分到舞蹈班、音乐班的。舞蹈班的老师是省艺术馆的老师，一天庞老师在湖边练舞蹈动作，遇上了我，他问我，你叫什么名字？家是哪个公社的？我跟老师一一做了回答。庞老师说，我家属跟你公社的吴老六村有亲戚，我家属去过你们那儿。我马上反应到是否有用得着我的事情。我说，那好哇，你亲戚有什么事，可到公社找我，我会尽力帮忙的。老师笑了，说，好的，也没什么大事，你班上学习习惯吗？我回答，挺好的，毕老师（张海迪的母亲）和赵老师（山东快书演员）讲得挺好。老师说，那就好，你班上有啥事可找我。好了，你学习去吧。就这次短暂的接触，也算认识了省里文化口熟人。我认识老师很高兴。

十一

初冬农村没大事了，我从地区文训班回来，找黎宣委汇报了培训情况，并跟他提要求公社成立宣传队的事，主要是活跃春节期间农村文化生活。原文艺骨干力量还在，黎宣委说，你先考虑人员、住处、报酬等，报请分管领导荆书记同意了。然后荆书记请示了一把手，宣传队就成立起来。虽然京胡小郭、阿庆嫂王丽芝、导演吴二哥等招工到棉厂，党委一说话可借来。公社党委给我二十块钱，办宣传队费用。宣传队基地仍在林场，老伙夫还在，大伙见面亲如一家。我发扬穷棒子办社精神，二十元钱二十多人人均不到一元钱，我一分钱掰开花，仅仅是买点松香、琴弦、少量的红绸布啥的。服装还是借着穿，道具借来用，乐器一件不敢买，仍是用自己的，好在锣鼓还在，老伙夫保管得仔细，功不可没。骨干演员，在企业上班了，党委说句话还借得来。又增加了新鲜血液，热爱文艺的青年，队伍很快拉起来。吃饭住宿在林场，给大家每人每天补助一斤面，改善就吃大包子，抽俩人帮厨。节目本子是现成的，县文化馆油印的"春节演唱材料"一摞，按人量才使用，分好节目，演员都开始背词、学唱、排练。天气渐渐冷了，冬天，早晨七点半到岗可不晚，来到林场几乎人人白霜满头，眉毛、围巾也星星点点白霜，同志们的积极情绪感动了我，表扬大家对我的维护，对工作的支持。也没福利发大家，其实咱们一样，生产队一月给我记三百工分，晚上排节目到二十一点，大家够辛苦的。我给黎宣委请示一下，给每人每天晚上记三个工分，这要跟水利站协调，到挖河时在河号里解决，荆书记、黎宣委在党委会上占两票，估计没问题。这小小的一件事，也给队员们个鼓励。

节目排练得已有雏形，我接到县文化局通知，年终搞全县业余文艺会演，希望接到通知后认真组织节目，各公社都参加会演。我给黎宣委汇报县文化局年终搞全县业余文艺会演的通知，喜得闭不死嘴。我夸奖黎宣委高瞻远瞩，有先见之明。咱公社先行一步，已搞起来了。黎宣委说，你用词不当，这词是说大领导的，用咱身上不合适。咱是运气好赶巧了，充其量算是瞎猫遇上死耗子了。甭管怎样要把节目弄好，力争全县会演拿好名次给公社党委争光。我表态，您放心吧黎宣委，我死盯死靠在林场，一定把节目弄得有模有样，您这么支持我的工作，要给您长脸。

一天通信员喊我，有电话，我跑到办公室接电话，是省艺术馆老师从济南打来的长途。这个电话转多少总机，省艺术馆接省邮电局总机，转地区邮电局总机，地区邮电局总机转聊城县邮局总机，再转公社邮电支局总机，再拨到公社办公室电话。这之间麻烦了多少女话务员插孔拔眼儿，眼花缭乱地忙活。我跟老师互问了客气话，老师说，小李，我家属明天去你公社吴老六村亲戚家，麻烦你下午两点到三点在你公社停车点接我家属一下，你再驮着她去吴老六，在亲戚家说完话，然后再把她送到你公社大街等车返回。我想，虽然刚下了大雪，大雪封路肯定不好走，但要表态痛快，坚决不提困难。说，老师没问题，我在街上等嫂子，您放心，我一定安全地把嫂子送到，安全返回。

第二天下午两点我就早早把车子打满气，等在大街上。快三点了，客车才来到，车停住，嫂子下车，我一眼就认出来，身穿浅色的大衣，鲜艳的红围脖宽松地缠在脖子上，像一团火燃烧在冰天雪地里，把她和农村人区别开来。老师家属，漂亮的嫂子，她也认出来我，两人一见如故，我不敢怠慢："嫂子你坐上。"时间紧，虽然任务不重，但得马上走，驮嫂子出发去吴老六。路上雪冰似化非化，车轮轧冰雪上"咯吱咯吱"地响，有些路滑，不好骑，嫂子一阵阵青春的芳香袭来，给我鼓了干劲。不足半小时就到了吴老六。亲戚见面说话，时间不长，老师家属——嫂子就告辞，俺们抓紧往回赶，出来吴老六村，太阳就不高了，天色将晚。在路上我说，嫂子住下吧，明天再回济南，咱到公社给老师打个电话，以免他惦记你。到公社不知还有没有去聊城的班车，到聊城就天黑了，去济南的车还有吗？嫂子说，我不住下再麻烦你。我说，嫂子，麻烦啥，咱有地方住。主要是天晚了，回济南困难。嫂子说，咱不回公社街上了，你直接奔大公路去，我在路边截车，不管货车客车都可以，六点到县城就有最后一班去济南的客车。我按嫂子的说法抄近路直奔公路骑去。到大公路快下午五点了，太阳要落了。嫂子真自信，从公社方向开来辆大货车，嫂子挥手截车，司机乖乖地停下来，嫂子上前问师傅："带我到聊城吧，方便吗师傅？"嫂子猜透师傅的心理了，看见漂亮女人都帮助。师傅大约没遇上过这么漂亮的女人截车，不假思索一口答应："上来吧，副驾驶位子空着，坐里面不冷。"嫂子和我都说，谢谢师傅。我帮嫂子爬上驾驶室，关门，车启动开走了。我给伸出头来的嫂子挥手，嫂子说，谢谢，回家吧添麻烦了。我说，客气了嫂子。

县文化局对各公社准备参加会演的节目心里没底，便抽文化馆、曲艺队的人员下来检查各公社文艺活动。文化馆老师看了俺宣传队的节目很满意，回去碰头会汇报得天花乱坠。我去县文化局开调度会，受到表扬，我汇报说，这是公社党委和黎宣委领导得好，我就做了具体事，应该把功劳归领导身上。黎宣委说，今后文化局再让汇报工作，就说你抓节目抓出成效来了，我要文化局那个表扬什么用啊？你文化站小青年是有用的，今后有好事了，这就是条件，这就是说话的资本，千万不要轻视这次文艺会演，其实也是检验你们文化站人员的工作能力、协调能力，特别是业务能力的会演。平常汇报工作小嘴儿"叭叭"的，看看真事吧。我说，那我也不能贪天之功，我不往身上揽功，是对的。

黎宣委对宣传队是重视的，隔一周十天的就来林场一趟，看看节目，问我有事吗。我也没看出来黎宣委的意思。

黎宣委有段时间没来林场了，他通知我到公社见面，向他汇报宣传队的工作。我给黎宣委汇报，宣传队凑大集搞了次售票演出，在供销社门口贴上"戏报"，公社文工团演出小吕剧《都愿意》，还有咱自编的四平调《送伞》，反应还不错，收入十九块钱。我想再演几场，弄点钱买个小鼓、板、坠琴，壮大乐队力量，吕剧没坠琴做头弦不行，这样参加会演才有阵容。文化馆在例会上，向全县各文化站介绍，我公社宣传队在大集日搞售票演出，有些许收入，大家颇惊讶。我在文学创作上崭露头角，文艺活动又跑到全县各公社的前头，在文化站队伍里冒尖了。有几个公社的老文化站站长开始说夸奖话了。

我思忖，无论文化馆领导老师表扬什么、说什么，文化站同事议论，我都坚持一条：工作是文化局、文化馆、公社党委领导支持的结果，同志们努力的结果，各公社兄弟文化站捧场的结果。

十二

在严寒的冬天，全县业余文艺会演如期举行。我正在考虑怎样进城，俩人凑一辆车子，要驮东西，作难的时候。我宣传队一女队员带来好消息，她父亲找了汽车，她父亲是大队会计，联系了本大队的解放牌汽车司机，明天去县城拉货，去时可把大家带到聊城，就免得队员们大冬天骑自行车顶风冒霜了。有些女队员骑车子六十里够累的，也不可能一人一辆车，还有乐器、锣鼓、服装等要驮着，人家是从考虑自己女儿少受罪，大家都陪着沾光。我感谢女孩的爸爸，说，等我们会演完回来，俺宣传队去您大队慰问演出，感谢您找汽车之功。全体队员把自行车、带的东西装挂斗里，人员坐主车厢，一路兴高采烈、叽叽嘎嘎、欢天喜地地来到县城。

全县各公社参加文艺会演的代表队入住县委招待所。招待所房间没炉子更没暖气，晚上室内冷得几乎结冰。二十几人十几人一个大房间，农村来的公社宣传队队员，抱团取暖。一颗颗火热的心，围着我们转。一群群酷爱文艺的热血青年来到县城，抗严寒化冰雪，雄心勃勃，一比高下。队员们报到，每人每天交一斤粮票，菜金不用交，从抽调农民做工的误工补贴中扣除，这样每人每天还剩余近六毛，散会时以公社为单位结算发给参会人员。凡是一斤粮吃不饱的，自己再去司务处买干粮票。饭票分"粗、细"两种。粗是粗粮票，供应窝窝头；细是细粮票，供应白卷子。吃饭八个人一桌，都站着吃饭，早饭一盆粥，每人一个卷子，一碗咸菜；中午、晚上饭都是每桌一盆白菜粉条炖猪肉，肉是过油的炸肉，一筐子卷子，每人俩，男同志肯定吃不饱，中间要去人买干粮。但都吃得油乎乎地冒汗。报到第二天我就召集宣传队开碰头会，规定了几条纪律，男女不要随便外出、逛街，确需出去要结伴并请假，在没演出之前，每天都在宿舍排练，观看别的公社节目注意结束时鼓掌，演出出了故障不要哈哈大笑，不叫倒好。咱的节目演完，无论评第几名，不闹情绪，回去后认真总结。学习兄弟公社的经验，以利提高。文化局局长给我们开预备会时，大会发了纪念品，每人一只白搪瓷缸，上面烧上了红字："县业余文艺会演留念"。留念，二字在中间稍大一点，下边是 1979.2，没写年月字样，挺美观的纪念品，一一发给大家，都咧嘴笑：不孬还有茶缸子留念。

全县业余文艺会演，安排在新华舞台，县委挺重视，是县委宣传部副部长讲话说的。第一场演出前，县委宣传部副部长讲话，文化局副局长讲话，舞台上紫绒色大幕只裂开点缝儿，仅够一人出入的空间，然后再合上。讲话开场白大体意思是，为了贯彻落实学习毛主席《在延安文艺座谈会上的讲话》精神，宣传党的十一届三中全会精神，全党把工作重点转移到现代化经济建设上来，活跃农村业余文化生活，检验公社业余文艺活动情况，举办全县业余文艺会演，虽然不是比赛，但要演出成绩，演出友谊。天气寒冷，条件有限，注意安全。祝全县业余文艺会演圆满成功！掌声热烈。会演上午一场晚上一场，下午剧场安排走台。每场有两三个公社的节目。演出四场了，节目基本大差不差，农村公社水平，有的公社没组织队伍，让某某大队的宣传队代表公社演出，节目就弱些。各公社文化站那种默默的，不声不响的，精神竞争火药味浓得很。有的公社连个大队宣传队也没有，可怜得出个单节目，就觉得没面子。我公社演出安排在晚场，灯光、音响、服装等效果稍好些。我打鼓，率乐队按时到位。节目过去两个，报幕员上场，报下一个节目：京韵大鼓表演唱《十一届三中全会放光芒》。大幕徐徐拉开，四个京韵大鼓已摆放整齐，四位演员二女二男手握铜板、鼓键走上台来，伴随音乐、铜板、小鼓的声响，演员说唱流利，表情丰富，赢得观众热烈掌声。接下来是女生表演唱《夸夸俺社新变化》，报幕员报完，八个女演员走上台来，站成一行。我竹板一打，音乐响起，表演唱顺利。当演到第三段的时候，一个穿着时髦的青年在舞台右侧，打拍子指挥乐队头弦，乐队演员没配合好，两叉去了，合不到一起了，演员没法演了。此时我喊"拉大幕、拉大幕"，大幕缓缓合上。我大声质问那乱指挥的青年："你是干什么的?！瞎指挥!"他没说出什么话，嗯嗯着往后边了。舞台主任说演下一个节目吧，我说，不行，把这个节目演完。我下来乐池，把八个女演员排好站成一行，接着刚才停下的地方演。大幕缓缓拉开，观众给了掌声，音乐一起，演得很协调，很顺利。最后一个节目是小戏曲，四平调《送伞》，两个演员，老头子老伴儿，老伴儿冒雨给劳动的老头子送伞展开，小戏颇受欢迎，掌声呐喊叫好开锅一般。这个戏加分了。

演完我就往后台找那个流里流气的青年算账去了。原来他是会演办公室找的济南下乡知青来帮忙，号称音乐爱好者，拉大提琴的，负责舞台事宜，没人让他指挥乐队。经考察，揭露内幕是这样的：城关公社有那么多的文艺资源，没组织成宣传队，说明文化站人员瞎吹行，没工作能力，没领导能力，没凝聚力，就没像样的文艺节目，只找了个大队的烂节目来充数，觉得拿不了大奖，文化站的那人买通济南下乡知青"大提琴"，在乐队演员之间捣乱，把节目演砸，就出了这么个下三滥的点子，一看我公社节目好，内心嫉妒得滴血，就预谋了叫舞台帮忙的"大提琴"捣乱，给乐队瞎指挥，搅局。我对他提出强烈抗议！节目总监出面调解，会后令其做检查。虽然坏人捣乱，没怎么影响节目质量，最后评委总评，我公社的节目获全县业余文艺会演第二名的好成绩。黎宣委也觉得脸上有光，回来给荆书记汇报，荆书记夸奖了我工作扎实，成绩突出。我至此更加奠定了在全县各文化站中的位置。

连续几年全县、全地区农村文艺活动，开展得既轰轰烈烈又扎扎实实。地区文化局、县文化局的工作简讯，一期期地刊登农村活跃的文艺节目，丰富了农民文化生活，促进了社会主义精神文明建设。我们无论受多少表扬奖励，但改变不了农民身份，每月仍交生产队九元钱买工分。在县级文化部门和当地公社党委双重领导，外加生产队队长的管制下，还是战战兢兢、如履薄冰、团圆媳妇般的受气包站长。真是的，生产队队长都管得住站长，诸如挖河还分河工任务。你不去挖，就交钱。在多重领导下，就这样，我们还兢兢业业，勤勤恳恳，起早睡晚地干群众文化工作，公社年终表彰文化站为先进单位。但大院里任何一位干部都不能得罪。指使你提壶水去，文化站站长也不敢怠慢。

我骑自行车下村，到大队辅导文艺节目，帮助排练，修改节目。辛苦是辛苦，受气是受气，但盼着有朝一日老天开眼，可怜可怜文化站站长，下来转正指标，就不受生产队队长的气了，也不吃那些国家干部的白眼珠子了。虽然他们嚼着农民种出的粮食，但从骨子里看不起给种粮食吃的人。所以盼重见天日的心情，迫切得梦寐以求。

多亏从中央到地方各级文化宣传部门，把公社文化站吹得天花乱坠。公社文化站为活跃农村文化生活，为社会主义精神文明建设的推进做了大量细致有效的工作。

各种汇报材料、内参、简报上说，通过开展群众文化活动，农村打架斗殴的少了，邻里团结和睦的多了，好媳妇好婆婆多了，耍钱赌博的少了，学习科学种田的多了，孝顺子孙多了，不孝顺的少了等等。社会风气得到明显好转，弄得大领导不知道公社文化站的站长们干了多少工作。说文化站快了，梦寐以求的好事儿还在瞎传。

中央连续两年发《关于活跃农村文化生活》和《关于活跃城市工矿企业文化生活》的一号文件。我在县里开会学了，公社里开大会荆书记再领学中央文件。全国上下，从长城内外到大江南北，从城市到乡村，下力气抓好文化工作的干劲十足，要求公社文化站人员转干的呼声一浪高过一浪。这个信息传了两年。

十三

这次不是乱传，终于盼来了文化站转干。我想，十几年来的摸爬滚打，流的汗水甚至泪水都是铺垫。文化馆开文化站例会的时候，馆长讲话，宣布3月全省统一组织考试，就好像刮了一阵风，所有树的树叶都摇晃起来，人人瞪圆了眼珠认真听。参考人员有几项要求，一是年龄在三十五岁以下的，二是文化程度必须是高中毕业，三是没违反计划生育规定的等。我对照要求基本合格。年龄没问题，文化程度，名牌临清一中高中毕业，计划生育更没问题。

我回家来找高中毕业证，可是翻箱倒柜，甚至挖地三尺地搜查也找不到了，盛衣服的柜头里，抽屉里，抽屉底下的卧箱里，甚至屋梁上边，找遍了，没毕业证的影子。但找到了毕业合影，如获至宝，可是合影上写四个字"毕业留念"年月日，文化局负责报名的同志说，不大行，毕业留念，没显示高中毕业留念。是，我也觉得没说服力。回乡参加劳动这些年，繁重的体力劳动磨钝了思想，光觉前途渺茫，没重视这东西，到用的时候找不到了，后悔莫及。只有回学校开证明，骑上自行车五十里路来到临清一中，母校基本没怎么变样，变的是年龄，门卫换成了上学时的伙夫。一说是老学生，找老师开证明立马放行。我找到班主任左老师，师生见面寒暄一番，左老师写了证明，同学系临清一中高中毕业生等，找办公室加盖了学校印章。拿回来交文化局报上名，就抓紧复习功课。从初中一年级开始到高中三年级的语文、数学、政治，必须复习。还有文艺理论，文艺实践，一共考五门。我把书找齐，码桌子上一大摞，开始按部就班地复习。自己订了复习计划。

快进腊月，我找几个大队干部，说了开展春节文艺活动事宜，就全身心地投入到复习功课之中。

我按三个月的复习计划计算时间，语文、数学、政治、文艺理论、文艺实践，把侧重放到文化课，上午复习语文、数学，下午复习政治、文艺理论、文艺实践（我就是文学创作，但爱好音乐的可练拉琴，爱戏曲的可唱戏，爱美术的可画画，等等各个门类）。我复习累了，就骑车子下大队，看看文艺节目的排练，辅导辅导。在路上还构思文学创作，构思人物，构思人物出场的场景。马上过春节了，全国人民最隆重的节日，我说心里话，是不乐意过，因为要过春节就浪费时间，过春节的采买太多，鞭炮、春联、猪肉、下货、衣服等，全推给家属操办，我要求本着象征性的原则，点到为止。吃喝，礼节，串亲戚等一律从简。我从一开始就给自己定下规矩，这个春节不过了！这个春节不过，是为了今后过更好的春节！不过，我是从大年三十开始的，严格说从腊月二十三小年儿就运作了。我只给自家供奉的老爷爷老奶奶上了供，没像往年提着供品近支当门，到别人家去上供上香烧纸磕头。我在心里默念：请列祖列宗，老爷爷老奶奶原谅我这一年，对老一辈人的怠慢，明年以后绝对不会这样。大年初一凌晨我早早被"心盛"的人家放鞭炮喊醒。开门，啊！大雪纷纷扬扬地下着，我啊了一声。大雪有一拃厚，我家下饺子，烧纸，磕头，我只给列祖列宗磕头、给父亲母亲磕头，像往年那样去近支当门磕头免了，更没参加成群结队的拜年队伍。

我好像几乎从这个世界消失了。我闭门谢客，关在里间屋学习，屋外无论发生什么，我全神贯注地学习，进入了，就忘却了世界。我翻来覆去地做习题，当没有不会做的题了，这一章就过了。大年初三，来了拜年的亲戚，我关在里间屋里学习，不出面接待亲戚。亲戚问，干什么去了，家属就编谎言，说我串亲戚去了。亲戚不吃饭要走，家属翻倍地回礼品打发亲戚离去。

十四

时间真快，考试说来到就来到了，全县文化站人员集合在县委招待所，集体复习两天。查体也出乎意外，在地区文化局招待所里，是地直机关小医院大夫查体，根本没去地区医院，若想走后门，也没门儿。查体结果大多数血压偏高，我也血压高，平常不高呀？心情无比激动所致。

在县委招待所大房间，我们有道数学题，大家解不出来。这道题半代数半几何性质，属于初中课程内容，应知应会，但比较古怪，我说，我试试。看表情，没人认为我能怎样，结果我很快把这道题解出来了。解出这一题，让大家又对我刮目相看。他们都不知道，原来数理化是我的偏科。全地区一百六十六个公社文化站人员，只录用百分之五十，竞争之激烈可想而知。出其不意，考场设在地区技工学校，大门口有俩武警站岗，考生凭准考证进校门，然后找考场。考场楼门也俩武警值守，再跟准考证照片核对，提前三十分钟入场。我心情激动地走进考场，严肃地看着监考老师。试卷当场拆封，第一场考语文，试卷发下来，我瞄一眼考题，有个"走头无路"，那肯定是头错了。作文是"记一个人物"，限定六百字完成，三百字的稿纸两页，我写一老汉进城，整整六百字，一个不多一字不少，画了句号正好。下午考数学，俩小时，我用一个多就做完了，全是熟悉的初中题，高中题很少。转干闭卷考试比高考还严。全地区一百六十六个考生，一百六十六个监考人员。都设法挡着，谁也不叫别人看答案。转

258

了干就一步登天，跳出农门，不光吃商品粮，还成了国家干部。我自我感觉考得不错，数学没错一点，政治全答对了，文艺理论也没不会的，最后一下午考文学实践。考官出题："燕山雪花大如席"，是什么手法？我回答："夸张。"还有几个也没难住：你考文学创作，发表过什么作品？我从《青岛文艺》《山东青年》说起等几个报刊发表的文学作品，估计分数不会少。这样五门算下来，总分差不了。但这样我也怕被别人拱了，就是怕别人顶替的悲剧重演。

十五

我说归说，想归想，一天不来转干通知，一天不安稳，吃不安睡不宁，说跟"热锅上的蚂蚁样"有点夸张，反正睁开眼就想这事。我想，给文化局长送点东西，一点不表示，再说看不起他，把关系弄僵了，没好处。还是送点土特产抹抹嘴儿。想来想去，送啥？日子过得紧巴，刚盖了新房，借的账还压头，实在没大钱买高级香烟、高级酒。那总不能送责任田里产的白菜、小麦啊？巧了，村东来了放蜂的南方蛮子，他那儿最近有槐花蜜，打点蜂蜜，不掺任何添加剂，不掺白糖，正宗纯正蜂蜜，也算个稀罕物，也算土特产。唉，送蜜比较合适，比烟啊酒的强，局长工作劳心费神，急需补养，每天早晨喝杯蜜水有滋养喉嗓、润肠通便之功效，喝了蜂蜜说话也甜呀！好处多多。

我喊小刘过来，你帮我办点事。

他说，行，啥事站长？

去县里给文化局局长送罐子蜜去。我把蜜罐子用塑料布盖一层，绳子缠住。陶瓷罐子，四个穿绳子的鼻儿，挂在自行车把上晃晃荡荡的，挺吓人。

我嘱小刘，千万不能摔了罐子。

小刘表决心，站长您放心，就是摔了我也不能摔罐子。

我一瞪眼，你摔了，蜜罐子谁保护啊？！

小刘点头，是，我也不能摔。

我嘱咐，到竹管巷东西小胡同里，第一户是局长家。喊开门，跟局长说，某某文化站让给您捎点蜜。

小刘说，放心站长，我准送到。

我还嘱咐，如果局长把蜜倒出来，给你罐子，你千万别带回来，罐子不要了。正合小刘意，难道愿意再带个易碎品？骑车担惊受怕啊。

小刘小心翼翼的，一只脚蹬地发动，骑上车子，出发了。回头看，我在盯着他。那一瞬间，车把打了摆，罐子甩了两甩，吓我出身冷汗，只听我"啊"了一声。

一路上小刘靠边骑，尽量躲着汽车、自行车。由于额外当心，心提溜到嗓子眼儿，骑到城里紧张得出了一身汗，褂子溻湿半截。

当快到局长家门口时，小刘提前攒劲，千万别摔了罐子，老天爷爷保佑。

他冲着大门边的墙骑过去，目的是将车子靠到墙上，牢稳。可是右手快挨着墙了，松开了车把，把墙划了道印儿。

他双手赶紧保护蜜罐子，脚底下不利索，竟摔倒了。但手紧紧地捧着罐子没松开，践行了诺言。蜜却从罐子里洒出来，流到他脸上。

原生态（当年这个词还没造出来）的蜜那个香甜啊，流到嘴边了，别浪费，小刘的舌头不由自主地从嘴里伸出来，转了两圈把嘴边的蜜收到肚里。

小刘还没整理好情绪，特别是脸上的蜜还没来得及擦，身上土不啦叽，局长大门吱扭开了。大概听到了撞墙声，局长夫人出门来，小刘抱着罐子赶紧站起来。

您好大婶。小刘把我编的话，重复一遍。

小刘脸上涂满蜜的狼狈样，滑稽可笑。

2023 年 3 月 15 日获《文艺报》
"我与光阴的故事"征文奖

旧 账

一

提起老账，老辛就气得牙疼。这回是牙根儿、牙龈都气病了，半个脸疼甚至整个脸都策应地疼，疼得不敢张嘴。半个脸胀歪得跟大馍馍样。别说吃饭嚼东西啦，喝口水也疼。都说，"牙疼不算病，疼起来要血命！"有切身体会的老辛赞成这句话。老辛找牙医诊治，打车去医院，开车都受了影响。

牙医是位漂亮的女性，他牙疼得已失去欣赏美女的热情。女牙医戴着口罩，你咋发现人家漂亮？后来老辛牙不疼了，才说出来，老辛是从女牙医美丽的眼睛研判的。他平躺在躺椅里，女牙医打开聚光灯，拽过来，冲老辛口腔照，看他的牙。"哎哟，咋这么厉害啦。"女牙医拿根无菌木片伸到老辛嘴里，女牙医稍稍一动，老辛疼得"哎、哎、哎"地打吸溜。女牙医让老辛从躺椅上下来，对他说："急性牙龈炎。咋这么厉害了，你有着急上火的事啊，急火攻心！这个毒火在你身上顺着血管子乱窜，哪儿的防御工事薄弱，就朝哪儿进攻。也就是电视节目里、手机里说的'免疫力低下'，专找容易攻破的地儿暴发。"

"是、是、是，我一着急上火，就往牙上攻。"

"开点药，用用'糠甾醇片''人工牛黄甲硝唑胶囊'，回去

262

按说明吃，白开水送下。别吃油腻食物及刺激性食物。牙根发炎好像化脓了，这颗后槽牙恐怕保不住。"

老辛歪歪着嘴，吸溜着气儿跟牙医说："不敢乱吃了，别说辣椒，蒜都不吃了。"

老辛饮食量下降，几天就明显瘦了。治牙疼的药管用，老辛的牙疼慢慢止住了。正如女牙医预言，后槽的那颗牙松动了，晃荡晃荡得快掉了。老辛"啪啪"地拍头，他不是心疼要掉这颗牙，牙掉一颗关系不大，可以镶啊，他是后悔当初办事不利索、不果断，考虑问题片面，留下后患，后患无穷的后遗症。

二

老辛这事得从头说起。

十年前，2013年开春，春节刚过，人们基本还沉浸在浓浓的过年氛围里，吃肉喝酒，东家喝了西家请。老辛带瓶子酒，喊就去喝，在酒场儿觉出了自己差距。人家有牛×的就吹牛×呀，今年纯利润多少多少万，你没有可吹的玩意儿吹什么？还提老皇历吗，在部队开坦克，你又没上老山前线，真刀真枪地打几仗，兜里没牛×，掏不出来。最多讲几个故事，天天讲年年讲，自己都乏味，老辛今年在酒场沉默。老辛思忖现如今过日子光指望农业生产不中了，看看人家思想解放早的户，有种蔬菜大棚的，有赶集贩卖蔬菜的，有开饭店的，有开副食部的，有贩鱼的，有卖烧鸡的，都互相攀比，看谁家过得好。

都摽着膀子干，撸起袖子干，咱也不能落后哇。他跟家人论证，要找点事干干。想来想去，还是要发挥自己的特长。在部队开坦克车修坦克，地方没坦克了，但内燃机原理是一样的，会拉碌子会拉磨。老乡们的拖拉机、汽车有故障，我不是照样能修好啊。会开车会修车就是行呀。全家同意他开一家汽车美容店，兼营汽车维修保养等，他感觉是能胜任的。开店租赁店铺要钱，买工具、买小型设备这些都离不开钱，钱真是好东西，老辛想。我就是缺钱，刚买了楼，花去五六十万，准备给儿子娶媳妇，把这点积蓄都抖搂了啦，手头紧。他准备找谁谁谁去借，想来想去腰包鼓的几位，七大巴子、五大脚、三歪等一个个的为人、形象、看人的眼神，包括走路的姿势在脑瓜子显示屏轮番出场，都不咋的。还数大金牙，人不错，比较靠谱，不好胡吹海榜，见面说话谦虚谨慎。他也不小看人，身上带烟就带一个品牌的，好烟就抽好烟，差烟咱就抽差烟。不像有的人，如四小眼儿吧，身上带两个以上品牌的烟，遇见什么人，掏什么烟。偶尔掏错了，放回去再重新换烟。这类人在村上威信就很一般化。老辛考虑跟大金牙张嘴（借钱），大半不会放空。大金牙开家像样的副食店，光门面就四间，柜台拐着弯，烟酒糖茶一应俱全，高档烟酒、一般烟酒、低档烟酒，各种价位的货品全。牛奶、饮料、汽水、小孩吃的零碎儿也有，你进了店放不了空，多少要买点儿东西。还一条，关键是大金牙媳妇长得好看，人利索，双腿修长，穿的紧身裤儿绷得紧紧的，要爆炸的样子，她那俩眉眼跟会说话的样，叫你看见颜开心。一样花钱，谁不去大金牙那儿。大金牙媳妇又会说话，长的模样比阿庆嫂好看。她四十来岁，风韵犹存，她是要嘴有嘴、要心有心，会夸奖人儿，你刚进门，她就冲你微笑了，"需要点什么兄弟？"你说了什么什么，她微微一笑，"看看吧，哪样合适。"俗话说：脸不带笑莫开店。人家大金牙两口子，有经验了，会经营，可赚钱了。他还专吃机关送礼的，一次机关上一领导晚上给大金牙送来一花包（农村包棉花的大型包袱），包着茅台酒、五粮液、剑南春、汾酒等，烟有软中华、硬中华、苏烟、玉溪等，作价仅一万元。他说那瓶茅台卖出去四回了。你说得多大的利润？手里有两个钱儿。大金牙是绰号，名叫付保富。大金牙绰号来历，是前几年，农村万元户露富，他掉了颗门牙，镶牙馆的馆长建议他镶颗金牙，说金牙对人身体有保健作用。馆长拿出来几个样品，有铝合金的、陶瓷的、金的，让大金牙挑，大金牙就选了金牙。"镶牙就镶颗金牙。"馆长这样说。大金牙果然镶了颗金牙，一说话或张嘴大笑，这颗金牙就露出来了，金光闪闪，他很是自豪。

　　老辛为了放响这一炮，做了充分准备。老辛去别的副食部买来两瓶52度"五粮液"，两条"大苏"（苏烟），另外再带一盒苏烟。老板怪怪的眼神看老辛，心里话，干什么买这么好的烟酒？老辛随点钱随说："求人去，借钱，不能空手进门呀！"老板微微一笑回应："那是，那是，这会儿求人先烟酒开路。"带好打火机，洗洗脸，梳梳头，抽抽鞋上的土，天一放黑，老辛就出发了。一个村上住，拐一条胡同就到了大金牙家。大金牙确实发了，盖的门楼金碧辉煌，全贴了瓷瓦还有马赛克、琉璃瓦，其实就是在砖门楼墙皮上贴钱。蓝色大铁门上套小门、不锈钢门把手，威武啊。我大干苦干拼命干一定朝这目标前进。老辛镇静镇静，让怦怦跳的心稳稳。这兜东西不起眼，但是真东西，两千多块钱哩，多少年没提东西送礼啦。老辛抬手，手指背"当当当"敲了三下铁门，晚上这"当当"声音好清脆嘹亮，估计一条胡同都听到了。大金牙正吃晚饭，街上门店老伴看着。大金牙嘴里嚼着肉，满嘴的流油状，随问："谁呀？"随开门。

　　"是我，保富哥，老辛。"

　　"青山兄弟啊！这是咋啦？提东西干什么？"

　　"保富哥，咱进屋说。"二人朝堂屋走，大金牙建的一拉溜六间前出一厦的楼板房，门灯照得明晃晃亮堂堂，天井铺着花砖儿，两边小花坛。进屋看更耀眼，布置得像金銮殿样，条几、方

265

桌、圈椅、大沙发、大茶几、落地钟。这才几年啊，发展真快呀。老辛放下东西，掏烟，大金牙说："别破了，这不桌子上有吗。"大金牙考虑，我一不当官二不当衙役，给我送礼？老辛必有所求。辛青山点着烟，抽了一口，吐出来，开腔了，说："保富哥，您跟嫂子真能干，在咱村上数着了。"

大金牙，说："唉——比咱过得好的多啦。"

"我看没几家赶上您的。"

"你有事啊，青山弟？"

"是，有点事。是这样，保富大哥，我想开个汽车维修部，捎带着修拖拉机，给车搞美容，贴膜，等等。赁房子加起步花费还不少哩。"

"行！你有这项技术，下一步车是越来越多，家家户户都要有，现在没车寻媳妇免谈。修车行业肯定红火。你还缺多少？"

"保富哥，我细算算，租赁房子最小三间，还有转让费，置办大路边上一般化应该有的工具，扳子、钳子、改锥要成套的，扭力扳手、梅花扳手、扒胎机座等，吊车的架子暂时不买，在屋内挖地槽。光简易设备，所有加起来，大体还差二十万。"老辛看着大金牙说。

大金牙一听二十万，一惊，感觉多点儿，在农村转弯也就是万儿八千的，最多买楼借个三万两万。说："哦。"

"我一时转不过来，有点钱都弄到楼上了。借你二十万用用，挣多挣少，我年年还你，缓过来的话我就先还清你。"

大金牙说："行。看在辛老弟当兵的人，在兵营里锻炼过，不会'胡张老李'。不过我钱在银行里，存的死期。我可以取出来借给你，为了堵你嫂子的嘴，只是你要带着利息。不多，银行多少你给多少。"

老辛说："操，保富哥，弟兄们串换串换，庄乡爷们儿，借借使，还带利息啊？"

大金牙嘴一撇，说："我告诉你，你嫂子娘家人借钱，都带利息了。操，现在什么年月了，都一切向钱看、抓经济、抓发展。电视上整天嚷嚷'奔小康'！"

"哦，俺嫂子娘家都带利息，那我也带利息。"

"老弟，我问你，你借钱干啥？还不是借鸡下蛋啊！俺在银行里提出来，借给你，不放高利贷。你打听打听去，还有我这么实在的、这么憨的人吗？现如今，人精得都成猴了，放高利贷。"

老辛一想，把烟在鞋底子擦灭，也是，咱借人家钱，是为了挣钱，过好日子发家致富奔小康。说："保富哥，行，我跟嫂子娘家人一样，给利息。你够可以的啦，一家伙二十万。"

"老辛，你还算明白，我一下子拿出二十万，你到别人家问问去，你说借十万看看，借给你吗？我一不要保人，二不限你还款时间。你哥咋样？！"

"哥，你是一百成的好哥哥、实在哥哥、厚道哥哥，我认你！"

"明天下午跟我去银行取钱。"

"哥，我不跟你去银行。我还不相信你吗，我在你门市等。"

大金牙把老辛送出门来，站在门楼底下还说着知心话。

三

第二天下午，老辛在大金牙副食部等他取钱。喝着水，跟大金牙媳妇说话，大金牙借给老辛二十万，征得家属同意的。大金牙媳妇说，老辛，你保富哥跟我说了你想借钱，办大事，弄个汽车修理店。我说，辛青山是正经人，不胡来，日后肯定有发展，借给他吧，帮人一把。老辛就夸大金牙媳妇，嫂子的确是明白人，心胸宽广的人，善解人意的人。街上都说保富过这么好，多亏他媳妇，把福给他带来了。大金牙媳妇就哈哈笑，说过日子是俩人共同出力，心往一处想，劲往一处使，起风抖水的，不能过到别人后边。老辛说，嫂子俺们要向你学习，向你看齐，冲着你的目标，奋起直追，在小康路上不能掉队呀！大金牙媳妇不亏都夸她是阿庆嫂式的女人，说出话来滴水不漏。她接着说老辛，兄弟，对，咱都合起伙来奔小康。嫂子看看你建设那家好的，你早奔上小康大康了！他俩正说话间，大金牙提一兜钱回来了。老辛赶紧站起来，说哥回来了，受累了。大金牙说回来了，客气啥，银行下午人多，等了一会儿。他把钱往桌子上一蹾，说："辛青山，老弟，我守着你嫂子把二十万借给你，你按承诺办事。"

"我肯定按时还你。再次衷心感谢哥哥、嫂子，在我困难的时候拉我一把，我终生难忘。我马上写借条。"

老辛拿碳素笔，大金牙媳妇找出记账本，翻开白页，叠了一下，撕下一张纸，递给老辛。老辛写下借条：今借到付保富大哥现金贰拾万元（人民币）整。辛青山，2013 年 2 月 27 号。写那个"号"字没抬笔，往下拉了好长的下垂尾巴。老辛弄开印台，摁了印油，摁二十万上大指纹。大金牙媳妇抽张纸递给老辛擦擦，辛青山擦了手把纸扔垃圾篓里。

老辛把借条递给大金牙，保富哥，你看这样写行吗？他接过条子一看，说：人民币，我还扼你（方言，强说的意思）欧元、美元呀？真是的！不悦。老辛脸一惊，忙解释，说了他养成习惯了，好说人民币啊，美元呀，欧元啥的。其实大金牙他心里也明白，写东西，白纸黑字落到纸上就是真事，按规矩办事。大金牙哈哈一笑，开玩笑了，开玩笑了。老辛千恩万谢把钱借走。临出门还口口声声感谢保富哥嫂。

四

辛青山干事创业，劲头十足。在街上考察了好几家的房子，选了个房子虽差点儿，但还算街面的屋子。谈好价格，找了公证见证人，当面交定金，写了合同。租赁好房子，简单装修，刷刷涂料，然后进必备的工具、设备，这些妥了，又找广告部，设计安装门市牌匾，"青山车仆"四个大字，下边是小字，汽车维修、保洁、贴膜、兼营拖拉机等。救援电话：135063488×1，择吉日（辛青山找"易经馆"先生测的日子）鸣炮开业！放了一万头儿的鞭炮，弄得街上乌烟瘴气。

开业那天，辛青山请来村上人头，村主任、村支部书记，还跟着村文书、大金牙、七大巴子、五大脚、三歪，同行的修配门市部的老板，原来一个生产队的要好的兄弟哥们儿，在"大红灯笼"弄了两大桌。大家祝贺辛青山开业大吉！祝福的好听的话说了两箩筐，"景阳冈"一号酒喝了两箱零一瓶，蓝"将军"烟抽了两条。把村主任、村支的"泰山"、大金牙的软"中华""苏烟"都抽了啦。村干跟老板们、经理们猜拳行令、剪子包袱锤，喝得"嗷嗷"叫，酒足饭饱，支书提议散场儿，一开门，房间浓烟滚滚的气流，顺门窜出来。村支书跟送他们的辛青山说："青山好好干，汽车行业准行！有事言语，啊！"村支书说话的时候，目视正前，谁都没看。这就是村上人头的风度。一干人，抽烟的，拿牙签挖牙里鸡肉的，吹牛的，不服气的，扭秧歌的，还有在墙角小解的……随走随散开来各自回家。

辛青山经营不赖，找镇广播站上写稿儿的广播员，编了篇广告词，印了广告散发出去。最后一句写上了加黑加粗的大字，"要想车有劲，您来找老辛！"这句话类似20世纪八九十年代电视、广播上做的广告，"要买好布鞋，请到莱芜来！"广告撒出去，还是管事的，来找老辛修车的，不能说络绎不绝，有真来修车的，也有来考察的，师傅们坐沙发上喝茶、抽烟，看辛青山修车。如果是单位的车，开正式发票，那时还没车改，司机师傅有点自主权，在车上做做文章，掏点儿小窟窿儿，弄杯酒喝。

他也主动联系修车的。如果没车可修，那就洗车，他不怕脏不怕累，勤俭持家，积攒了点钱。但是老辛没践行诺言，说好了的，年年还人家大金牙点，可是辛青山的私心作怪，盘算着晚还大金牙，想再发展一步，让自己的腰再粗一点。那二年弄个酒店加娱乐场所的人不少，辛青山是其中之一。俗话说，隔行如隔山，他不知餐饮业、娱乐场所水深浅，光看着人家酒店进钱快，顿顿满员，红红火火，小姐长的要模样有模样，要身段有身段，要唱歌吧嗓子也好。经不住诱惑，盘下一家酒店。人家转让酒店的老板是有远见的，碰上辛青山，庆幸啊！隔行不可离把干，辛青山劲没少费了，巴结顾客，各个房间"老板加菜"，总有熟悉的，要去敬酒，酒天天喝，顿顿灌。"酒平"没提高，血压、血脂、血糖高了！他找熟人往酒店拉客，这些措施行是行，但关键是自己不懂行，厨师、面案、服务员都花钱雇，利润不咋的。开张没一年，餐饮业下滑，小姐鸟兽散，老辛傻眼。老辛当机立断，不收转让费，有些许吸引力，好在赔钱把酒店转出去了，谢天谢地。

大金牙媳妇没少生气，埋怨大金牙，不能说瞎眼呗，反正没看准人，有钱了不还账。大金牙两口子见老辛不提还钱的事，大金牙就把脸一抹，上门要账。也不全是市面上流行的名言：该账的是爷爷，要账的是孙子。辛青山就不是"爷爷"，他在大金牙面前扮演成什么辈分的人儿不好判断。辛青山心里明镜似的，当初咱说的话没落实，不是不想落实，是想着晚点还账，反正保富哥不缺钱。但是凡事都换位思考，事放到自己身上行吗？往厉害里说这不是说话不算话吗？！老辛见大金牙一来就苦瓜着脸，赔笑脸，不赖皮，净说好话，求保富哥宽限宽限，一次仅还三千两千。大金牙说辛青山，你这是打发要饭的吗？就这样两千三千地还，得多少年，等到猴年马月还清啊？大金牙跟媳妇光生气也不是解决问题的办法，得想法。他两口子想来想去，说来说去，说了办法，否定，再说，再否定，再说……终于研究出个解决此事的最佳方案。

五

麦后的一天晚上，大金牙提着盒精品茶叶、俩"柳拧筋烧鸡"走进老辛家门。农村人基本是不睡觉不关大门的。大金牙提着东西一进屋门，把老辛吓一跳：要账的来了。一家伙把辛青山从座位上弹起来。

"保富哥来了，坐、坐。"

"青山，你别那么难看的脸，别害怕，我今天晚上不是来要账的。"

他把烧鸡往桌子一蹾，说："有酒吗？整点儿。"

"有！整呀。我过两天还你一万。"

"别提账，我不要那十九万了，待在你这儿吧。"

"真的保富哥，你别生气，我不赖账。"

"我说了，今晚不是来要账的，告诉你吧，我是来保媒的！"

老辛一脸的疑惑，说："你别逗了，保媒的？媒人还带酒肴吗？"

"好，我这媒人就跟别人不一样，反其道而行之，带肴。今天咱就整点。

"保富哥，你保谁的媒？"

"别慌问，先闷一会儿，喝了酒再说。"

老辛媳妇忙冲茶，倒上水，老辛冲媳妇一努嘴，媳妇去厨房弄菜去了。她拉开冰箱，找菜：花生米、豆腐丝、炒青椒，加大金牙的烧鸡。老辛从书条几下边提溜出瓶"泸州老窖特曲"52度。开开酒给大金牙满上，自己倒上。上了俩菜，开喝。

"保富哥，对不起，我先敬你一杯，我干了。"

一杯杯的，老辛喝得积极。

三杯酒下肚，大金牙微微一笑，抽了口烟，说："兄弟，少喝点，说正事。说起来有点不好意思，我想来想去，翻来覆去地论证，如果我的想法能成了，这是最好的结局哦。"

"啥啊？我越听越糊涂，你说明白，保富哥。"

大金牙说："青山，账你还不上，咋办啊？我想这样，其实我也不好意思说出口。"

"保富哥，没外人，咱俩，说吧，"

大金牙左右瞧瞧，冲辛青山耳朵说："你若、你若把你小玉儿许给俺二小，你愿意吗？你若同意这门亲事，那这笔账我一笔勾销！"

老辛闻听此言一惊，他万万没有想到大金牙会撺出这主意。但辛青山感到此方案可行，低头思忖一会儿，对大金牙说："保富哥，我觉得行。我不是说站到那二十万上，我是觉得你二小那孩子行，人长的模样、个子都行，聪明伶俐，仁恭理智，虽然念书差点，人哪有样样出色的，你二小做买卖有一套。不过咱俩在这儿说，那我得问问俺玉儿愿意不啊，也跟你弟妹说说啊。现在婚事都是孩子自己做主，当老人的硬当家的也有，但是过了门，生气闹乱子的多。这样吧，这几天你听我的信儿。我问了俺玉儿，再回话，估计问题不大。"

大金牙一听老辛说话靠谱，就表态："行，我等你的信儿。"

屋内片刻的沉默。门帘一挑，只见小玉儿从里间屋掀帘子出来，吓他俩一跳，原来屋里边有人，而且是关键人物。

大金牙不好意思地说："玉儿，妮儿，你在屋里呀。"

小玉儿，看一眼大金牙和他爹，说："嗯，我在床上困着了。保富叔，爹，你们说的事我愿意。"

老辛瞪眼了，心里话，憨妮子，等人家走了再说不迟呀！小玉儿随着端壶给大金牙和她爹倒茶。

大金牙说："闺女，换我的茶叶，这是刚上市的毛尖儿！叫你爸尝尝。"

小玉儿口出此言，把老辛惊得好一阵缓不过来，一时不知说啥好。俺玉儿真是好孩子，可怜当爹的作难。其实，他不知道小玉儿在里间屋，是想等大金牙走了，晚上一家人合计合计，劝说女儿愿意这桩婚事。闺女既然亮明态度了，当爹当娘的还说啥，正为还债犯愁，这下把爹的愁帽摘了。

小玉儿对大金牙二小是了解的，他们是青梅竹马同学，二小虽大学没考上，但做生意有思路，帮助他爹把烟酒糖茶副食部弄得风生水起。他深谙和气生财，童叟无欺，买卖公平，增一减二的大差不差就行了。街上都夸二小儿人性好，二小嘛长的模样跟"小武官儿"样，个子不矮说得过去。这俩孩子早有接触了，只是大人不知道，两人也看对了眼。

大金牙喝了口茶，说："青山，酒别喝了，咱喝新茶吧。"大金牙看着未来的儿媳妇，身段、模样都是可以的，心眼儿也平和，咱找啥去？满心欢喜。说："青山弟，我把你写的借条带来了，叫咱玉儿看看是不？"

小玉儿把借条接过来看眼，说："保富叔，是，是俺爹写的借您二十万。哪还有错啊！"

六

过了几天大金牙走程序，托了个媒人哥们儿，把内情跟哥们儿说了，让他当媒人有些事好商量，哥们儿满心欢喜，"媒也成，酒也行，弄三瓶。"哥们儿在大金牙家吃了喝了，再去辛青山家吃喝。当然一边喝酒一边说正事，不能把事掉地下。这哥们儿心眼儿够数，大金牙、辛青山男女双方两头吃，吃得都乐意、喝得都高兴。辛家免还账，摘掉愁帽，付家娶新媳妇，省好多烂事儿，顺顺利利迎新人。两家老人跟哥们儿商议，婚事就定下来。大金牙在城里九龙宫大酒店摆两桌，订婚仪式，女方凡进城来的客，每人一兜礼品，男客提酒，女客提果品。

择吉日良辰，吹吹打打，炮"噔噔"地震天响，八辆桑塔纳把小玉儿娶来，大金牙家门口婚庆公司安装了大型充气圈门，结婚典礼隆重热烈，结婚典礼司仪主持得蛮好，辛小玉喊了大金牙两口子"爸爸、妈妈"，大金牙两口子"唉"得喜庆悠扬，长长的拖腔。付二小喊辛青山两口子"爸爸、妈妈"喊得亲切，辛青山两口子"唉"得认真。大金牙在镇供销社大酒店摆了几十桌喜酒。亲朋好友都来了，光写礼账的就分了俩桌子。喝的地方名酒，菜是高标准，烟是泰山烟，瓜子糖果从县城拉来的。大金牙在儿子婚事上弄得大方、实在、露脸。

喜事过去，蜜月度完，日头照旧东升西落，开始过正常日子。

老辛的"青山车仆"汽车维修美容店，女婿付二小，常来看看，他感觉室内地槽修车太落后了，他帮助岳父把地槽填上，在地面安装起降架子。来了需要的汽车，开上去，四个角托盘把汽车底盘托住，一按电门，汽车慢慢升起来，人站在汽车下边检查、维修很方便。他把跟他要好的年轻人一个个地介绍到辛青山维修店里来，在付二小的帮助下，辛青山维修店客户日渐多起来，渐渐有了新起色。汽车也越来越多，差不多"二把刀"司机出了故障就进店，户办微小企业，有成效想变大的法，就是滚雪球，越滚越大。三年头上老辛就打了翻身仗，现在大有超过大金牙副食店的趋向。

有件事估计小玉儿也瞒着付二小哩，光跟老公公说了，大金牙不同意，他说儿媳妇："小玉儿，不行，咱不能一个嘴里出俩舌头！叫人家笑话。"

可小玉儿背地里，悄悄带着盒新茶、两瓶"五粮液"，回了娘家。不年不节的给娘家送这么好的东西，老辛以为闺女肯定自作主张拿来没数的东西。跟娘和爹亲热话说了以后，小玉儿趁爹娘高兴的瞬间，伸手掏出了当年的条子，问："爹，您借俺的钱，啥时还啊？！"

老辛惊呆了，张大嘴，问："玉儿，啥借的钱……"

"那二十万啊。"

"死妮子，不要爹了！把你的茶叶提走，我的嘴没长那儿！"

她爹心里说，俗话真是说绝了：经纪向贩子，闺女向汉子！

原载《莽原》2023 年第 5 期

是时候了

　　张猛小伙子身高一米七八，笔挺的身材，聪慧的面庞，明亮的眼睛，乌黑的长发一甩露劲，挺精干的。上班，皮鞋天天擦得锃亮，一尘不染，衬衫雪白的领口、袖口，领带平直、鲜艳，西服挺括。他浑身上下利利索索，给人一种干练、泼辣、能干、会干的印象。可是最近几天来，衣服随便，上班眼皮耷拉着，目无光泽，精神萎靡不振，精气神提不起来。

　　他一路来到单位，进门看到迎门墙大幅警示黑体大字红色标语：今天工作不努力，明天努力找工作！转弯处还有绿色的楷体大字，一句话：要让同志们有尊严地生活。这两句话，天天看，回回读，都背过了，但次次读已觉麻木。他情绪不提振，洋洋不眛，工作上有点儿甩大鞋。

　　张猛的变化判若两人，现在穿戴不整洁，随随便便，头发乱蓬蓬，胡子黑乎乎，不修边幅。他还不愿跟同事聊天、交流，下了班溜边儿走，原先他好说说笑笑、结伴而行，现在自己回家独来独往。他心事重重、唉声叹气、郁郁寡欢。张猛吃不香睡不宁，夜里常被噩梦惊醒，胡思乱想，辗转反侧不能入眠。睡眠是非常重要的，人体免疫力的增强很大程度上靠睡眠，若经常睡不着觉，那该看心理医生了。他眼看人瘦了一圈，眼里布满血丝，无精打采。

张猛思忖多日了，准备跟朋友王玉岭谈谈心。一日张猛看好一家咖啡厅，叫上好友王玉岭，说："玉岭，咱去喝杯咖啡，聊聊，我想了几天了，要跟你说个大事。"

王玉岭问他："张猛，什么大事？咱还用去咖啡厅，花钱、浪费时间。啥事呀，在这说还不行吗？"

张猛瞧瞧左右，说："玉岭，咱最该去咖啡厅了，以往都是请别人、请客户去喝杯，看着人家的脸说话，时时刻刻巴结人家地笑，比说好话还累人。"

玉岭说："张猛，咱不都一样吗？都是为了公司的利益，各个团队，其实人人都在努力地干工作。千万不要以为光自己拼命干，啥事啊？在这儿说吧。"

张猛说玉岭："噢，我知道了，请不动你啦？"

玉岭说："张猛，说啥呢？不是的，我不难请。只是我觉得咱没那必要……"

张猛说："咱最应该喝杯咖啡了，老弟兄了，甭问了，去了你就知道了。"

金碧辉煌的咖啡厅，舒缓的轻音乐播放着，飘逸上空，灯光闪烁，朦朦胧胧。他二人来到咖啡厅看位置，找僻静处刚坐下，女服务员款款地伴随高跟鞋敲击地面的"嘎嘎"声缓缓朝他俩走来，来到跟前，问："您好先生，您需要用点什么？"

张猛对服务员说："您好，来两杯咖啡，一盘水果。"他看着身着旗袍的女服务员离去。

女服务员一会儿送来热气腾腾的两杯咖啡，一盘葡萄、香蕉、菠萝、猕猴桃，稳稳地放在桌上说："先生，您慢用。"

他二位点头致意："谢谢！"

张猛搅动咖啡，看着王玉岭说："玉岭吃水果。"

王玉岭说："好的，我吃我拿，别客气。张猛，说正事吧。"

张猛"唉"的一声，叹口气，说："玉岭，你说我工作干得怎样？"

玉岭看一眼张猛，说："你干得挺好的呀！"

张猛说："我没黑没白地干工作，白加黑、五加二从没怨言，为了公司，这么卖力，也没好。老板不欣赏我，我还有什么熬头，没熬头了。你说啥时是我出头之日？我考虑多日啦，我想离开这个公司，我恨公司。"

王玉岭听张猛这么一说，懵懂地没反应过来，一脸疑惑，问："张猛，说啥哩，你为什么要离开公司？不珍惜工作岗位，当初进公司多难啊？！出了这个门，你去哪里上班？要三思而后行，慎重啊再慎重，走了，我想你会后悔的。"

是，当年张猛为找工作，用磨破了嘴、跑折了腿、累乏了脑子还白嘞（扔了的意思）来形容似有点夸张。但他为找工作，确实没少费周折，托人请客，说情，劲用大了。

他毕业后，第一次上招聘会，像电影《陈奂生上城》。农民在自己那个小天地里转悠没见过世面，来到城里，看得眼花缭乱，眼忙不过来，看看这边望望那边，看得眼直勾勾的。现场音乐舒缓，红色拱形廊桥一颤一颤地欢迎大家，标语气球环绕现场，气氛热烈。张猛没有上招聘会的经验，看看摩肩接踵、人头攒动的招聘大厅，用人单位一家家的，主考大人似的坐在桌后，审视前来的学生。用人山人海形容应聘人员绝对可以。女生漂亮耀眼，都把最好看的自己展现出来，甚至有的露腿袒肚，脐眼凹陷的美丽，穿金戴银，金碧辉煌，他简直不敢直眼看女生。男生则西装革履、博骨硕风、器宇轩昂、风度不凡。再瞧瞧自己的穿戴，旧衣陈衫，磨偏后跟的皮鞋，长发没理，风尘仆仆，与人一比，相形见绌。他们手持各种色彩的证书，而张猛仅一本毕业证书。他心里骤然涌上一丝自卑。一家家公司、集团、企业，棚内挤满应聘的人。张猛说自己：莽撞了！事先没备课，打了无准备之仗，这仗还能胜利吗？

王玉岭看了张猛随意的行头，直摇头，他提醒张猛，出去找工作，参加招聘会啥的，要注意形象，那就是穿戴和发型，要整洁，不用奇装异服，头发干净有样，给人的第一印象很重要。人都是首先看你外表好不好，没有本事在短暂的时间里去发现你的内在美。如果第一眼看见你，不顺眼，那就不会去发现你的深层次心灵美的东西了。如果看见你，眼睛一亮，喜欢你啦，那就说明你成功了一半。

张猛后来应聘，找用人单位，就注意了衣装、发型。他借钱去百货大楼，买了身西装、领带、皮鞋。张猛穿戴起来颇有气质。他注意出门皮鞋打油，擦得一尘不染，"人是衣裳马是鞍"，那就是不一样的看法。老一辈人把话说绝了。他招聘来这家公司上班，王玉岭是替他说了好话的，在张猛几次招聘无果的情况下，王玉岭跟老板谈了录用意见。

所以张猛要离开公司，需征得王玉岭的同意。如果张猛扑拉扑拉腚走了，不跟朋友打个招呼，说清楚原因，在人情上说不过去。

张猛把烟蒂从嘴里拽出来，嘴唇微微颤抖，把烟蒂扔在地上，伸脚踩住，像办仇人似的踮了几踮。忽又觉得烟蒂扔地上不合适，遂弯下腰捡起来放到烟缸里。他看着玉岭说："老板看我，跟黑眼蜂样，我没好，不知咋回事，我深浅不行，别人能行的事，到我身上行不通。"

王玉岭说张猛："张猛你多意了吧。别人行的，你不行？老板考虑问题是站在全局角度的，站位高，咱们看问题往往有局限性，估计他那是照顾女同志。"

张猛说："老板高，他能高到哪儿去？他的心思我知道。"

王玉岭笑笑没再说什么。

张猛接着说："横竖我不如他意。就说前不久那次，我费劲巴力联系的客户，人家给的价格可以了，我觉得靠谱。我跟老板汇报了，老板不同意，我白忙活，白搭感情，吃饭、喝茶花钱咱放一边不提，咋着也该给我点儿面子吧，那怕安排一部分指标，我好说话啊！叫我怎么带队伍？怎么领着一班人干？"

王玉岭说："张猛，你那次争取来的客户一事，我听老板说了，他想让你再努努力，把价位再往上拱拱，没想到你放弃了，老板不大高兴。"

张猛说："我有点儿赌气的意思。我是生气了，过分了吗？"

王玉岭说张猛："是有点儿过分。气这东西，不是咱这些人生的，只有肚子能撑船的人才可以生气。"

张猛说："人家肚子能撑船，就不生气了。"

玉岭说："有道理。船都能行，气算什么！"

他接着说："关于你离开公司征求我的意见，既然你问我，咱弟兄们感情在这儿摆着哩，我就直说想法。我同意你离开公司，到外面找更大的平台，世界大啦，舞台多了，单位海了去啦，你施展一番才华。猛一走，也报复他一下，给破公司点儿颜色看看。俗话说，人挪活树挪死，'此处不留爷，自有留爷处'。不过，我觉得你现在离开公司还为时尚早，还不是时候，不是节点，不是最佳时机。"

张猛没想到玉岭同意他离开公司。遂问："玉岭，你说啥时候是时候，啥是最佳时机。"

王玉岭说："张猛，你看，如果你现在离开公司走了，业绩不怎么样，基本平平，不高不矮，不拔尖儿，没什么亮点，你走了，队伍和老板不会有特殊感觉，会很麻木的，走就走，反正此人也没多大本事。你在公司本来干得不错，但也显不出来，你现在走，并带不走多少客户，给公司造成的损失并不大，甚至可以忽略，或者说老板还觉不着腚疼。"

张猛低头不语，思想斗争激烈，对王玉岭的话有些不理解，他看着王玉岭，脸上布满问号。

王玉岭接着说："我建议你，推迟离开公司的时间。那么你现在应该怎么干呢？我说你应该趁着在公司负点儿小责，有点儿小市场，抓住机遇，加快发展，拼命干好工作，滚雪球，为自己多拉一些客户，培养一批骨干业务员，形成规模，成为公司独当一面的人物，老板眼看离不开你啦。到那时，你带着这些客户，甚至部分骨干突然离开公司，公司的经营状况会急转直下，公司将蒙受重大损失，给他个毁灭性的打击！公司会转不动的，停摆，说倒闭跟玩儿一样。"

张猛闻听王玉岭一番话，感觉有道理，豁然开朗，一拍大腿，说："对呀！你说得非常在理，但是，我没这么大能力，怎么才能架空公司。不过，我可以试试，就按你说的办。是的，我应该这样拼一把，那首歌不是《爱拼才会赢》吗。叫他看看我张猛是干事的人不？我就不服这个输，别人能干成的事，难道我张猛就干不了？我也有个脑子和两只手啊。"

王玉岭心想，张猛还是服说的，换个思路，换换思想，这就对了。说张猛："我拭目以待，我就感觉你是干事的人。"

二人谈得舒心，都说了心里话，可以说是掏心见肠，肝胆相照。

张猛离开咖啡厅，看外面的世界顺眼了，阳光明媚、绿树成荫、柳丝拂面、鸟语花香。他步伐匆匆，开始紧张起来，干出样子的决心是从当下下的！

王玉岭为朋友思路的暂时转变高兴。

张猛回来以后，经过拨乱反正，脑子升华，变了。思忖再三，重温王玉岭的话，"现在还不是时候"。对！要像《南征北战》里说的，打个胜仗，叫美国顾问团看看。回家来写个纸条贴在床头，"无志之人常立志，有志之人志不移！"，如小学生一般激励自己。

他暗暗下了决心，早上班，同事没到，他到了，到茶炉提水，涮拖把拖地，同事们到之前，他把杂活做完了。晚下班，同事们走了，他最后一个离开，关电脑、关灯。家属感觉他反常，换了个人似的。

"张猛你这段上班去得早，下班回家晚，咋回事啊？工作积极起来，也不帮我做家务。"家属有意见了。

"公司里忙，同事们都紧张，我负责的那块儿，任务重，责任大，要跟上大流啊。"张猛说。

家属说："你在家里这也不抱怨老板了，也不嫌弃同事了，光一门心思干工作了吧。"

张猛说："老板也不批评我啦，我就没怨气呀。我卖力气干，同事们也都卖整个的，我也不嫌弃他们偷懒耍滑了。"

家属说："张猛，这叫良性循环，大家齐风斗水，心往一处想，劲往一处使，俩好搁一好！"

就这样，张猛跟王玉岭谈心后，换了个人似的，他团结同事、服从领导、勤勤恳恳、兢兢业业、任劳任怨……他的模范带头作用，带领的队伍精神面貌焕然一新，事遂所愿，大干苦干加巧干一年，张猛逐步自信，精神大变。经他做工作，培养了一批业务骨干，身边聚集了许多靠谱的客户，公司业务量在张猛带领下大增，把同事远远地甩在了后边。

他白加黑，五加二，没请过假，能不累吗，甚至吃饭都在办公室，弄个盒饭凑合。虽然他觉得累，但是体重反而增加了，精神高昂，情绪饱满。

张猛的团队，销售业绩直线上升，老总看在眼里，喜在心上，是棵好苗子啊！但，老总并没大会讲小会夸，他考验小伙子耐力的时间不短了。该说话啦。

王玉岭这时找到张猛，悄悄地说："张猛，是时候了，最佳时机到了，你要跳槽赶快行动呀！此时离开公司，给他来个釜底抽薪，给公司毁灭性的打击。"

张猛注视一会儿王玉岭，却说："玉岭，我……我现在离开公司下不下狠心来了。老板曾跟我长谈一次，把我喊到办公室，从我进公司开始谈起，到我的工作松懈、怀疑、忧虑、猜忌、担心，到想撂挑子、走人，再到我换思想，像换了人，说我工作干得很好，公司业务大幅度提升，有我的功劳。问我对公司工作有什么想法，尽管提。我说：'老板，我没什么想法，只是想把业务抓上去，干好工作，自然多些收入。我正用钱哩。'老板说我干得不错，想给我压压担子，多干些工作，把公司业务这一块儿抓起来，当他副手。"

王玉岭说："看看，是不，张猛你追上来了，你的好事来了。"

张猛说："玉岭，我暂时没离开公司的打算了。"

晚上他拉王玉岭去酒馆儿小酌。二人落座，张猛说："哥，我应该请请您啦。"

张猛在人生迷途岔路口时候，王玉岭伸出援手拉张猛一把，感谢王玉岭关键时候的点拨、提醒。张猛一直把喝酒当成社交联系的纽带，建立人际关系、表达情感、缓解压力、放松心情的手段。俩人推杯换盏，互敬互让，酒喝得不少了，张猛突然茅塞顿开，握拳捶了王玉岭两拳。

张猛说："玉岭，你的孬法成全了我，我若走了，不一定能混好。打生茬不易，打生不如混熟嘛。"

王玉岭坐在那儿稳如泰山。说："张猛，谦虚谨慎、戒骄戒躁，稳扎稳打、步步为营。咱们拧成一股绳，公司会越来越好。"

张猛说："玉岭，我想起一位老领导的话来。"

王玉岭问："老领导说什么？"

张猛说："老领导曾告诫我们：'人没累死的，都是窝囊死的！'"

修 伞

交通员王书仁接到通知，马上去省委组织部李秘书家。他接受任务的时间是 1930 年 11 月 15 日下午 3 点。这儿对敌斗争形势异常残酷严峻，国民党反动派到处疯狂搜捕共产党，小城腥风血雨、白色恐怖、阴霾笼罩。他穿上外套，围上围脖，赶紧出门朝竹竿巷奔去，一路紧走，身上似热乎乎地出汗。唉，慢着，到了，从南数第三个门，就是要去的地方。这里住着位教书先生，公开身份是益民小学语文教师，他就是省委组织部李秘书。他借整理帽子，谨慎地观察了周围环境，确定没有尾巴，朝第三门走去。

李秘书已在夹皮墙里等着王书仁，点个煤油灯，坐在小凳子上，再最后审一遍材料及党员名单。他已汇总好全省各地的党员名单及职务等。王书仁敲门，李秘书爱人开门楼儿，王书仁进门。她瞧瞧门外，随即关门。他们进来屋门，李秘书爱人领王书仁进里间小屋，搬开贴墙的大衣橱，进一小门儿，入夹皮墙内。李秘书长话短说，安排王书仁以最快的速度，尽量在一个月内赶到上海党中央处，当然安全绝对第一，把材料和党员名单等面交中央组织部的交通员。沿途交通方式、方法王书仁随机应变，出发后根据情况自己考虑，一切由自己决断，将与中央组织部交通员同志的联络暗号、暗语告诉王书仁，把乡、村的王书仁外出干活证明给他。省委组织部李秘书交代清楚要求，绝对保证名单安全，这关系到党组织和党员的身家性命，是我党的宝贵力量。王书仁表态："沿途我决心克服一切困难，做到您要求的，胆大心细遇事不慌。以对党的绝对忠诚、赤胆忠心担保，就是牺牲了也要完成任务，把材料、名单安全送到！"

李秘书严肃地说："书仁同志，任务重如泰山。你不能出一点点纰漏，更不能牺牲，人牺牲了怎么完成任务，名单怎么送到？党中央的指示怎么带回来？这关系到省委下一步的工作怎样开展，全省各地党组织都盼着哩。"

王书仁说："对，李秘书，那样的说法，代表我的决心，我决不能牺牲，我要活得好好的，材料才能安全送到，才能完成党交给的任务，党中央的声音才能完好带回。"

李秘书嘱咐他："是的，你准备准备，把东西藏在什么地方安全，考虑周全。晚上离开我这儿，明天一早出发。"

王书仁说："李秘书您放心，我是这样考虑的，材料比较多，买把长柄伞，把名单塞到伞柄里，既牢靠又防雨，人在伞在，身不离伞伞不离身。"

"好，书仁同志，此办法很好，你买伞去吧。"

王书仁从李秘书住处出来，机警地扫一眼街上行人，没发现可疑，迅速消失在胡同里。王书仁拐弯走近道，找到伞铺，他进屋，老板迎面带笑，问他："先生看看啊，用把伞吗？"

"是，是，掌柜的，要把长柄伞。"

掌柜的说："好嘞。"

掌柜的给王书仁拿过来把新伞。王书仁打开伞看看，伞柄挺好的。给老板钱，拿起新雨伞，临走忽然看见伞铺的样品伞，稍稍旧些，他灵机一动说："老板我要你这把样品伞吧，手柄摸得有些滑溜，比新的好。"

老板略沉思，说："好，你乐意要什么的都行，价钱是一样的。"

王书仁拿了把样品伞回来。来到秘书住处，他又发现李秘书墙上挂着一把看上去旧些的长柄伞，他想旧伞不扎眼，随意，就把新旧伞换一换，李秘书同意，也是安全起见，旧的不特殊，大众化。王书仁就把旧长柄伞柄套卸下来，把竹竿柄捅透一节，然后把党员名单、材料卷成圆筒儿等顺进去，用黄蜡封住，再套上伞柄套，天衣无缝。不会以为里边有东西，安全可靠。李秘书满意地一笑，夸王书仁："书仁同志真不愧老交通，想的这办法好。"

晚上李秘书给王书仁交通费，说："书仁同志，组织的费用也不多，省着用，但遇事该花的钱要花，最终以完成党交给的任务为目的。"

王书仁点头表示："是，我听组织的，该办的事要办，花费，一定节俭着用。"

晚上他从李秘书家回来，做些出发前的准备，尽量把困难考虑得充分些，把钱放到内裤贴身处缝制的兜里，别上别针。现在初冬，天气会越来越冷，多带件褂子棉袄。

第二天一位穿着补丁长衫，戴棉帽子，身背褡裢，斜挎雨伞，个子不高，身材不胖，双眼瞳瞳，聪明机智，脑子灵活的年轻人走出家门。他最适合做交通员了，像外出返乡人员一样的穿戴，悄悄走出镇子。他一路往南，机警地坐过汽车、坐过火车，还坐过洋车，坐过收废品收破烂儿的捎车儿，也步行过。

他顶风冒雨，日晒风吹，坚韧不拔，风餐露宿。靠他坚强的意志支撑，他克服一切困难，只想尽快完成任务。最担心、最危险的是过淮河。

王书仁来到淮河岸边，看一眼，一望无际的淮河，滔滔河水西天来，是非常惊心动魄的一幕。北方人一般不会水，还怕水。他们一行人，陆续来到淮河北岸，都是需摆渡过河去南岸，有串亲戚的，有赶集的，啥情况都有。这么宽的滔滔淮河，就这条"柳叶儿"小船儿，一次仅摆渡三五人。艄公是位老汉，挺和善的面相。淮河宽宽的，大水从西往东流，微风也浪头涌动。本来这几个人看见大河心里就打怵，老汉又从小屋里拿出来五六个大葫芦，把人吓一家伙。老汉眼看人们，一言不发，过河的也没说话的，安静得很。他每人发一个葫芦，用手抓着行，拴身上也行，这就是"救生圈"。王书仁把大葫芦拴在腰上，本来就紧张的河空，感觉空气都能拧出水来了。没坐过船的，心里更害怕。小船要开了，真像漂在淮河里的"柳叶儿"，老汉睁眼扫一遍乘船人，严肃地说了第一句话，嘱咐船上人："都闭嘴，别说话。"船家最忌讳人说憨话、闲话，如，小船怎样怎样啥的，这时船家就怒斥说闲话的人，厉害的船家，命令说闲话人下船！这船不渡你。小船就老汉一人操作，一根长橹摇着，小船侧顺着河水流向，往偏东南方游动。到河中央被水浪涌得晃荡，老汉说第二句话："都坐牢稳，别站着。"王书仁蹲坐在小甲板上紧紧抓着伞，宽阔的河面冷风飕飕地吹来，脸似针扎地疼痛，棉衣被河风吹透，冻得人浑身战栗，再加上恐惧、紧张、害怕，堪比特务盘查。谢天谢地，老汉终于安全把人摆渡到南岸。下船交钱，大人三分，小孩二分，没钱也放行。王书仁点头向老汉致谢，匆匆爬上岸去。

一路往南，沿途躲过那么多次特务、白狗子盘查。每次躲过盘查，王书仁都像过次鬼门关，紧张得要死！但还要强装没事人一样，稳住阵脚，大大方方地迎查，若哆哆嗦嗦就不打自招，早被拿下了。今天如果顺利，不出意外的话，就提前到上海了。

世上就怕说"如果"二字，偏偏他到达昆山地面就"如果"了。

那天下午，天气骤变，北风呼啸，冷得要命。狂风裹着枯枝
败叶，把杂物草屑卷到空中，黄风刮得天昏地暗，太阳也黄乎乎
的像个蛋黄挂在空中无精打采。下半晌煞风，天阴上来，阴沉沉
的好像要下雪。他急匆匆来到一家面馆，吃了饭好住下。那么再
有一两天，很快就能完成任务了。

他进面馆，挺干净的一家面馆，店小二迎接他进店。他给店
小二说，要碗热汤面。

店小二颠颠地过来，拿抹布擦擦餐桌，摆好凳子，说："您
坐下吧先生，先喝碗水，面一会儿就煮好。"店小二倒碗水放他
面前，就欲去后厨。

王书仁说："好的。谢谢小老弟！"

小二摆手，说："先生，不谢不谢。"

他锐利的眼光扫一眼吃饭的顾客，没有嫌疑。把伞和褡裢放
到餐桌上，他稍事休息，喘口气，喝碗水，暖和暖和。

店小二端热面条上来，跟他说："先生，您的面好了，筷子
您自己拿，您慢用。"

王书仁点点头回礼："谢谢！"他从筷笼拿出筷子，趁热就慢
慢喝，一碗热汤面喝下浑身热乎起来，一路奔波，盼见组织完成
任务心切，恨不得一天当两天用。胜利在望，由于连日的高度紧
张，加之劳累，困乏得睁不开眼，困神袭来，他还克制自己不能
困，但不由自主就趴餐桌上打了盹，小呼噜打着睡着了。

店门被风吹开，一阵冷风袭来，把王书仁从一种混混沌沌的
状态中冻醒的时候，睁开眼先看伞，坏了！伞不见了！他五内俱
焚，惊出一身冷汗。脸上的汗也出来了。他翻江倒海的神情肯定
是慌乱的，遇到麻烦了。他默默命令自己："王书仁你要镇静。"
如果慌乱的表情被人发现，会被人怀疑。慌乱还会失去正确判断

事情的能力，必须马上冷静下来，才能撑住局面，想出处理问题的办法。必须装作若无其事的样子，遇到挫折，任何一种不稳重、慌乱都会对党的事业造成重大损失。王书仁检查了身上的零钱没被偷窃，穿戴都好好的，看来不是盗贼所为，他想可能是哪位食客，看天下雪了，顺手拿走了雨伞用用。他想，那问问老板知道谁用伞了吗。他镇静地笑嘻嘻地问了老板："老板，你知道哪位老乡用我的雨伞了吗？"

老板瞧一眼食客，回答："先生，我没用，客人也没人对我说用您的雨伞。您找找吧。"

王书仁说："好吧老板，我找找看。"

他找了餐厅各个角落，也没见随便放那儿的伞，问题严重了。他围上围脖，走到门口看一眼有没有离开面馆打伞的顾客，没看到打伞的。大雪纷纷扬扬，天地间灰茫茫的一片。云层低沉地罩在头顶，凛冽的北风横扫着雪地，轻盈的雪花灌注了箭一般的速度和力量，抽打得人脸生疼。天气酷寒人战栗，路上行人缩着脖子，呼出的白气被毫不留情地封杀在围脖上，形成一层薄薄的冰布。他抬头看天，眼睛和额头赤裸裸地见证着这一场恶劣的大风雪。怎么办？往哪儿去找伞？王书仁想……看来，当务之急必须住下来，然后再做打算。

王书仁回来看了看身上剩的钱，还能用一段，他考虑好办法，就走近老板，微笑着跟老板说："老板，我想请您帮个忙，不知您有时间吗？"

老板说："先生，不客气，你需用什么，有什么我可以帮您？"

王书仁仍微笑着说："老板您真是热心人、做善事的老板，是这样，老板，我想在贵地开一家修伞的小铺子，我人地两生，您能帮我找找地方吗？"

老板问他："先生您修伞，行，这样买卖不多，您是租啊？

买啊？"

王书仁回答："老板，我小本生意，租就可以。"

老板又问："先生，租可以，那人家房东问我，你的朋友租多长时间？我怎么说。"

王书仁思忖，太长不划算，太短容易引起怀疑，也不一定行，暂且租个差不多的吧。他就回老板的话："老板，咱先租半年行不？看看生意怎样，生意好了再续租。老板，最好是租街面上的小铺儿。"

老板说："行，我打问一下，看看有出租房子的吗？这样吧，您明后天来听我信儿。"

王书仁出去面馆，在街上冒雪找店家。他就近找家小旅店先住下来，等老板的信儿。

在面馆老板热心帮助下，王书仁跟小铺的房东见面了。人家看了他的"出行证明"。

房东说："先生，我是没办法的事儿，看看'说头'，我心里踏实，世道这么乱，搅得俺们都不安宁。"

王书仁说："东家，您这样是应该的，应该看下'说头'，来查户口的啦，挎盒子炮找事儿的啦，您能挡一气。都放心，这不为过。"

他们谈妥租金，先预交一个月的租金，二元二毛钱，王书仁蛮高兴的，租到这一间小铺面，临街，属比较繁华地段，虽门脸不大，屋子不足十平方米，挺可以。王书仁回来就去街上找土杂门市部买修伞工具，钳子、尖嘴钳子、刀子、剪子、锤子等，买点儿油布、桐油、毛头纸、竹劈、竹竿、铁丝、钢丝等。

王书仁小铺门口挂上"王记修伞铺"招牌，他着急呀，边筹备边开张了，缺什么再置办，慢慢完善。放了挂小炮儿，中午在面馆请老板和房东喝一壶，简单吃个饭。老板和房东都祝王书仁修伞铺买卖兴隆，开业大吉！铺面日常化以后，修伞的也不少，王书仁前二年在修伞铺当过伙计，有点儿技术，修伞难不住他。可就是不见他丢的那把雨伞，一进来修伞的，他就先看伞柄，开张一个多月了，光修伞百十把，那把长柄伞一直没露面。那只伞哪儿去了，可千万别给组织造成重大损失。

怕啥来啥，一天晚上他刚吹灯上床休息，一阵急促的粗野的敲门，嚎叫："开门开门！快开门！"他想坏了，一定暴露了，伞柄被弄开了！小铺没后窗，他没一丁点儿退路，他做好被捕的准备。只能开门，但想冲出去已不可能，戴礼帽的特务、持枪的白狗子一群堵在门口，手电照的他眼花，睁不开眼，看不清人模样。一小头目，冲着他贼眼咕咕地盘问："干什么的？"

王书仁镇定地回答："修伞的。"

小头目头一歪，嘴一撇，说："修伞匠？好像红匪的探子吧？"

王书仁装糊涂，回话："什么红粉绿粉，我不明白，只知道修伞。"

小头目又说："别装糊涂，就是红军！你是不是红军？哪儿人？"

王书仁直接说："什么红军绿军我一概不知。家是河北大成的。"

小头目问："有'说头'吗？"

王书仁答："有。"王书仁找出乡、村写的外出找活的证明信。

小头目伸手要："拿来看看。"小头目低头，大喝一声，"王书仁！"

人的名字是被音韵控制的开关，叫一声就会在心里炸开一个小小的雷。

王书仁面不改色心不跳，平静地回答："是我。"

小头目眼锥子般盯他半分钟……

把一纸证明扔给他。特务问话他都一一对答如流，没露出丝毫破绽。王书仁心里有底，搜吧我一无所有。白狗子特务一阵乱翻，喊里咔嚓，弄得屋里乱七八糟，没搜出什么。临走特务说："发现红匪探子马上报告！不然一律同罪！"一群狗子滚了蛋，虽虚惊一场，但给王书仁敲了警钟。

昆山这儿也不是久留之地，要尽快找到雨伞离开。想来想去，怎么才能找到雨伞。他这天想出个办法，其实也在心里酝酿多日了。王书仁把赚的钱算算能买多少雨伞，这最后的一招儿，孤注一掷。他一共买来八十把新雨伞，第二天挂出小牌子，上写：本店雨伞以旧换新。牌子一经挂出，换伞的顾客开始来铺子换伞。王书仁说以旧换新，说归说，为消除人们的疑虑，他根据旧伞的成色，让顾客象征性地交几毛或块儿八的。这样换伞，时间又过去快一月了。真快啊，早已超出送达名单的期限，但雨伞迟迟没有出现，急得王书仁像热锅上的蚂蚁，急得拍头，在铺里转悠。如果这最后几把伞换出去那把伞再不出现就完了！

这时他在铺子里，远远地看见一拿雨伞的人，是最后来换伞的顾客吗？那人拿伞进来铺子，说："掌柜的，听说您这儿换伞。是吧？"

王书仁说："是，换伞。"

他接过顾客的旧伞，王书仁用眼的余光看伞柄，这就是那把雨伞，没错。他按捺住内心的激动，收费五毛，递给顾客最后一把新伞，等顾客高兴地出门，走远拐弯，他急忙掩上铺门，弄开伞柄，黄蜡封，完好无损，拨开黄蜡，名单躺在伞柄里，他复又弄好，一下子瘫倒在地，好一阵眩晕，他太激动啦，心跳久久不能平复。他一两个月来的努力没白费。

开始他想晚上一走了之，后来思忖，慎重起见，还是应当跟房东打个招呼，天明了走安全。他来到房东家，就跟房东说："大哥，是这样，家里有事叫我回去一趟，最多半月，东西在这儿放着，您操着点心。"

　　房东一脸疑惑，以为他退房，或者退租金，这些王书仁只字未提，房东悬着的心放下来。房东说："王师傅，没问题，我肯定操心。你去去快回。"

　　王书仁一口答应："那肯定的，我办完事抓紧回来，生意要紧呀。小铺的钥匙我放老地方。"

　　房东嘱咐王书仁："王师傅，你把东西归并归并，锁好门走就行，放心，我看着。"

　　他几乎一夜未眠，从出发之日到今天名单找回来近三个月的时间，一天天地过电影回放，真是不易。王书仁多日来的恐惧、焦虑、渴盼、担心、害怕、猜疑等等终于过去了，他思虑得吃不安睡不宁，人瘦了十几斤，头发突然白了一半，犯愁皱眉皱得抬头纹一道道刻在额头，像个农村老汉。

　　天色刚蒙蒙亮，王书仁就起床，穿好棉衣，戴好棉帽子，系上帽带儿，围上围脖，挡住半个脸。简单拾掇一下修伞工具，屋里整理整理东西，消除房东猜疑。他把雨伞拴牢背在身上，褡裢挎在另个膀子，拉开屋门，一股寒气扑面而来，回头扫一眼屋内，出来锁好门，放好钥匙。朝汽车站走去，赶去坐头班车。

　　此时正是黑白交替，月亮冻得哆哆嗦嗦吊在西天，寒星点点冻得挤眼儿。黎明前的黑暗那段，是一天最冷的时间，鼻孔呼出的气，变成浓浓的雾气，冻结在围脖上，还有眉毛上的小霜花儿。雪地不再反光了，人走车轧已变成黑灰色冰凌。王书仁坚定地走在清晨雪冰茬子上，咔哧咔哧地响。

喷薄欲出的太阳，让一切都做出迎接的准备。迎着第一缕阳光，王书仁迈开大步朝车站走去。

原载《岁月》2025 年 7 月号

后 记
大雁听过我的歌

当我编完这本中短篇小说集《过麦》，稍稍喘口气，看着电脑屏幕发呆。想起人家大作家，他把作品比作自己的孩子，那么，我可以说，我的一片苦心也得到了报偿。不知咋回事，此时回放起老家的一幕幕刻骨铭心难以忘怀的往事。

我写小说，好回老家，扑进鲁西大平原，下来自行车，站在地头，掏出烟来敬众位父老。看着父老乡亲兄弟姐妹土里刨食的身影，在烈日下挥汗如雨的劳作；哥哥光膀子晒得淌油儿，嫂子壮硕小褂儿粘在白馍馍似的胸脯上；老牛卖力地拉犁，汉子扬鞭扶犁，倾听犁铧切断草根的脆响；看阳光下新翻泥土的浪花儿，俯身抓把湿润的土块攒个蛋儿，送鼻子上闻闻湿润的清香。女人顺着深深的犁沟撒化肥，沿着骂牛的吆喝，沿着风调雨顺也受穷的声声叹息，沿着长长的日子，然后把在血汗里浸泡过的种子埋进希望里。庄稼人过日子真真的不易，虽然早已粮满囤油满缸，大白馍馍吃着。望望厨房烟筒冒出的炊烟，闻着厨房窗户飘出的馒头、玉米饼子的香甜，炒菜"刺刺啦啦"的声音，听狗的欢叫，还有母鸡"咯哒咯咯哒"一番番的唱歌，这时小说基本就出来了。

小学教语文的老师发动学生订阅《少年文艺》，我壮着胆给母亲提出来。订阅费是母亲几个月来卖鸡蛋的钱，挤出点儿可怜的零票儿硬币给我。吃饭时父亲曾皱着眉头，筷子点着咸菜说母亲："你怎么弄的咸菜，没点儿咸味！"母亲像犯了错的孩子眼含泪珠，低头不语。父亲哪里知道母亲把吃盐的钱挪用了。

每当我学习累了，看着同学们玩耍羡慕得很，也想歇歇玩会儿的时候，母亲提着小兜里十几枚鸡蛋（那是我家俩母鸡半个多月辛勤劳动的成果），陪母亲去集上卖鸡蛋的场景就浮现在眼前。母亲把鸡蛋擦得干净发亮，小心翼翼整齐地摆在毛巾上，母亲仰脸渴盼地以巴结买主的眼神注视着每一个赶集人，盼他们快买走鸡蛋。每每我眼前浮现出母亲为我订《少年文艺》卖鸡蛋的场景，就不容许自己读书有一刻的懈怠和偷懒。

还一个故事仍是卖鸡蛋。在"鸡蛋换盐两不找钱"的困难岁月，母鸡就是主要的经济来源。一天午饭后要去上学，下午作文课，可写作文的本子还没买。我盼着老母鸡快快地上窝，可是它老在窗台下打转，窗台上有它下蛋的窝。它终于飞上了窝，头朝外趴卧在那儿。我目不转睛地盯着老母鸡，看出来为下蛋它在努力，脸儿憋得通红。母鸡生活也一般，没有足够的营养生鸡蛋。我和母亲急得团团转，此时上课的预备铃打响了。从学校传来，此时的预备铃像针扎我的心一样，疼得出汗。可老母鸡的蛋还没下出来。它脸儿红红的还在用劲。谢天谢地它终于下出蛋来了，它飞下窝就"咯哒咯哒"地叫去了。我伸手把温热的鸡蛋装在兜里，朝供销社采购站飞奔而去。到采购站采购员说鸡蛋还热乎，鸡蛋卖了五分钱，转而又跑去供销社的书店，五分钱买了个作文本。我跑到学校还是迟到了，作文课开始十几分钟了，老师知道了迟到经过没批评我。那节作文课，我就写纪实作文《买本子》。老师批阅给了个"优"，老师夸奖故事真实、小说化的语言、细节感人、人物生动，活灵活现。作为范文在班上朗读，让我抄下来贴在教室后面的墙上展出。这是我"发表"的第一篇作品。

毕业后，回乡参加生产劳动，向父亲和老农学习。不夸张地说，我没有不会干的农活，包括技术含量最高的"撒菜栽儿""棉种催芽"等。我最犯愁的棉籽生芽，请教了农业技术站站长，那就试试吧，晚上把百斤棉籽放屋里地上，烧六壶开水，往棉籽上浇，边浇边调，调完蒙上粗布被单子，第二天一早掀开被单子，哇！棉籽儿上都冒出芽儿，像顶着粒粒白芝麻。我做得好，队长都伸大拇指。作为回乡知青，咱算是有文化的农民，叫我去看看他家的棉籽，他给棉籽蒙上被子，里边还埋着个二百瓦的灯泡。我说这样不行，特别是灯泡太热把周围的棉籽烤熟了。过麦、过秋我都亲历过。炼狱般的过麦，给人扒层皮，马拉松加有时百米的过秋速度，一天也没落下过，往死里干的劳作锻打了我的意志。

最考验人的是挖河，农谚"脱坯泥房活见阎王，不信往河上"，可见挖河之苦。当年为响应毛主席的号召"一定要根治海河"，我曾参加过"西太平沉沙池"筑堤工程。水利部组织的晋冀鲁豫四省会战"漳卫新河"开挖工程，这项工程称为"国河"。全公社上民工六百余人，是县汽车运输公司的二十九部汽车把我们拉到德州的。汽车主车装面粉、被褥、坐人；拖斗装地排车、铁锨、苇席、麦秸、干草等。走那天是霜降节气，天气真应时，刮着大北风，黄风裹着枯枝败叶卷上天空，全公社的民工都蜷缩在供销社门前等汽车，我们浑身是黄土。沿途临清、夏津等地的地瓜秧叶子全被酷霜打黑了。没篷子的货车，坐在里面，北风打脸，我们缩着脖子，脸朝后，树木、村庄、棉田、干枯的玉米林唰唰地朝后跑去。下午到了德州，来不及伸个懒腰，带工的头头催我们快卸车。过来一位戴执勤袖章挎盒子枪的人，几乎是骂骂咧咧地，冲我们说每句话的导语以"操！"字开头：抓紧卸，不然把恁拉到德州去！原来我们卸车地叫"七夕大队"，离德州市区七里路。

谢天谢地，我们公社施工营在七夕大队号了房子，不用在工地挖地窖子住。我大队的四人住在一位大哥不用的厨房屋里，门口钉上苇席，铺上麦秸，睡地铺。以连为单位一个伙房，当然顿顿吃窝窝，喝玉米粥，吃白萝卜干儿。凌晨三点吹起床号，晚上九点收工，下午五点伙房送窝窝来，叫民工干吃，号称"加钢"。开工十九天我们没见过房东大哥的面。凌晨上工大哥还没起床，晚上收工大哥休息了。眼看着河一天天加深，阵阵大雁哇哇叫着往南飞。我们一直干到大雪节气，河底都结冰啦，公社施工营的何主任挽腿，光脚丫子蹚冰水，拿着手提喇叭，喊民工下到河里，一定要挖到设计的深度。工期干了五十四天，我的铁锨磨下去近两厘米，裤子、褂子磨烂了，头发挓挲着像乞丐，中间我累病了，房东大嫂给我擀了面条喝，几乎累死那儿。

挖河回来托朋友找工作，要离开农村。第一个是去公社广播站爬杆子，我高中生，会安装收音机，会写点东西，公社同意了，可是被派出所所长的儿子顶替了。我掉泪难过得蒙头睡了两天，啥时是出头之日啊！后来县卫生队给公社要两个担篙的，我愿意去县卫生队。挖河累死人，挖茅子熏不死人，可是被院中大叔拦下来，叫我等机会……

后来干了公社的临时工，文化站长。感谢宣传部、文联、作协领导及同志们几十年来对我的扶持培养，走上小说创作之路。感谢朋友们一路支持，感谢父老乡亲对我的厚爱。我除去做好文化工作还写新闻报道啥的，在公社里偷偷摸摸地写起了小说。当年跋山涉水寻找写小说的灵丹妙药，没少读小说创作谈之类的理论文章，我记住了司汤达说的话：散文是说我，小说是我说。几十年来我说得不少了，就此打住。

在这里，我借用陀思妥耶夫斯基的一句话：我怕的是对不起我所遭受的苦难。

李立泰

2025 年 8 月 5 日

图书在版编目（CIP）数据

过麦／李立泰著 . -- 北京：作家出版社，2025.8.

ISBN 978-7-5212-3334-6

Ⅰ . I247.7

中国国家版本馆 CIP 数据核字第 2025GL1593 号

过　麦

作　　者：李立泰
责任编辑：李亚梓
书名题字：顾建平
装帧设计：琥珀视觉
出版发行：作家出版社有限公司
社　　址：北京农展馆南里 10 号　　邮　　编：100125
电话传真：86 -10 - 65067186（发行中心）
　　　　　 86 -10 - 65004079（总编室）
E - mail: zuojia@zuojia. net. cn
http: // www. zuojiachubanshe.com
印　　刷：唐山嘉德印刷有限公司
成品尺寸：142 × 210
字　　数：251 千
印　　张：9.75
版　　次：2025 年 8 月第 1 版
印　　次：2025 年 8 月第 1 次印刷
ISBN 978 - 7 - 5212 - 3334 - 6
定　　价：96.00 元